KB181748

나무의 신화와 전설

나무 스토리텔링

이광만 지음

 나무와 문화 연구소

나무의 신화와 전설

나무 스토리텔링

●

1쇄 발행 · 2018년 1월 10일
지은이 · 이광만
발　행 · 이광만
출　판 · 나무와 문화 연구소

●

등　록 · 제2010-000034호
카　페 · cafe.naver.com/namuro
e-mail · visiongm@naver.com
ISBN · 978-89-965666-9-4 03800

정　가 · 15,000원

국립중앙도서관 출판예정도서목록(CIP)

나무 스토리텔링 : 나무의 신화와 전설 / 저자: 이광만. ─ [대구] : 나무와 문화 연구소, 2018 　　p. ;　　cm ISBN　978-89-965666-9-4　03800 : ₩15000 나무(식물)[木] 485.16-KDC6 582.16-DDC23　　　　　　　CIP2017034892

저 | 자 | 소 | 개

이 광 만 _나무와 문화 연구소 소장

경북대학교 전자공학과에서 학사 및 석사학위를 받았다. 그 후 20년 동안 이와 관련된 분야에서 근무하다가 2005년 조경수 재배를 시작하여, 대구 근교에서 조경수 농장을 운영하고 있다. 2012년 경북대학교 조경학과에서 석사학위를 받았으며, 현재는 조경 관련 일과 나무와 관련된 집필 및 '나무스토리텔링' 강연활동을 하고 있다. 저서로는 ≪한국의 조경수(1)(2)≫, ≪나뭇잎 도감≫, ≪그림으로 보는 식물용어사전≫, ≪겨울눈 도감≫, ≪우리나라 조경수 이야기≫, ≪전원주택 정원 만들기≫, ≪문화재수리기술자(조경)≫, ≪문화재관련법령≫ 등이 있다.

나무와 문화 연구소

Cafe Information

나무와 문화 연구소

나무와 문화 연구소 _cafe.naver.com/namuro

〈나무와 문화 연구소〉는 2010년 설립된 출판사로 나무 혹은 식물과 관련된 책을 출간하고 있다.

또, 출판사 카페 나무와 문화 연구소 _cafe.naver.com/namuro를 통해서 식물도감, 조경수, 정원 등 조경에 대한 종합적인 정보를 제공하고 있다.

'나무' 하면 가장 먼저 떠오르는 것은 무엇일까?

사람에 따라 다르겠지만, 봄에 화려하게 피는 꽃이나 여름의 시원한 그늘을 떠올리는 사람이 있을 것이고, 가을의 울긋불긋한 단풍이나 눈 내린 겨울의 앙상한 나목을 떠올리는 사람도 있을 것입니다. 그러나 나무의 이런 겉모습이 아니라, 나무가 오랜 시간 동안 간직해 온 이야기를 떠올리는 사람도 있을 것입니다. 나무의 역사가 인간의 역사보다 훨씬 오래기 때문에, 말을 하지 않아서 그렇지 나무가 가진 이야기보따리는 우리가 생각하는 것 이상으로 무궁무진할지도 모릅니다.

10년 전부터 나무를 키우고 나무를 공부하면서, 나무의 문화와 역사에 관한 글을 써보고 싶었습니다. 그래서 직접 출판사를 만들고 이런 취지에 걸맞게 출판사 이름도 〈나무와 문화 연구소〉라고 지었습니다. 그러나 이런 저런 이유로 인해, 지금까지는 나무의 꽃, 열매, 잎, 수피, 겨울눈과 같은 식물학적인 특성에 관한 책만 썼습니다. 나무이야기를 써보고 싶다는 생각을 항상 마음속에 가지고 있다가, 이번에 초심으로 돌아가서 이 생각을 실천하기로 마음먹고 〈나무 스트리텔링〉을 썼습니다.

이 책은 편의상 6개의 파트로 나누어 이야기를 풀었습니다. 1부에서는 과일나무, 2부에서는 우리 주변에서 흔하게 볼 수 있는 나무, 3부에서는 산에 가면 쉽게 만날 수 있는 나무, 4부에서는 성서나 불경 등 경전에 나오는 나무, 5부에서는 앞의 분류에 속하지 않는 그 외의 나무, 6부에서는 현실에는 없고 상상 속에만 존재하는 전설 속의 나무에 관한 이야기를 다루었습니다.

우리나라는 물론 중국과 일본, 유럽, 중앙아시아, 인도, 러시아, 아메리카대륙 등 세계 각지에 산재해 있는 나무에 관한 신화와 전설을 모아 편집하였습니다. 또, 고대 그리스·로마의 신화 속에 등장하는 나무 이야기와 미술작품이나 문학작품 속의 나무 이야기도 빠뜨리지 않으려고 노력하였습니다.

책속에 나오는 각 나무마다 〈나무 스토리텔링〉이라는 책제목에 걸맞게 나무가 가진 이야기를 재미있고 생생하게 전달하려고 애썼습니다. 요즘 유행처럼 번지고 있는 인문학이란 용어는 너무 거창한 것 같아서 쓰지 않았습니다. 정신 바짝 차리고 읽어야 하는 이야기나, 읽고 난 후에 무언가 느껴야 하는 이야기도 아닙니다. 가벼운 마음으로 읽어 내려갈 수 있는 재미있는 나무의 이야기를 담백하게 전해주고자 노력하였습니다.

나무 목木 자는 나무가 땅에 뿌리를 내리고 서있는 모양을 나타내는 상형 문자입니다. 이 글자에 사람 인人 자를 더하면 쉴 휴休 자가 되는데, 사람이 나무 그늘에서 편안하게 쉰다는 의미를 담고 있습니다. 아무쪼록 이 책을 읽는 모든 사람들이 나무와 더 가까워지고 나무와 더 많이 소통하며, 나무와 함께함으로서 더 많은 휴식과 위안을 얻기를 바랍니다.

2018년 1월 **이 광 만**

| 목차

머리말 · 04

PART 01 과일 나무

01 감나무 _12
이름의 유래 · 감의 용도 · 칠절과 오상 · 화정시자 · 〈원숭이와 게의 전쟁〉 · 호랑이와 곶감 · 스님과 곶감

02 대추나무 _20
이름의 유래 · 대추의 용도 · 대추와 관련된 속담 · 조율이시 · 벽조목 · 원숭이 엉덩이가 빨간 이유 ·
과거를 잊은 왕비 · 대추씨에서 나온 아이

03 밤나무 _29
이름의 유래 · 원효대사와 사라수 · 밤과 제사 · 원숭이와 고양이 · 조삼모사

04 배나무 _34
이름의 유래 · 배의 용도 · 이강주 · 이원 · 배나무의 저주 · 배 장사와 도사

05 복숭아나무 _41
이름의 유래 · 귀신을 물리치는 나무 · 손오공과 반도원 · 한무제와 서왕모 ·
무릉도원 · 유신과 원조 · 장도릉과 조승 · 도사 부부의 도술싸움

06 사과나무 _51
이름의 유래 · 트로이 전쟁의 발단 · 선악과 · 이둔과 젊음의 사과 · 헤라클레스의 12과업 ·
뉴턴의 사과 · 화제의 5대 사과

07 살구나무 _62
이름의 유래 · 살구의 용도 · 동봉의 동선행림 · 이광 장군의 살구 · 공자의 행단

PART 02 주변의 나무

01 메타세쿼이아 _72
이름의 유래 · 메타세쿼이아의 재발견 · 수목의 왕 · 메타세쿼이아 가로수길 · 〈겨울연가〉

02 석류나무 _79
이름의 유래 · 생명과 사랑의 나무 · 석류 문양과 문장 · 장건과 석류나무 · 지하세계의 열매 ·
신의 축복을 받은 열매 · 귀자모신

03 오동나무 _93
이름의 유래 · 오동나무의 용도 · 동화사 오동나무 · 화투와 오동나무 · 가야금과 거문고의 재료 ·
세한삼우와 오동나무

04 은행나무 _____100

이름의 유래 · 은행의 용도 · 은행나무의 정충 · 은행나무 꽃 · 용문사 은행나무 · 청주 압각수

05 자귀나무 _____108

이름의 유래 · 야황과 여영 · 천연 신경안정제 · 부부의 금슬이 좋아지는 나무 ·
남편을 돌아오게 한 꽃 · 호전천의 전설

06 단풍나무 _____115

이름의 유래 · 단풍의 의미 · 단풍나무의 용도 · 메이플 시럽 · 중국의 단풍 · 임진왜란과 단풍나무 ·
붉은 샘의 단풍나무 · 고독의 나무 · 단풍나무 피리

07 느릅나무 _____123

이름의 유래 · 느릅나무의 용도 · 프로테실라오스와 라오다메이아 · 오르페우스와 에우리디케

PART 03 산속의 나무

01 개암나무 _____130

이름의 유래 · 개암나무의 용도 · 개암과 헤이즐넛 · 〈도깨비 방망이〉 · 〈신데렐라〉 ·
마술과 의술의 심볼 · 〈소년과 개암〉 · 신의 손 · 천둥번개와 풍요의 나무

02 산사나무 _____141

이름의 유래 · 산사자 · 메이플라워 호

03 물푸레나무 _____145

이름의 유래 · 물푸레나무의 용도 · 고대의 무기 · 물푸레나무의 요정 · 인류 최초의 남자 ·
세상을 지지하는 거대한 나무 · 포세이돈의 성수

04 소나무 _____153

이름의 유래 · 소나무의 용도 · 소나무의 별명 · 우리 민족의 나무 · 세계 최장수 나무 ·
정이품송과 정부인송 · 이루어지지 않는 사랑 · 불륜의 사랑 · 소나무의 정령 스몰란드

05 참나무 _____164

이름의 유래 · 참나무의 용도 · 천둥의 신과 오크나무 · 혼례의 나무 · 필레몬과 바우키스 ·
오크나무의 복수 · 오르페우스의 죽음 · 사랑을 맹세하는 나무

06 자작나무 _____176

이름의 유래 · 자작나무의 용도 · 러시아 사람과 자작나무 · 행운을 부르는 나무 · 고대 로마의 이용법 ·
홀리 이노센트 데이와 부활제 · 성 요한 축제

07 딱총나무 _____184

이름의 유래 · 딱총나무의 용도 · 여름을 알리는 사랑의 꽃 · 마성을 가진 나무 · 〈딱총나무 엄마〉

PART **04** 경전 속의 나무

01 무화과나무 _194
이름의 유래 · 무화과의 용도 · 꽃 없이 열리는 열매 · 지혜의 열매 ·
역사적인 국면에 등장하는 열매 · 성스러운 나무, 부정의 나무 · 악어와 원숭이

02 뽕나무 _205
이름의 유래 · 뽕나무의 용도 · 상전벽해 · 양잠 · 신상구 · 마두낭과 누에고치 ·
뽕나무에서 태어난 아이 · 이상한 송아지와 뽕나무 열매 · 피라모스와 티스베

03 버드나무 _215
이름의 유래 · 유씨 부인과 버드나무 · 유록화홍 · 개자추와 버드나무 · 양류의 신 ·
버드나무를 사랑한 시인 · 아스피린과 버드나무 · 바벨론 강가의 수양버들 · 이난나의 성수 ·
신성한 나무 · 나폴레옹과 수양버들

04 보리수 _226
이름의 유래 · 보리수의 용도 · 깨달음과 죽음의 나무 · 신이 거처하는 나무 · 케이론의 어머니 필리라

05 포도 _234
이름의 유래 · 포도의 용도 · 포도와 포도주 · 우리나라의 포도 · 진숙달의 포도 · 이솝 우화와 포도 ·
뉴욕의 리턴매치 · 성서의 포도 · 디오니소스의 신화 · 포도를 전파한 아버지와 딸

PART **05** 그 외의 나무

01 담쟁이덩굴 _250
이름의 유래 · 처녀 덩굴 · 아이비 리그 · 바쿠스와 디오니소스 · 피렌체의 아이비 전설 ·
〈마지막 잎새〉 · 트리스탄과 이졸데 · 담쟁이덩굴이 나오는 작품

02 포플러 _261
이름의 유래 · 포플러의 용도 · 파에톤과 흰포플러 · 레우케의 은백양나무 · 헤라클레스의 나무 ·
거짓말쟁이 나무 · 포플러가 흔들리는 이유

03 주목 _268
이름의 유래 · 주목의 용도 · 니셰와 데어드레이

04 편백 _273
이름의 유래 · 피톤치드와 편백 · 보생수 · 키프러스와 사이프러스 · 사이프러스를 사랑한 화가 ·
죽음과 영원의 나무

05 삼나무 _280
이름의 유래 · 야쿠시마 섬의 삼나무 · 연리삼 · 불사의 상징 레바논삼나무 · 길가메시와 훔바바

PART 06 전설의 나무

01 부상 _288
신단수 · 10개의 태양을 품은 나무 · 성군과 뽕나무 · 세계수 · 고서에 나오는 부상

02 지혜수/생명수 _295
페르시아의 성수 · 에덴 동산의 지혜수

03 부유목 _300
≪땅끝 연대기≫ · 부양목의 종류 · 블러드 오크 · 블러드 오크 신앙 · 하늘을 나는 배

04 수인 _304
식물을 관장하는 풍요의 신 · 〈지혜의 그린맨〉 · 자연신앙과 그리스도교 ·
5월 축제의 변천 · 〈8번째 그린맨〉

참고 문헌 _310

참고 웹사이트 _312

나무 스토리텔링
나무의 신화와 전설

01 감나무 _이름의 유래 · 감의 용도 · 칠절과 오상 · 화정시자 · 〈원숭이와 게의 전쟁〉 · 호랑이와 곶감 · 스님과 곶감

02 대추나무 _이름의 유래 · 대추의 용도 · 대추와 관련된 속담 · 조율이시 · 벽조목 · 원숭이 엉덩이가 빨간 이유 · 과거를 잊은 왕비 · 대추씨에서 나온 아이

03 밤나무 _이름의 유래 · 원효대사와 사라수 · 밤과 제사 · 원숭이와 고양이 · 조상모사

04 배나무 _이름의 유래 · 배의 용도 · 이강주 · 이원 · 배나무의 저주 · 배 장사와 도사

05 복숭아나무 _이름의 유래 · 귀신을 물리치는 나무 · 손오공과 반도원 · 한무제와 서왕모 · 무릉도원 · 유신과 원조 · 장도릉과 조승 · 도사 부부의 도술싸움

06 사과나무 _이름의 유래 · 트로이 전쟁의 발단 · 선악과 · 이둔과 젊음의 사과 · 헤라클레스의 12과업 · 뉴턴의 사과 · 화제의 5대 사과

07 살구나무 _이름의 유래 · 살구의 용도 · 동봉의 동선행림 · 이광 장군의 살구 · 공자의 행단

PART 01 :

과일 나무

감나무

감나무과 감나무속(屬)의 식물은 북반구의 열대에서 온대 지역에 약 190종이 분포하고 있다. 그 중에서 식용으로 재배가치가 있는 것은 온대산 감나무뿐이고, 다른 것은 대목용 또는 감탄닌 채취용으로 이용되고 있다. 감나무의 원산지는 중국 양자강 중류 지역이며, 야생종은 한국 · 일본 · 중국 등 동아시아 지역에 널리 분포한다. 우리나라와 같은 온대지방에는 감나무와 고욤나무 두 종류가 있다.

중국에서는 이미 기원전 126~118년에 감을 재배했다는 기록이 있다. 또, 중국에 현존하는 가장 오래된 종합 농업기술서인 ≪제민요술(齊民要術)≫에는 5세기 초에 감나무속의 식물인 감(柿) · 유시(油柿) · 군천자(君遷子) · 정향시(丁香柿) · 경면시(鏡面柿) · 소협시(小協柿)가 재배되었다고 나와 있다.

우리나라에서는 고려 명종 때 흑조(黑棗, 고욤)에 대한 기록과 고려 원종 때 ≪농상집요(農桑輯要)≫에 감에 대한 기록이 있는 것으로 보아, 고려시대부터 재배가 시작된 것으로 추측된다.

우리나라에는 재래종과 도입종을 심고 있는데, 재래종으로는 고종시(高種柿) · 단성시(丹城柿) · 사곡시(舍谷柿) 등이 있다. 도입종 가운데 단감으로는 선사환(禪寺丸) · 부유(富有) · 차랑(次郞)이 있으며, 떫은 감은 횡야(橫野) · 평핵무(平核無) · 부사(富士) 등이 있다. 일반적으로 생식용으로 많이 팔리는 것은 단감 종류이다.

5~6월에 황백색의 꽃을 피우며, 10월에 옅은 등색에서 적등색의 열매가 익는다. 열매는 달걀꼴 둥근형이며, 과피도 과육도 같은 등색 혹은 적등색을 띤다.

▷ 이름의 유래

감나무의 학명은 디오스피로스 카키Diospyros kaki이다. 속명 디오스피로스Diospyros는 Dios쥬피터와 pyros곡물의 합성어로 과일의 맛을 찬양한 것이다. 16세기에 일본에서 유럽에 전해졌기 때문에, 종소명은 감의 일본어를 그대로 써서 카키kaki라 한다. 영어로는 kaki 또는 Chinese persimmon이라 표기하는데, 퍼시몬persimmon은 북아메리카 원산의 아메리카 감을 말한다. 한자 시柿 자는 나무木와 시장市을 합친 말로, 오래 전부터 시장에서 팔린 것에서 유래된 것이다.

감나무 목재는 나뭇결이 치밀하고 단단할 뿐 아니라 열에도 강하기 때문에, 화로 주위를 두르는 나무로도 사용되었다. 또 이전에는 골프클럽을 감나무나 개암나무 등 딱딱한 재질의 나무로 만들었는데, 이것이 오늘날 우드wood의 기원이다.

▷ 감의 용도

감은 동양권에서 매우 사랑받는 과일이다. 우리나라에서는 밤, 대추와 더불어 삼실과三實果 중 하나이며, 제사상에 빠질 수 없는 과일이기도 하다. 감은 주로 생으로 먹거나 깎아 말려 곶감을 만들어 먹지만, 감식초 · 감술 · 감장아찌 · 감고추장 · 감차 · 감수정과 등으로 만들어 먹기도 한다.

한의학에서는 감을 시자柿子라 하여, 폐와 심장을 좋게 하고 소화기능을 좋게 하는데 쓰인다. 해갈 · 설사 · 이질 · 토혈 · 구내염 · 기침 등을 치료하는데 이용되며, 민간요법에서도 많이 활용되고 있다. ≪동의보감≫에는 "홍시가 심장과 폐의 열을 내려주고 입맛을 돋우며, 위의 열을 내리고, 입이 마르는 것과 토혈을 치료한다."고 하였다. 감은 숙취해소에도 큰 효과를 발휘하는데, '진짜 술꾼은 감을 먹지 않는다.'는 속담이 전해질 정도이다.

감꼭지는 시체柿蔕라고 하며, 구토와 딸꾹질을 멎게 하는데 탁월한 효능이 있는 것으로 알려져 있다. 감꼭지 5g에 감초 1g을 넣어서 100cc의 물에 달여 마시면, 아무리 심한 딸꾹질도 멈춘다고 한다.

풋감의 떫은 맛은 디오스피린diospyrin이라는 탄닌tannin 성분 때문인데, 감물로 염색을 하면 이 성분이 천에 탄력을 더해준다고 한다. 예로부터 감물을 이용하여 천연염색을 하였으며, 제주도의 갈옷이 바로 감물로 염색한 옷이다. 원래 감물 염색의 시초는 어부들이 그물을 염색한 것에서부터 시작되었으나, 차츰 그 용도가 확대되어 제주도 사람들은 일옷도 감물로 염색하였다. 감물로 염색한 옷은 비를 맞아도 몸에 잘 감기지 않고, 땀이 나도 땀냄새가 나지 않으며, 이슬 맺힌 밭에서 김을 맬 때도 물기가 잘 묻지 않는다고 한다. 또 곡식의 가시랭이나 검불이 붙어도 곧 떨어지며, 오래 입어도 더러운 티가 나지 않아서 일옷으로는 적격이라고 한다.

6~7월에 상품성이 떨어지는 풋감을 따 짓찧어서, 그 물로 옷감을 물들였다. 제주도에서는 집집마다 감나무를 몇 그루씩 심는데, 과일을 먹기 위해서라기보다 주로 옷감이나 그물을 염색하기 위한 것이라고 한다. 근래에는 감의 주산지인 청도에서 감물로 염색한 옷으로 패션쇼를 개최하고 있다고 한다.

▲ 감꼭지 문양

▷ 칠절과 오상

당나라 때의 학자 단성식段成式은 그의 수필집 ≪유양잡조酉陽雜俎≫에서 감나무를 칠절七絶이라 예찬하였다. 첫째 수명이 길고, 둘째 그늘이 짙고,

셋째 새가 집을 짓지 않으며, 넷째 벌레가 꼬이지 않으며, 다섯째 단풍이 아름다우며, 여섯째 열매가 좋고, 일곱째 잎이 큼직해서 글씨를 쓸 수 있다는 것이다一壽 二多陰 三無鳥巢 四無虫蠹 五霜葉可玩 六佳實 七落葉肥大. 시엽제시柿葉題詩란 땅에 떨어진 감나무 단풍잎에 시를 쓴다는 뜻으로, 옛 선조들의 풍류를 나타낸 말이다.

또, 감나무를 오상五常이라 극찬한 기록도 있다. 잎은 글을 쓰는 종이가 되므로 문文, 단단한 목재는 화살촉으로 쓰이므로 무武, 감의 겉과 속이 모두 붉어서 표리가 동일하므로 충忠, 홍시는 치아가 없는 노인도 즐겨 먹을 수 있어서 효孝, 서리가 내린 후에도 나뭇가지에 달려 있으므로 절節을 고루 갖춘 훌륭한 나무라는 것이다. 이외에도 감나무는 계절마다 부위마다 독특한 색을 띠므로 오색五色의 나무라고도 부른다. 줄기는 검은색黑, 잎은 푸른색青, 꽃은 노란색黃, 열매는 붉은색赤, 곶감은 하얀색白을 띠기 때문이다.

▷ 화정시자

중국 산서성山西省에 전해 내려오는 이야기이다. 옛날 척박한 산촌에 한 노인과 그의 네 아들이 살았는데, 아내와 위로 세 명의 아들은 병으로 죽었다. 마을 사람들은 그의 막내 아들을 특별한 이름 없이 '넷째四子'라 불렀다. 어느 날, 동네 아이들이 넷째의 집 앞에 있는 큰 나무에 새집을 짓는 화조火鳥를 쏘아 떨어뜨렸다. 이를 가엽게 생각한 넷째가 화조의 상처를 치료해주고 나을 때까지 돌봐주었다. 상처가 낫자 화조는 둥지에서 과일나무 가지를 가져와서 넷째에게 말했다. "이것은 화과산火果山에서 가져온 것인데, 붉고 단맛이 나는 열매가 열린답니다."

그리고 화조는 아름다운 아가씨로 변해 화정火晶이라는 이름으로, 넷째의 집에 살면서 그 과일나무의 접붙이는 일을 도와주었다. 그리고 3년째 되는 해에 그 나무에서 붉은 열매가 열렸다. 부친은 넷째와 화정이 결혼하는 날, 그 열매를 마을사람들에게 나누어 주었다. 그 열매는 매우 맛이 있어서 마을사람들은 모두 기뻐했다. 그리고 촌장은 두 사람의 이름을 따서, 그 과일

▲ 화정시자

에 화정사자火晶四子라는 이름을 붙여주었다. 이것이 언제부턴가 같은 발음의 화정사자火晶柿子로 변했다고 한다. 지금도 화정시자火晶柿子는 중국 서안西安 지방의 명물이다.

▷ 〈원숭이와 게의 전쟁〉

〈원숭이와 게의 전쟁猿蟹合戰〉이라는 일본 전래동화가 있다. 게가 주먹밥을 들고 길을 가고 있는데, 원숭이가 그것을 빼앗아 먹으려고 근처에서 주운 감씨와 바꾸자며 말을 걸어왔다. 게는 처음에는 싫어했지만 원숭이가 주먹밥은 한번 먹고 나면 끝이지만, 감씨는 심어두면 금방 많은 열매가 열려 오랫동안 먹을 수 있으니, 더 이득이라며 구슬리는 바람에 감씨와 바꾸고 말았다.

게는 얼른 집으로 돌아와 마당에 감씨를 심었다. 감나무는 곧 자라서 열매가 많이 열렸지만, 게는 높은 곳에 달린 감을 딸 수가 없었다. 그때 원숭이가 나타나서 대신 감을 따주겠다며 나무 위로 올라갔다. 하지만 원숭이는 감을 따서 자기만 먹고 아래에 있는 게에게는 하나도 주지 않았다. 게가 감을 달라고 계속 조르자, 원숭이는 덜 익은 단단한 감을 던져서 게는 그만 그 감에 맞아 죽고 말았다.

게의 자식들은 부모의 원수를 갚기 위해 밤과 벌 그리고 절구를 데리고 원숭이의 집으로 찾아갔다. 그리고 밤은 화로 속에, 벌은 물통에, 절구는 지붕 위에 숨어 있었다. 집에 돌아온 원숭이가 화로 곁으로 가자, 화로 속에 숨어있던 밤이 펑하고 튀어나와 원숭이의 얼굴을 때렸다. 원숭이가 허둥지둥 물통이 있는 곳으로 가자, 벌이 날아와서 원숭이의 엉덩이를 쏘았다. 원숭이가 밖으로 도망가자 이번에는 지붕 위의 절구가 원숭이 위에 떨어져서 멋지게 부모의 원수를 갚는다는 내용이다.

이 전래동화를 바탕으로 아쿠타가와 류노스케芥川龍之介는 세태를 비판하는 소설 〈원숭이와 게의 전쟁猿蟹合戰〉이라는 단편소설을 썼으며, 애니

▲ 〈원숭이와 게의 전쟁〉   ⓒ Kakuzo Fujiyama

메이션으로 만들어지기도 했다. 또 이 작품은 1918년 부산 상생관相生館에서 상영되어, 우리나라에서 최초로 상영된 애니메이션이라는 기록을 가지고 있다.

▷ 호랑이와 곶감

감 말린 것을 곶감乾柿이라 하고, 곶감하면 바로 떠오르는 설화가 있다. 이 설화는 전국적으로 분포하며, 일제강점기 때부터 교과서에 수록되었고, 1920년대에는 전래동화로 개작되어 널리 알려졌다. 조선총독부의 ≪조선동화집≫, 심의린의 ≪조선동화대집≫, 박영만의 ≪조선전래동화집≫에 실렸으며, 동화작가 마해송이 1933년 동화로 각색하여, 최근에도 그림책으로 자주 간행되고 있다.

옛날 추운 겨울날 밤에 호랑이가 마을로 내려와 어느 집 외양간에 숨어 있다가, 우는 아이를 달래는 어머니의 소리를 엿듣게 되었다. 어머니가 "아가야, 계속 울면 문밖에 있는 호랑이가 잡아 간단다." 하며 우는 아이를 달래보았지만 아이는 계속 울었다. 호랑이는 내심 자기를 무서워하지 않는 겁 없는 아이라고 생각했다. 다시 어머니가 "자, 곶감이다."라고 하니 아이는 울음을 뚝 그쳤다. 그러자 호랑이는 곶감이라는 놈이 자신보다 더 무서운 존재라고 생각하며, 혼비백산하여 산속으로 도망쳤다. 이 오래된 이야기는 곶감이 우리와 얼마나 친숙한 관계인지를 단적으로 보여주고 있다.

▷ 스님과 곶감

옛날 어느 산속에 큰 절이 있었다. 이 절에는 늙은 스님이 있었는데, 맛있는 곶감을 벽장 안에 감추어두고 때때로 혼자만 몰래 꺼내 먹곤 했다. 그러다가 나이 어린 동자승한테 들키면 이렇게 말하곤 했다. "너희들은 이 곶감을 먹으면, 배가 아파서 죽는다."

어느 날, 아주 영리한 동자승이 스님이 볼일 보러 밖으로 나간 사이에 벽장 속의 곶감을 꺼내 먹었다. 한 개를 먹고 나니 맛이 좋아 하나하나 먹다 보니, 하나도 남김없이 먹어 버리고 말았다. 다 먹고 난 후에야 큰일 났다고 생각한 동자승은 한 가지 꾀를 생각해냈다. 그는 스님이 무척 아끼는 벼루를 뜰 앞에 냅다 던져 깨뜨려 버리고는, 이불을 뒤집어쓰고 누워 끙끙 앓는 척했다.

외출에서 돌아온 스님이 방문을 열어보니, 동자승이 이불을 뒤집어쓰고 누워 끙끙거리고 있어서 "애야, 어디 아프냐?" 하고 물었다. 그러자 동자승은 울먹이면서 대답했다. "스님, 제가 죽을 죄를 지었습니다. 잘못하여 스님께서 가장 아끼는 벼루를 깨뜨렸어요. 그래서 죽기를 작정하고 벽장 속에 있는 곶감을 몽땅 먹어버렸습니다."

대추나무

대추나무는 갈매나무과 대추나무속 소속의 낙엽소교목이다. 남유럽에서 서남아시아가 원산지이지만, 이미 오래 전부터 북아프리카나 동아시아 등 유라시아대륙의 열대에서 온대에 걸쳐 널리 분포하고 있다.

대추나무는 크게 중국계와 인도계로 대별되며, 이 두 종을 기본종으로 하여 세계의 열대 · 아열대 · 온대 지역에서 40여 종이 재배되고 있다. 중국계는 중국 북서부를 중심으로 온대 지역에서 자라며, 열매의 핵이 크고 큰 가시가 있는 것이 특징이다. 이에 대해 인도계는 추위에 약하기 때문에 인도 · 파키스탄 · 중국 남부 등 열대와 아열대 지역에서 재배되고 있는 상록수이다.

≪시경≫과 ≪주역≫에도 대추에 관한 기록이 있다. 특히 중국에 현존하는 가장 오래된 종합 농업기술서인 ≪제민요술(濟民要術)≫에는 대추나무의 재배법과 대추의 이용법이 상세하게 설명되어 있다. 우리나라에서는 삼국시대부터 대추를 이용해왔으며, 주로 중국계 대추나무를 재배하고 있다. 고려 명종 때에는 과실나무로 대추 심기를 권장했으며, 조선 세종 때에는 각 도에 진상용 대추의 재배를 권장하였다는 기록이 있다. 예로부터 대추는 복숭아 · 자두 · 살구 · 밤과 더불어 오과(五果)라 하여, 중요한 과일로 여겼다. 또 추위와 가뭄에 강하기 때문에 구황식(救荒食)으로도 이용되었다.

5~6월에 잎겨드랑이에서 5장의 담황색 꽃잎을 가진 작은 꽃을 피운다. 7~9월에 3~5cm 크기의 적갈색 열매가 열리는데, 붉은색으로 인해 홍조(紅棗)라고도 부른다.

▷ 이름의 유래

대추나무의 속명 지지푸스Zizyphus는 대추나무를 의미하는 페르시아어 zizafun에서 비롯되어, 옛 그리스어 ziziphon이 되고, 이것이 다시 현대 이름으로 바뀐 것이다. 종소명 주주바jujuba은 이 식물의 아라비아어 jujuba가 라틴어화한 것으로 추정되고 있다. 주주브Jujube · 레드 데이트 Red date · 차이니스 데이트Chinese date · 코리안 데이트Korean date · 인디 안 데이트Indian date 등의 영어 이름으로 불린다.

한자로는 조棗라고 쓰는데, 가지에 난 두 개의 날카로운 가시의 모양을 나타내는 속朿 자를 두 개 조합한 글자이다. 중국에서는 조棗 · 산조酸棗 ·

▲ 나쯔메

취조脆棗 · 아조牙棗 등의 이름으로 불린다.

일본 이름 나쯔메ナツメ는 늦은 봄에 새순 이 나오기 때문에 하아夏芽, 나쯔메라 불린 데 서 유래한 것이다. 다도에서 말차抹茶를 넣 는 통을 나쯔메라고 하는데, 통의 모양이 대 추열매와 닮았기 때문에 붙여진 이름이다.

▷ 대추의 용도

대추는 생으로 먹는 외에 잼이나 설탕절임을 만들어 먹기도 하며, 증류주 를 담궈 마시기도 한다. 또, 건대추는 그대로 먹거나, 요리 또는 허브티의 재료로 사용된다. 중국에서는 건대추로 만든 팥소를 이용하여 월병이나 만 두, 파이 등을 만드는데, 조금 신맛이 나고 느끼하지 않는 것이 특징이다. 중추절에는 대추 · 밤 · 월병 등을 제사상에 올리기도 한다.

한 번 쪄서 훈제한 대추를 대조大棗라고 하는데, 붉은 건대추紅棗와는 달리 검은색을 띠므로 오조烏棗라고도 부른다. 대조는 자양강장 · 위장허약 · 불면증 · 진해 · 진통 · 진정 · 정신불안 · 빈혈 · 냉증체질에 효과가 있으며, 달여서 인후암이나 구강암용 양치질 약으로도 사용된다. 최근의 연구에서는 알레르기 증상을 완화시키는 효과가 있다는 것이 밝혀졌다.

중국 청나라 때 편찬된 ≪광군방보廣群芳譜≫에 중국에는 34종의 대추가 있다고 하였다. 그 중에서 안기安期의 대조大棗는 삶으면 그 향기가 십 리를 가고, 죽은 사람이 그 향기를 맡고 살아났으며 병자도 일어났다는 전설의 약제라고 하였다. 잎에는 지지휜Ziziphin이라는 배당체가 포함되어 있어 한참 씹으면 단맛을 감지하는 능력이 억제되며, 대추차는 피로회복 · 진해 · 진통 등에 효과가 있다고 한다.

중국 전설에 태원왕太原王 중덕仲德이 젊었을 때, 전란을 만나 이틀을 굶고 쓰러져있는데, 꿈에 신선동자가 나타나 "누워있지 말고 어서 일어나 대추를 먹어라."라고 이르고 사라졌다. 정신을 차리고 보니 옆에 대추가 있어서 그걸 먹었더니 기력을 찾았다고 한다. 대추가 신선들이 먹는 장수식품이라는 의미이다.

플리니우스Plinius의 ≪박물지Naturalis Historia≫에 의하면, 로마에서는 대추꽃이 화관花冠으로 이용되었다고 한다. 목재는 가늘기 때문에 건축용으로는 사용되지 않지만, 나무의 결이 곱고 아름다워서 세공용 소재로 많이 이용된다.

▲ 오조

▷ 대추와 관련된 속담

- 대추나무 연 걸리듯 한다.
  - 여기저기 빚을 많이 진 것을 비유하여 이르는 말이다.

- 콧구멍에 낀 대추씨
  - 작고 매우 보잘 것 없는 물건을 비유적으로 이르는 말이다.

- 작아도 대추요, 커도 소반이라
  - 대추가 아무리 작아도 이름에 큰 대(大) 자가 들었고, 소반은 크기가 아무리 커도 이름이 작을 소(小) 자니, 상대의 말을 다른 말로 슬쩍 눙쳐 받아넘기는 말이다.

- 양반이 대추 한 개면 해장국이라
  - 먹을 것이 많은 양반도 대추 한 개만 있으면 해장이 된다는 뜻으로, 음식은 꼭 많이 먹을 필요가 없고, 조금만 먹어도 된다는 것을 비유적으로 이르는 말이다.

- 삼복에 비가 오니 보은_{報恩} 처자가 울겠다.
  - 대추의 명산지로 유명한 보은 지방에서는 대추농사가 풍년이어야 그 돈으로 혼수를 마련해서 처녀가 시집을 갈 수가 있는데, 삼복에 비가 많이 오면 대추가 열리지 않아 처녀가 운다는 뜻이다.

- 대추 보고 안 먹으면 늙는다.
  - 대추의 항산화 효능을 강조한 속담.

- 남의 제사에 와서 감 놔라, 대추 놔라 한다.
  - 쓸데없이 남의 일에 간섭한다는 뜻이다.

- 대추나무 방망이 같다. 대추씨 같다.
  - 사람이 키는 작지만 성질이 야무지고 단단하며 빈틈이 없는 사람이라는 뜻이다.

- 청산_{靑山} 보은_{報恩} 사람 대추 자랑하듯 한다.
  - 대단치도 않은 것을 가지고 크게 자랑한다는 뜻이다.

- 대추씨 물고 30리 간다.
  - 대추를 씹으면 입안에 침이 고여 갈증을 면할 수 있다는 뜻이다.

- 대추 세 개로 한 끼 요기를 한다.
  - 대추가 영양이 풍부한 과일임을 이르는 말이다.

- 대추 세 알이면 죽어 가던 사람도 살릴 수 있다.
  - 대추의 약효를 과장되게 이르는 말이다.

▷ 조율이시

대추는 밤, 감과 함께 삼색과실 중 하나로, 각종 민속 차림상에 빠지지 않고 오르는 과실이다. 제사상에는 조율이시棗栗梨枾라 하여, 반드시 좌측에서부터 대추 · 밤 · 배 · 감의 순서로 올린다. 대추가 제사상의 첫 번째 자리에 놓이는 것은 씨가 하나뿐이라서 왕을 상징하며, 또 후손 중에 성현이 나오기를 기대하는 의미가 담겨져 있다. 대추는 양성화兩性花라서 하나의 꽃이 피면 반드시 하나의 열매가 열리므로 절대 헛꽃이 없다. 따라서 사람으로 태어났으면 반드시 자식을 낳고 죽어야 한다는 것을 의미한다.

폐백 음식에는 대추와 밤을 많이 쓰는데, 이는 자손번창과 수명장수, 부귀다남을 의미한다. 특히 폐백을 드릴 때 시부모께 대추고임을 올리는 의미

도 장수하시고, 며느리로서 정성껏 모시겠다는 마음가짐을 나타내는 것이다. 시부모가 폐백을 받은 후에, 많은 대추를 신부에게 던져 주어 아들 낳기를 기원하는 풍습은 지금까지도 전해지고 있다.

▲ 대추고임

▷ 벽조목

대추나무는 재질이 굳고 단단하여, 판목 · 떡살 · 떡메 · 도장재 · 달구지 등의 재료로 많이 이용된다. 키가 작으나 성질이 야무지고 단단한 사람을 가리켜 '대추나무 방망이' 같다고 하는 것 역시, 대추나무의 이 같은 성질

에서 나온 말이다. 벼락 맞은 대추나무를 벽조목霹棗木이라 한다. 한번 벼락이 칠 때의 전기량은 보통 십억 볼트의 전압과 수만 암페어의 전류에 달한다고 한다. 이런 벼락이 나무에 떨어지게 되면, 나무가 가진 전기적 저항으로 인해 온도가 순식간에 수천 도까지 올라가고, 수분이 증발되어 수축하게 된다.

따라서 벼락을 맞는 순간, 고온과 고열로 인해 나뭇결이 없어지고 무게가 무거워지는 등, 재질에 큰 변화가 생긴다. 이러한 과정에서 어떤 영험한 힘이 생겨 사악한 기운을 쫓는다고 믿는 것이다. 벽조목은 칼로 쳐도 갈라지지 않으며, 같은 크기의 일반 대추나무에 비해 세 배나 무겁기 때문에 물에 넣으면 가라앉는다. 그래서 사람들은 이런 대추나무로 부적이나 도장을 만들어 몸에 지니고 다니면, 요사스러운 기운이 범접하지 못한다고 여기는 것이다.

▲ 벽조목 도장

▷ 원숭이 엉덩이가 빨간 이유

중국 하남성河南省에 전해오는 이야기이다. 이룡산二龍山 기슭에 있는 광양호廣羊湖에 청룡과 백룡이 살고 있었다. 호수 언덕에는 대추나무숲이 있고, 조선棗仙이라는 아가씨가 숲을 지키고 있었다. 그녀는 여신女神이 대추나무 아래에서 잠 들었을 때, 대추가 떨어져 입으로 들어가서 태어난 빨간 옷을 입은 귀여운 아가씨였다. 청룡과 백룡는 조선과 만나 금세 친해졌다.

어느 날, 호랑이가 대추나무숲을 파괴하려 했으나 혼자서는 잘 되지 않자, 지네와 원숭이를 꼬드겨 데리고 왔다. 지네는 무리지어 대추나무숲으로 모여들었으며, 원숭이들은 대추나무를 마구 먹어치웠다. 대추나무숲이 파괴되어 울고 있는 조선을 위해 청룡은 방울이 든 뿔을 대추씨로, 백룡은 자기 몸의 일부를 과육으로 제공하였다. 조선이 여기에 자신의 붉은 옷을 찢어 대추껍질을 만들자, 숲속의 대추나무에는 다시 대추가 열리게 되었다.

호랑이는 원숭이들을 부추겨서 다시 공격을 했지만, 원숭이는 대추씨가 딸랑딸랑 울리는 소리에 놀라 그만 나무에서 떨어져 엉덩이가 벗겨지고 말았다. 이렇게 해서 원숭이의 엉덩이는 빨갛게 되었으며, 그 후로 호랑이는 두 번 다시 조선과 용이 지키는 대추나무숲 가까이 가지 않았다.

▷ 과거를 잊은 왕비

부처가 전생에 보살로 수행한 일과 공덕을 이야기로 구성한 ≪본생경本生經≫에 전하는 이야기이다. 옛날 부라후마닷타 왕이 인도 북부 바라나시를 다스리고 있을 때의 일이다. 부처의 전생인 보디삿타Bodhisatta, 보살가 왕을 섬기는 신하로 다시 태어났다.

어느 날, 왕이 궁전의 정원을 내려다보고 있는데, 과일 파는 아가씨가 대추를 담은 바구니를 머리에 이고 "대추 사세요."라고 외치며 다녔다. 왕은 대추 파는 아가씨에게 한눈에 반해 그녀를 왕비로 맞아들였다.

그리고 한참 지나서, 왕이 황금쟁반에 가득 담긴 대추를 먹고 있는데 왕비가 물었다. "그 황금쟁반에 담긴 붉은 열매는 무엇입니까?" 왕비는 왕궁의 편안한 생활에 젖어서, 대추 팔던 시절을 완전히 잊어버리고 있었다. 왕은 화를 내며, 왕비를 쫓아버렸다. 이때 보디삿타가 왕에게 말했다. "여자가 높은 지위에 오르면, 그렇게 되는 것은 어쩔 수 없습니다. 그러니 용서해 주십시오." 왕은 그의 말을 듣고 왕비를 용서하였으며, 이후로는 행복하게 살았다고 한다.

▷ 대추씨에서 나온 아이

북방의 한족에 전하는 조핵아棗核兒에 관한 이야기이다. 옛날 어느 곳에 할아버지와 할머니가 살고 있었다. 둘에게는 명절이나 제사 때, 월병月餠을 같이 먹을 아이가 없어서 항상 쓸쓸하게 지냈다. 하루는 할머니가 먹고 있던 월병 속의 대추씨棗核를 손에 들고, 할아버지에게 보여주면서 한숨을 지으며 말했다.

"우리에게 이 대추씨 만한 아이라도 있으면 좋을 텐데."

그러자 그 씨가 땅에 떨어지면서, 귀여운 목소리로 "아빠, 엄마"라고 부르는 것이 아닌가? 깜짝 놀라서 주워보니 손도 발도 얼굴도 없는 아이였다. 그러나 두 사람은 그토록 원하던 아이가 생겨서 매우 기뻐하며, 아이에게 조핵아棗核兒라는 이름을 붙여주고 잘 키웠다. 그런데 한참 지나도 아이는 더 이상 크지를 않았다.

어느 날, 고을의 관리가 일을 마치고 할아버지의 집 앞을 지나가다가, 손에 들고 있던 술병을 창가에 놓아두었다. 조핵아는 술병이 신기해서 술병 주위를 깡충깡충 뛰어다니다가, 그만 병을 떨어뜨려 깨뜨리고 말았다. 화가 난 관리가 조핵아를 고소하기 위해 고을 원님에게 데리고 갔다. 조핵아는 거기서도 얌전하게 있지 않고, 시끄럽게 떠들어대며 고을 원님을 탐관오리라고 놀려댔다. 그러자 원님은 머리끝까지 화가 나서 "저 무례한 놈을 이리로 데려 오너라."라고 고함을 쳤다. 그 때 조핵아는 원님의 입 속으로 뛰어 들어가서 뱃속을 난폭하게 뛰어다녔다. 원님은 배가 아파서 괴로워하며, 무슨 말이든 다 들어줄테니 어서 뱃속에서 나오라고 사정했다.

그러자 조핵아는 뱃속에서 "지금부터 뇌물을 받지 않겠다고 약속하고, 억울한 죄로 잡혀온 사람들의 재판을 바르게 하라. 그리고 선량한 백성을 괴롭히는 지주를 처벌하라.' 라고 소리를 질렀다. 원님은 배가 아파 도저히 참을 수가 없어, 그의 요구를 모두 들어주기로 했다.

조핵아는 뱃속에서 나와서 "만약 약속을 지키지 않는다면, 당신의 이빨을 모두 뽑아버릴 것이다."라고 말하고는 집으로 돌아갔다. 관가에 붙잡혀 간 아들을 걱정하고 있던 할아버지와 할머니는 아들이 무사히 돌아오자 무척 기뻐했다. 그리고 밤에 잠을 잘 때도 자고 있는 아들의 등을 여러 번 만져주었다. 그러던 어느 날 밤, 어디선가 이상한 소리가 들려 불을 켜보니 대추씨껍질이 벗겨지면서, 그 속에서 통통하고 살찐 아이가 나타나는 것이었다. 게다가 다음 날 아침이 되니, 조핵아는 훌륭한 젊은이로 성장해있었다. 멋진 아들을 얻게 된 할아버지와 할머니는 매우 기뻐하였다.

조핵아의 이야기와 같이, 작은 아이가 악한의 뱃속으로 들어가서 악한을 퇴치하고, 훌륭한 청년으로 성장한다는 이야기는 세계 여러 곳에서 전해 내려온다.

03

나무 스토리텔링

밤나무

밤나무는 참나무과 밤나무속 소속의 낙엽교목이다. 아시아 · 유럽 · 북아메리카 · 북아프리카 등 온대 지역에 13종이 분포한다. 이 중에서 식용하기 위한 과실을 생산하는 종류는 일본밤나무 · 중국밤나무 · 유럽밤나무 · 미국밤나무 등이 있다.

유럽밤은 유럽에서 소아시아가 원산지이며, 주로 지중해 연안의 여러 나라에서 재배된다. 재배역사가 오래된 것은 그리스 시대 이전부터라고 하며, 각기 산지의 나라 이름을 붙여 부르는 경우가 많다. 프랑스 아르데슈 지방의 명물인 마롱 글라세(marron glace)라는 과자의 원료가 되는 특수한 품종의 밤도 있다.

이외에도 미국 동북부에 널리 분포하는 미국밤과 중국의 온난한 지역에서 재배하는 중국밤, 한국과 일본에서 재배되는 일본밤 등이 있다. 연간 평균기온이 10~14℃, 최저기온이 영하 20℃ 이하로 내려가지 않는 곳이라면 어디서나 재배가 가능하다.

5~6월에 포도송이 모양의 황백색 꽃이 피며, 특유의 방향을 발산한다. 열매는 9~10월에 열리며, 날카로운 가시가 있는 외피에 싸여있다.

▷ 이름의 유래

밤나무의 속명 카스타네아*Castanea*는 라틴어 kastana 밤나무에서 유래된 것이며, 밤의 산지인 그리스 북부의 소도시 이름이기도 하다. 종소명 크레나타*crenata*는 '둔한 톱니가 있는' 이라는 뜻이다.

영어 이름 체스너트chestnut는 속명 *Castanea*이 변한 chest에 열매를 가리키는 nut가 붙은 것이다. 일본 이름 쿠리クリ는 검은 열매黑實, クルミ가 변한 것 혹은 둥근 열매丸い實, クルミ가 변한 것이라고 한다. 밤이라는 우리 이름은 붐 → 밤 → 발 → 발암 → 바암 → 밤 과 같이 변천한 것으로 '붉은 씨'를 뜻한다.

한자 밤 율栗 자는 서녘 서西와 나무 목木을 합친 글자로 서쪽에 있는 나무라는 뜻이다. 좀 더 자세하게 분석하면 서西는 항아리의 모양을 본뜬 글자이며, 서쪽은 해가 항아리 속으로 쏙 들어 가버리 듯이 캄캄해지는 곳이라는 의미이다. 다시 말해서 이 항아리를 닮은 것이 밤이란 뜻이다. 밤 속에는 먹을거리가 들었고, 그 모양새도 항아리와 흡사하다. 한의학에서는 밤나무를 율목栗木, 열매는 율자栗子 또는 황률黃栗이라 부른다.

▷ 원효대사와 사라수

≪삼국유사≫에 원효대사의 탄생에 관한 일화가 나온다. 원효대사의 어머니가 들에 나갔다가 급하게 산기가 있어서, 미처 집에 돌아오지 못하고 남편의 옷을 밤나무에 걸어 가리고 원효를 순산했다고 한다. 대사가 태어난 곳은 집안이 아니라, 지금의 경상북도 경산시 자인면 불지촌佛地村, 당시의 압량군 불지촌 북쪽 밤나무골 밤나무 아래였다. 그리고 이 밤나무를 사라수娑羅樹라 하고, 그 나무의 열매를 사라율娑羅栗이라 했다. 사라율은 크기가 큰 것으로 이름나 있었다고 하는데, 밤 한 톨이 스님의 밥그릇인 발우에 가득 찰 정도였다고 한다.

원효대사는 출가한 뒤에 자기가 살던 곳에 초개사初開寺를 짓고, 자기가 태어난 그 밤나무가 있던 곳에 사라사娑羅寺를 지었다. 사라사는 후에 제석사帝釋寺로 이름이 바뀌어 지금까지 전해지고 있다. 제석사에는 신라말기의

▲ 제석사

것으로 보이는 석조 좌불과 부서진 탑신, 석등, 연화대석 등이 남아 있어서 사라사의 후신임을 짐작케 한다.

▷ 밤과 제사

옛날에 밤은 임금님의 진상품 중 하나였으며, 종묘제사의 귀중한 제수품이기도 했다. 일반 민가에서도 감, 대추와 함께 삼색과실로, 제사 때 제상에 반드시 올리는 물품이다. 그런데 왜 꼭 밤을 제사에 사용할까? 대부분의 식물은 싹을 틔우면서 종자껍질을 밀고 올라오지만, 밤은 종자껍질이 땅속에 오랫동안 썩지 않고 그대로 붙어 있다. 밤나무의 이러한 특성이 자신의 근본, 곧 조상을 잊지 않는 존재라고 여기기 때문이다. 그리고 어린아이가 성장하면 부모의 품을 벗어나듯이, 부모 슬하와 같은 밤의 억센 가시를 벗어날 수 있게 아람 밤이 충분히 익어 저절로 벌어진 상태 이 벌어져서 밤알이 드러난다.

또, 밤은 한 송이에 세 톨의 씨알이 들어있는데, 이는 영의정·우의정·좌의정의 삼정승을 의미한다. 따라서 밤을 제사상에 올리거나 폐백을 할 때 대추와 함께 던져주는 의미는 후손 중에 삼정승이 나오라는 염원을 담고 있다.

예로부터 밤나무는 신주神主나 위패位牌를 만드는 중요한 재료였으며, 특히 밤나무로 만든 신주를 율주栗主라 한다. 오동나무나 느티나무 같이 주위에서 흔하게 구할 수 있는 더 좋은 나무가 있었는데도 불구하고, 밤나무를 신주의 재료로 선택한 것 역시, 언제나 자신의 근본을 잊지 않겠다는 조상 숭배의 상징성 때문이다.

또, 밤나무를 얼마나 중요하게 여겼던지 《속경국대전續經國大典》에 의하

▲ 위패

면, 밤나무를 심은 산에 잡인들이 들어가서 벌채하는 것을 금지하는 보호책으로 율목봉산栗木封山이라는 제도가 생겨났다고 한다.

▷ 원숭이와 고양이

원숭이와 고양이가 한집에 살고 있었다. 어느 날, 원숭이가 난로 속의 잘 익은 밤을 먹으려 했으나, 뜨거워서 꺼낼 수가 없었다. 그래서 고양이에게 밤을 꺼내달라고 했다. 고양이는 뜨거운 불에서 조금 떨어져서, 발톱을 세우고 하나씩 밤을 밖으로 꺼냈다. 고양이가 밤을 꺼내는 사이에 원숭이는 뒤에서 계속 밤을 먹었다. 그때 하녀가 방으로 들어와서 둘은 황급히 도망

▲ 원숭이와 고양이

쳐 나왔다. 방을 나온 고양이는 자신이 뜨거운 불에서 밤을 꺼냈지만, 먹지 못한 것을 매우 불만스러워했다.

이 우화에서 '불 속의 밤을 줍다Pull a person's chestnuts out of the fire'라는 속담이 생겨났다. 이 속담은 '다른 사람에게 이용당하다.'는 뜻이다.

▷ 조삼모사

'아침에 세 개, 저녁에 네 개'를 뜻하는 조삼모사朝三暮四라는 고사성어가 있다. '당장의 차이에 신경을 쓰지만, 결과는 매한가지이다.' 혹은 '잔꾀로 남을 속이다.'는 뜻이다.

송나라 때, 저공狙公이라는 사람이 있었다. 그는 원숭이를 무척 좋아하여 자신의 이름에도 원숭이라는 뜻의 저狙 자를 붙였으며, 집안 식구들의 양식을 줄여서 기르는 원숭이에게 줄 정도였다. 저공은 집안에 먹을 것이 줄어들어 원숭이에게 줄 먹이를 줄이고자, 원숭이들에게 우선 이렇게 말했다.

"지금부터 너희들에게 줄 밤을 아침에 세 개, 저녁에 네 개 주려고 하는데 어떤가?" 그러자 원숭이들은 모두 화를 냈다. 아침에 세 개만 먹으면, 그 후에는 배가 고파서 아무 것도 할 수 없다고 하였다. 그러자 저공은 다시 이렇게 말했다. "그렇다면 아침에 네 개, 저녁에 세 개 주는 것으로 하겠다."고 하였더니, 모든 원숭이들이 엎드려 절을 하며 기뻐했다.

이 고사는 중국의 병법서에도 인용되었다. ≪열자≫〈황제편〉에서는 "지자知者가 우자愚者를 농락하고 성인聖人이 중인衆人을 농락하는 것이, 마치

▲ 조삼모사 우표

저공이 지知로 원숭이를 농락한 것과 같이 쉽다."는 뜻으로 해석하였다. 또, ≪장자≫〈제물론편〉에서는 "헛되이 애를 써서 한쪽에 치우친 편견을 내세우면서도, 모든 것이 하나임을 알지 못하는 것을 조삼朝三이라고 한다."고 하였다.

배나무

배나무는 장미과 배나무속의 낙엽소교목 또는 교목이다. 봄에 찔레꽃과 비슷한 흰색 꽃을 피우며, 가을에는 과육에 석세포(石細胞)가 들어있는 열매를 맺는다. 사과나무와는 근연종이고 서로 접목이 가능하다.

배나무는 중국 서부에서 남서부에 자생하던 돌배나무가 7,000만 년 전 백악기에 분포를 넓힌 것으로 추정된다. 이때 중앙아시아를 거쳐 코카서스 지방으로 퍼진 것이 서양배, 동쪽으로 퍼진 것이 아시아배, 텐산산맥 북쪽으로 퍼진 것이 중국배이다.

서양배는 표주박과 비슷한 모양이며, 과육이 단단할 때 수확하여 7~20일 동안 추숙(追熟)시킨다. 영어로 페어(pear)라고 하는데, 크림과 같은 부드럽고 농후한 단맛이 나고 달콤한 방향이 있어서, 후렌치 버터 페어(french butter pears)라 불리기도 한다. 로마의 박물학자 플리니우스의 ≪박물지≫에 의하면, 당시에 이미 소아시아 · 그리스 · 이탈리아 · 북아프리카 · 이베리아 반도 등의 지중해 연안에서 널리 서양배를 재배하고 있었다고 한다.

중국배는 모양은 서양배와 비슷하지만, 맛은 아시아배에 가깝다. 기원전 1세기에 사마천이 쓴 ≪사기≫에 이미 재배법이 기록되어 있다. 아시아배는 열매가 둥글고, 나무에 붙은 채로 열매를 완숙시킨다. 과육에는 수분과 당분이 많고, 신맛은 거의 없다. 또, 단단한 석세포를 많이 함유하고 있어서 씹히는 맛이 까슬까슬하다. 이 때문에 영어로는 샌드 페어(sand pear)라 한다.

우리나라에는 황해도의 봉산배, 함경도의 함흥배, 원산배, 금화배, 평안도의 의주배, 가산배 등이 유명하다. 이밖에도 우리나라 야생종인 돌배는 독배라고도 하며, 청술네라 하

는 청배(靑梨), 황술네라고 하는 황배(黃梨), 거살기라 하는 서양배 모양의 병배(瓶梨)
등이 있다.

▷ 이름의 유래

배나무의 속명 피루스Pyrus는 그리스어 phaeno보이는과 pyrus배에서 비
롯된 것이다. 또, 영어 이름 pear페어는 라틴어로 '배의 열매'라는 의미의
pirum에서 유래한 것이다.

배를 한자로는 이梨라고 쓴다. 윗부분의 이利는 '호미鋤로 밭을 가는'이
라는 뜻으로, 사람人의 손手으로 재배되는 과수라는 의미이다. 또 맛있는
열매, 즉 이익을 주는 나무라는 의미도 있다.

일본에서는 배를 나시ナシ, 無し와 같은 발음라고 하는데, 재산이나 행운이 없
어지거나 사람이 죽는다는 뜻으로 여겨 집 주위에 심는 것을 꺼렸다고 한
다. 반대로 배나무를 건축재로 사용하여 집을 지으면, 도적이 들지 않는다
는 속설이 있다고 한다.

▷ 배의 용도

중국배나 서양배 모두 생으로 먹는 외에 잼jam · 셔벗sherbet · 타르트
tarte, 파이의 일종 등의 과자를 만드는데 사용된다. 또 술을 빚기도 하며, 과즙
을 발효시켜 와인을 제조하기도 한다. 이외에 알코올 성분이 강한 증류주
spirits나 소주에 배를 넣은 리쿠어를 제조하거나, 와인을 증류하여 브랜디
를 만들기도 한다. 프랑스의 알자스Alsace 지방 빌레Ville 마을의 프와르 윌
리암스Poire Williams라는 브랜디는 서양배의 향이 뛰어난 것으로 이름이
나있다.

▲ 프와르 윌리암스

플리니우스의 ≪박물지≫에 의하면, 배 삶은 것은 위장의 운동을 도와주는 효과가 있다고 하였다. 한의학에서는 배가 기침을 멈추게 하고, 아픈 목을 낮게 하며, 설사를 완화시켜 준다고 한다. 이것은 배에 함유된 석세포가 소화되지 않고 위장을 자극하는 작용을 하기 때문이라고 한다. 또 배에 많이 함유된 칼륨은 고혈압에, 당분과 아스파라긴 산은 피로회복에 효과가 있다고 한다.

▷ 이강주

우리나라의 이름난 술 중에 배와 생강을 주원료로 하여, 소주에 우려내어 만든 술 이강주梨薑酒, 혹은 이강고(梨薑膏)가 있다. 조선시대 상류사회에서 빚어 마시던 대표적 명주로 주로 전라도 나주와 황해도 봉산에서 빚어왔다. 이강梨薑이란 이름은 전통 소주에 배梨와 생강薑을 넣어 만들었기 때문에 붙여진 것이며, 이른바 약소주인 셈이다. 달콤하고 매콤한 맛이 나며, 많이 마셔도 잘 취하지 않는 편이어서 뒤끝이 깨끗한 술이라는 평가를 받고 있다.

세시풍속의 사전이라 할 수 있는 ≪조선상식문답朝鮮常識問答≫에서 육당 최남선은 술의 격을 로露 · 고膏 · 춘春 · 주酒의 순으로 구분하면서, 이강고를 죽력고竹瀝膏 · 감홍로甘紅露와 함께 조선 3대 명주로 꼽았다. 서유구가 지은 농업백과사전 ≪임원경제지林園經濟志≫에는 이강고 만드는 방법을 다음과 같이 기록하고 있다. "배의 껍질을 벗기고 돌 위에서 갈아, 즙을 고운 베주머니에 걸러서 찌꺼기는 버리고, 생강도 즙을 내어 받친다. 배즙, 좋은 꿀 적당량, 생강즙 약간을 잘 섞어 소주병에 넣은 후 중탕한다."

▲ 이강주

현재 이강주를 담그는 기술은 전북 무형문화재로 지정되어 있으며, 전주 조씨 집안에서 빚어 판매하고 있다. 지금의 조趙씨 6대조가 한양에서 벼슬하다 전주로 내려와 정착하면서, 이강주를 가양주家釀酒로 빚기 시작했다고 한다.

▷ 이원

당나라 현종은 가무음곡歌舞音曲을 대단히 즐겨하였다. 글씨와 그림 등 여러 분야에 재주를 보였으며, 스스로 작곡까지 할 정도로 음악적 재능이 뛰어난 인물이었다.

그는 음악을 담당하는 부서를 개혁하여, 우수한 음악인재를 양성하는 기관인 이원梨園을 설립하였다. 이원이라는 이름은, 이 건물이 궁중의 제일 깊숙한 곳에 있는 배나무 동산에 있었기 때문에 붙여진 것이다. 현종은 이곳에서 친히 학생들을 지도하기도 하였다. 그래서 누구나 이곳에 들어가는 것을 최고의 명예로 여겼으며, 이들을 황제이원제자皇帝梨園弟子라고 불렀다.

이원은 현종 말기에 일어난 안사安史의 난으로 인해 폐지되었다가, 난이 수습된 후에 다시 재건되었다. 그리고 당나라의 멸망과 함께 사라졌지만, 지금도 연예계 · 극단 · 배우들의 사회를 지칭하는 용어로 사용되고 있다.

▷ 배나무의 저주

나관중의 ≪삼국지연의≫에 나오는 영걸 중 한 명인 위나라 조조曹操가
자신의 궁전을 조영할 때의 이야기이다. 이름난 장인 소월蘇越이 낙양 교외
의 약룡담躍龍潭에 있는 높이 20m가 넘는 큰 배나무 신목을 궁전의 대들보
로 추천했다. 그래서 인부를 데리고 가서 벌채하라고 했지만, 신목이여서
그런지 도끼날이 들어가지 않았다.

이 보고를 받은 조조는 "신인 나를 거역하는 것은 용서할 수 없다."라고
화를 냈다. 그리고는 직접 현장에 가서 칼을 뽑아 배나무 거목을 베자 나무
에서 피 같은 붉은 수액이 뿜어져 나왔다. 조조는 겁을 먹은 소월과 인부들
에게 "나무가 나를 숭상해야 한다. 염려 말고 베라."고 명령하고 돌아갔다.

그날 밤, 조조의 꿈에 배나무 귀신이 나타나 그의 목을 칼로 내리쳤다.
'앗' 하고 놀라 깬 뒤부터, 그는 심한 두통에 시달리게 되었다. 조조를 진찰
한 천하의 명의 화타華佗가 그와 같은 배경을 알고 있는 것처럼 이렇게 말했
다. "대왕의 두통은 온몸을 마취시키고, 도끼로 머리를 쪼개어 병의 원인을

▲ 조조와 화타

찾아야 합니다. 독화살을 맞은 관우 장군의 그것에 비하면 가벼운 것이니, 염려하지 마십시오."

하지만 조조는 그가 자신을 죽이려는 것으로 의심해, 화타를 감옥에 가두고 고문을 가해 죽인다. 이후, 조조 역시 이 병으로 인해 목숨을 잃게 된다.

▷ 배 장사와 도사

중국 청나라 때 포송령蒲松齡이 지은 ≪요재지이聊齋志異≫에 나오는 이야기이다. 한 백성이 시장에서 향기 좋고 맛있는 배를 팔고 있었는데, 고가인데도 불구하고 사는 사람이 끊이지 않았다. 그때 누더기 옷을 입은 도사가 다가와서 배 하나만 먹어보게 해 달라고 사정했다. 배 장사는 비싸게 팔리는 배를 거저 주는 것이 아까워서 쌀쌀맞게 거절했다. 그래도 자꾸 도사가 한번 먹어보기를 원하자, 옆 가게의 주인이 배를 하나 사서 도사에게 주었다.

그러자 도사가 "나도 맛있는 배를 많이 가지고 있습니다. 이것을 모두 여기에 있는 사람들에게 나누어 주겠습니다."라고 말했다. 옆에 있던 사람들이 "배를 가지고 있으면서, 왜 배 장사에게 배를 달라고 했지."라고 수상쩍게 생각했다.

도사는 가게 주인에게 받은 배를 먹고 난 후에, 그 씨를 땅에 뿌렸다. 그러자 순식간에 배나무가 나와서 가지가 휠 정도로 많은 배가 열렸다. 도사는 그것을 따서 주위에 모인 사람들에게 하나씩 나누어주었다. 이윽고 배나무의 배가 모두 없어지자, 도사는 배나무를 베어 짊어지고 가버렸다.

어안이 벙벙해서 보고 있던 배 장사가 정신을 차려보니, 조금 전까지 자신의 수레에 가득하던 배가 하나도 남아 있지 않았다. 그리고 배장사가 가지고 있던 긴 막대기가 반으로 잘려 있었다. 실은 조금 전의 배나무는 배 장사의 막대기였고, 주위의 사람들에게 나누어준 배는 모두 그의 수레에 있던 배였다. 배 장사가 분해하는 것을 보고 시장사람들은 "그것 봐, 너무 인색하게 굴어서 그랬잖아."라고 말했다.

▲ 배 장사와 도사

복숭아나무

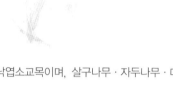

복숭아나무는 장미과 벚나무속의 낙엽소교목이며, 살구나무 · 자두나무 · 매실나무 등과 근연종이다. 중국 서북부 황하강 상류지역이 원산지이며, 기원전 1~2세기경에 실크로드를 통해 페르시아(현재의 이란)에 전해졌다. 이곳에서 아르메니아를 거쳐 기원전 1세기경에는 그리스와 로마 지역에 전해지고, 여기에서 다시 유럽 각국으로 전파되었다.

4~5월에 잎보다 먼저 흰색 또는 담홍색 꽃이 피고, 열매는 핵과로 7~8월에 익는다. 열매는 식용하고, 씨앗은 한약재로 쓴다. 복숭아는 열매껍질에 있는 털의 유무에 따라 유모종과 무모종으로 나뉘며, 열매껍질의 색에 따라 황육종과 백육종으로 나뉜다.

우리나라에는 흰색 꽃이 피는 백도, 흰색 꽃이 피고 만첩인 만첩백도, 붉은색 겹꽃이 피는 만첩홍도, 붉은빛이 돌지만 흰색에 가까운 꽃이 피는 바래복숭, 감처럼 편평한 감복숭, 열매에 털이 없는 승도(천도복숭아), 핵이 잘 떨어지고 밑부분이 들어가며 끝이 뾰족하고 둥근 용안복숭 등의 품종을 재배하고 있다.

우리나라의 대표적인 동요 〈고향의 봄〉에 "복숭아꽃 살구꽃 아기 진달래"라는 구절로 인해 우리에게는 너무나 친숙한 꽃나무이며, 집주위에 흔하게 심는 과일나무이기도 하다. 구한말 《황성신문》에서는 복숭아꽃을 우리나라 국화(國花)로 지정하자는 의견을 피력하기도 했다.

▷ 이름의 유래

복숭아나무의 속명 프루누스Prunus는 장미과에 속하는 plum나무plum family의 라틴어 이름이며, 종소명 페르시카persica는 라틴어로 '페르시아의 열매'라는 의미이다. 유럽에서는 복숭아를 페르시아에 자생하는 열매라고 믿었기 때문에 붙여진 이름이다.

복숭아의 영어 이름 peach는 라틴어 persium malum 페르시아의 사과에서 유래된 것이며, 그리스에서는 melon persikon 페르시아의 멜론이라 불렀다. 여기에 나오는 멜론melon은 우리가 흔히 알고 있는 표면에 그물 무늬가 있는 특정 과일을 지칭하는 고유명사가 아니라, 여러 가지 과일을 통칭하는 이름이다. 이 이름이 로마에 전해져서 persicum이 되고, 나중에는 프랑스어 페슈peche와 영어 피치peach로 변한 것이다. 복숭아가 중국이 원산지임에도 불구하고, 페르시아의 과일이라는 인식은 근세에 와서도 변하지 않고 있다. 1612년에 출판된 헨리 피첨Henry Peacham의 《우의집寓意集》에는, 잉글랜드의 과수원을 무대로 한 시에 "페르시아 복숭아와 향기가 그윽한 마르멜로marmelo"라는 표현이 나온다. 우리나라에서는 복사나무라고도 하며, 중국에서는 도桃·모도수毛桃樹·선리수仙里樹·도화수桃花樹 등의 이름으로 불린다. 한자 복숭아 도桃 자는 이 나무에 꽃이 많이 피고 열매도 많이 열리므로, 나무 목木 변에 억億보다 한 단위 높은 조兆 자를 붙여 만든 한자이다. 일본 이름 모모桃, モモ는 진실眞實, マミ이 변한 것, 또는 많은 열매가 열리므로 백百, モモ이 변한 것이라는 설이 있다.

▷ 귀신을 물리치는 나무

아주 오래 전부터, 중국에서는 복숭아나무가 귀신을 쫓는 주술적인 나무로 알려져 있으며, 이 나무와 관련된 많은 전설과 민화가 전해진다. 우리나라에서도 중국의 영향으로 귀신을 물리치는 나무로 여겨왔다.

중국의 설화집 ≪대도목담大桃木譚≫에 의하면, 동해에는 도삭산度朔山이 있는데, 이곳에는 삼천 년 만에 한 번씩 열매가 열리는 반도蟠桃라는 큰 복숭아나무가 있다고 한다. 반도의 늘어진 가지 동북방을 귀문鬼門이라 하며, 문 위에는 신다神荼와 울루鬱壘라는 두 신인神人이 있다. 이들은 사람을 해치는 귀신을 갈대 노끈으로 묶고 복숭아활桃弧로 쏘아 호랑이에게 잡아먹히게 했다고 한다.

중국에서는 복숭아 부적을 사용하며, 입춘에 신상神像, 신다와 울루과 용호상龍虎像을 붙이는데, 이것 역시 이 설화에서 유래된 것이다. 우리나라에서 아기를 출산하고 대문에 금줄을 치는 것도, 이 갈대 노끈에서 비롯된 것이다.

조선 숙종 때의 실학자 홍만선이 엮은 ≪산림경제≫에 복숭아나무는 "백귀百鬼를 제制하니 선목仙木"이라는 기록이 있다. 그래서 무당이 굿을 하는 도구나 점을 치는 옻은 복숭아나무로 만들었다고 한다. 이처럼 복숭아가 귀신을 쫓는데 효험이 있다고 믿었기 때문에, 귀신이 복숭아를 보면 달아난다고 여겨 제사상에는 올리지 않았다. 이 관습은 오늘날까지 전해지고 있다.

▲ 신다와 울루 우표

▷ 손오공과 반도원

명나라 때 오승은吳承恩이 민간설화와 구전자료를 집대성하여 쓴 ≪서유기西遊記≫에 서왕모西王母라는 선녀가 가꾸는 반도원蟠桃園이라는 복숭아밭이 나온다.

여기에는 세 종류의 복숭아나무 3,600그루가 있는데, 맨 앞줄의 1,200그루는 삼천 년 만에, 중간 줄의 1,200그루는 육천 년 만에, 맨 뒷줄의 1,200그루는 구천 년 만에 한번 열매를 맺는다고 한다. 사람이 삼천 년 복숭아를 먹으면 원기가 왕성해지고 몸이 가벼워지며, 육천 년 복숭아를 먹으면 아지랑이를 타고 오르며 불로장생하고, 구천 년 복숭아를 먹으면 천지일월과 함께 수명을 겨룬다고 하였다.

보리도사로부터 둔갑술과 같은 갖은 술법을 배운 손오공이 하늘과 땅을 오가며 말썽을 부리자, 옥황상제가 손오공을 불러 제천대성齊天大聖이란 관직을 내리고 반도원의 관리를 맡긴다.

손오공은 이 밭에 있는 복숭아를 먹으면 영원히 살 수 있다는 말에 넘어가 싹쓸이하듯이 복숭아를 훔쳐 먹고, 도술을 써서 천제의 궁전을 발칵 뒤집어놓는 소동을 벌인다. 그 죄로 손오공은 석가여래에게 붙잡혀 오백년 동안 오행산五行山 아래 눌려 쇠구슬과 구리 녹인 쇳물로 허기를 때우며 벌을 받게 된다.

▲ ≪서유기≫, 중국 이화원(頤和園) 회랑의 그림

▷ 한무제와 서왕모

서진西晉의 장화張華가 저술한 ≪박물지博物志≫에 나오는 이야기이다. 한무제는 선술仙術을 대단히 좋아하여, 이름난 명산이나 계곡을 찾아다니며 신선과 만나곤 했다. 서왕모西王母는 이러한 사실을 알고 무제에게 사자를 보냈다. 사자는 흰 사슴을 타고 황제에게 가서, "머지않아 서왕모께서 이곳으로 오실 것입니다. 준비하고 기다리십시오."라고 하였다.

무제는 대단히 기뻐하며, 궁전을 아름답게 장식하라고 명하였다. 과연 서왕모가 칠월 칠일 일곱 번째 각刻에 보라색 구름을 두른 마차를 타고, 옆에 세 마리 새를 거느리고 궁전에 내려왔다. 그리고 복숭아 일곱 개를 꺼내어 두 개는 먹고, 나머지를 무제에게 주었다. 그는 복숭아를 먹은 후에 종자를 대단히 소중하게 보관하였다.

서왕모가 "복숭아 종자를 어디에 쓰려고 그렇게 소중하게 보관하십니까?"라고 묻자, 무제는 "이 종자를 심으면 또 이런 훌륭한 복숭아를 먹을 수 있지 않습니까?'라고 답하였다.

▲ 서왕모

서왕모는 웃으면서 말했다. "그것은 쓸데없는 일입니다. 이 복숭아는 삼천 년에 한번 열매를 맺습니다. 인간세상에서는 그것이 가능하지 않습니다."

그 후, 희미한 등불 아홉 개를 연결한 방에서 무제와 서왕모가 이야기를 나누었다. 이 때, 동방삭東方朔이 궁전의 남쪽 창에서 둘의 모습을 몰래 훔쳐보고 있었다. 서왕모는 그것을 알아차리고, 무제에게 말했다. "지금 창에서 몰래 우리를 보고 있는 자는 동방삭이라 자입니다. 이 자는 내가 기르고 있는 복숭아 나무에서 세 번이나 복숭아를 훔쳐 먹었습니다." 무제는 이런 불가사의한 복숭아를 세 번이나 훔쳐 먹는 것을 의아하게 생각했다. 이 이야기가 세상에 알려지면서, 사람들은 "동방삭은 그냥 인간이 아니다. 신선과 같은 존재일 것이다."라는 소문을 믿게 되었다고 한다.

《한서漢書》〈동방삭전東方朔傳〉의 기록에 의하면, 한나라 무제의 신하였던 동방삭이 서왕모의 복숭아를 훔쳐 먹었기 때문에 죽지 않고 장수했다고 한다. 사람들이 그를 '삼천갑자 동방삭三千甲子 東方朔'이라 부르니, 갑자60년가 삼천 번이므로 무려 십팔만 년을 산 셈이다.

▷ 무릉도원

도연명陶淵明은 《도화원기桃花源記》에서 복사꽃이 아름답게 핀 무릉도원武陵桃源의 선경을 잘 묘사하였다. 진晉나라 때 무릉이라는 곳에 한 어부가 살고 있었다. 하루는 복숭아꽃이 아름답게 핀 강을 거슬러 올라가다가 그만 길을 잃고 헤매다, 강의 발원지에 있는 작은 동굴을 발견하고 그 속으로 들어가게 되었다.

동굴 안에는 사람들이 평화롭게 농사를 지으며 살고 있었다. 그곳 사람 하나가 어부를 보고 깜짝 놀라 어디서 왔는지 물어보자, 어부는 상세하게 대답해 주었다. 그리고 어부를 집으로 초대하여, 술상을 차리고 닭을 잡아 융숭하게 대접하였다. 어부가 왔다는 소문을 듣고 마을사람들이 몰려와 그에게 이것저것 물어보았다.

마을사람들은 자신의 선대 조상들이 진秦나라 때 전란을 피해 고을 사람들과 함께 세상과 격리된 이곳으로 왔으며, 그 후로 다시는 밖으로 나가지 않았다고 했다. 그래서 외부 세계와 단절되어 살게 되었으며, 위魏, 진晉은 물론 한漢나라가 있었다는 것조차 모르고 있었다. 어부가 그간의 이야기를 자세하게 해주자, 모두 놀라워했다. 다른 사람들도 어부를 자기 집으로 초대해 술과 음식을 내어서 대접했다. 며칠간 머물다가 작별인사를 고하자,

마을 사람 중에 누군가가 "밖에 나가서 절대 이곳의 이야기하지 마십시오." 라고 어부에게 당부했다. 어부는 그곳에서 나와 배를 찾아, 이전에 왔던 길을 따라 오면서 곳곳에 표시를 해두었다. 그리고 자기 마을에 도착하자마자, 태수를 찾아가 이와 같은 일이 있었노라고 알렸다. 태수는 곧장 사람을 보내서 어부가 표시해 둔 길을 따라 그곳을 찾게 했으나, 끝내 그곳으로 가는 길을 찾지 못했다. 도연명은 이곳을 무릉도원이라 하였으며, 그의 유토피아 사상은 후세의 문학과 예술에 큰 영향을 주었다.

▲ 〈무릉도원〉, 케이사이 에이센

▷ 유신과 원조

중국에 《도화원기》와 비슷한 전설이 있는데, 유의경劉義慶이 쓴 《유명록幽明錄》에 실려 있는 천태산天台山 선녀에 관한 이야기가 바로 그것이다.

후한後漢 때, 유신劉晨과 원조阮肇 두 사람이 천태산에 약초를 캐러 갔다가, 길을 잃고 헤매다 쓰러져 죽을 지경에 이르렀다. 그때 문득 앞을 보니,

▲ 유신과 원조

복숭아나무에 잘 익은 복숭아가 달려 있어서 그것을 따먹고는 개울가로 물을 마시러 내려갔다. 개울가에서 물을 마시고 있는데, 깨가 물에 떠내려 오는 것을 보고 상류에 누가 살고 있다고 생각되어 거슬러 올라가 보았다. 상류에는 넓은 천지가 펼쳐지고, 으리으리한 누각이 나타났다. 그리고 누각 안에서 꽃같이 아름다운 두 미녀가 나와 그들을 불렀다.

부르는 곳으로 따라 갔더니, 많은 미녀들이 복숭아꽃을 손에 들고 와서 두 여자에게 좋은 서방님을 맞았다며, 축하해주는 것이었다. 두 사람은 매우 놀랐지만, 이들의 청을 받아들여 반년 동안 행복하게 살았다. 그러나 고향을 잊지 못하여 집으로 돌아가겠다고 졸라, 예전의 집으로 돌아왔다. 고향에 와보니 예전에 알던 사람은 이미 다 죽고 없었으며, 수백 년이 흘러 그가 살던 집에는 그의 7대 후손들이 살고 있었다.

그래서 두 사람은 다시 천태산으로 되돌아갔으나, 그들이 살던 곳에는 미녀는 물론 마을의 그림자도 없었다. 후세에 유신과 원조는 복숭아의 화신花神으로 불리었다고 한다.

▷ 장도릉과 조승

도교 문화에서는 복숭아가 불로장생不老長生과 제마멸사制魔滅邪의 힘을 가진 과일로 많이 등장한다. 도교의 교파 가운데 하나인 오두미도五斗米道를 창시한 장도릉張道陵에게 조승趙昇이라는 자가 도술을 배우기 위해 제자로 들어갔다. 장도릉은 "도술을 배우고자 하는 자는 모름지기 심지가 굳지 않으면 안된다. 내가 그것을 시험해보겠다."라고 하며 조승에게 일곱 가지 어려운 문제를 냈다.

조승은 차례차례 문제를 풀어나가서, 드디어 마지막 시험만을 남겨두게 되었다. 마지막 시험은 높은 절벽 아래에 있는 복숭아나무에서 복숭아를 따오는 것이었다. 장도릉이 여러 제자들에게 "누가 저 복숭아를 따온다면, 그에게 도술의 비법을 가르쳐 주겠다."라고 말하니, 함께 있던 이백여 명의 제자들은 모두가 도저히 할 수 없다고 했다.

그러나 조승은 "스승님께서 그렇게 말씀하신 것은 반드시 저 복숭아를 딸 수 있기 때문일 것이다."라고 하며, 나무 위로 몸을 던져서 간신히 복숭아를 딸 수 있었다. 그리고 다시 바위 위로 올라가려 했지만, 가지고 있던 복숭아가 너무 무거워서 올라갈 수가 없었다. 그래서 조승은 가지고 있던 복숭아를 모두 위로 던져 버리고, 다시 바위를 오르기 시작했다.

장도릉은 조승이 던져준 복숭아를 두 개만 남기고, 모두 제자들에게 나누어주었다. 이윽고 조승이 바위 위로 올라오는 모습이 보이자, 손을 내밀어 당겨주며 말했다.

▲ 장도릉과 조승

"잘 했다. 이것으로 마지막 시험도 무사히 통과했다. 그러면 너에게 도술의 비법을 가르쳐주겠다. 우선 이 복숭아를 먹어봐라." 하며, 자신이 가지고 있던 복숭아 하나를 건네주었다.

▷ 도사 부부의 도술싸움

청대의 문필가 포송령蒲松齡의 전기伝奇 소설집 ≪요재지이聊齋志異≫에 복숭아에 관한 재미있는 이야기가 나온다. 옛날 유강劉剛이라는 도사가 있었는데, 그의 처도 도술이 높은 여자로 모두 자신의 도술을 자만하고 있었다.

"누가 뭐라 해도 나의 도술이 이 세상에서 제일이야."라고 유강이 말하면, 그의 처도 "그건 내 이야기야."라며 맞받아쳤다.

이처럼 두 사람은 서로 자신의 도술이 최고라고 우기며, 한발도 물러서지 않았다. 그러던 어느 날, 두 사람은 집에 있는 복숭아나무에 승부를 걸기로 하였다. 정원에는 몇 그루의 복숭아나무가 있었는데, 남편이 이 중 한 그루에 도술을 걸었다. 그러자 마치 나무가 살아있는 것처럼 슬슬 움직이기 시작했다. 아내도 지지 않으려 주문을 외워 다른 한 그루를 움직이기 시작했다.

도술이 걸린 두 그루의 복숭아나무는 서로 싸우기 시작했다. 한참 동안은 승부를 알 수 없을 정도로 접전이었지만, 서서히 유강이 도술을 건 나무가 밀리기 시작해서 담장 곁으로 도망가 버렸다. 나무에 핀 꽃도 지금까지는 연홍색이었지만, 금새 백기를 든 것 같이 새하얀 흰색으로 변해버렸다.

"당신 어때요. 내가 한수 위죠." 아내는 승리를 자랑하며 웃었다.

이 이야기에서 보듯이 복숭아나무는 도사와 관련이 깊은 나무이다.

06

사과나무

사과나무는 장미과 사과나무속 소속의 낙엽소교목이다. 배나무와는 근연종이기 때문에 서로 접목으로 번식시키기도 한다. 봄에 5장의 꽃잎을 가진 흰색 꽃을 피우며, 열매는 8~9월에 익고 품종에 따라 크기와 색이 다양하다.

원산지는 카자흐스탄 남부 · 키르기스탄 · 타지키스탄 · 중국 신강위구르 자치구 등 중앙 아시아 산악지대와 코카서스 지방에서 서아시아에 이르는 한랭지이다.

역사가 매우 오랜 과일로 터키에서는 약 8,000년 전의 탄화된 사과가 발견되었으며, 스위스에서는 약 4,000년 전의 사과 화석이 발굴되어, 그 무렵에 벌써 재배가 시작되었다는 사실을 알 수 있다. 16~17세기경에는 유럽에서도 사과 재배가 성행하였으며, 17세기 전반에 유럽에서 아메리카로 전파되었다.

중국에서는 기원전 2세기에 벌써 야생 사과나무인 임금(林檎)을 재배했다고 한다. 우리나라에서도 ≪고려도경(高麗圖經)≫에 고려의 과실 금(檎)이 있었다는 내용이 나온다. 조그마한 열매가 많이 달리고, 새가 그 숲에 모여들었기 때문에 임금(林檎)이라 불렀다고 한다. 최세진의 ≪훈몽자회(訓蒙字會)≫에는 금을 속칭 사과(沙果)라 하며, 작은 능금을 화홍(花紅)라 부른다고 쓰여 있다. 따라서 능금이란 단어가 사용되기 시작한 시기는 조선 초기인 듯하다. 임금이란 어휘가 왕을 뜻하는 임금과 발음이 같아서 능금으로 바꿔 부른 것으로 추정된다.

우리나라에서 지금과 같이 경제적 목적으로 사과를 재배한 역사는 그리 길지 않다. 1901년 원산에 살던 윤병수라는 사람이 미국 선교사를 통하여 다량의 사과 묘목을 들여와, 원산 부근에 사과나무 과수원을 만든 것이 효시라고 한다.

▷ 이름의 유래

사과나무의 학명은 말루스 푸밀라*Malus pumila* 혹은 말루스 도메스티카
*Malus domestica*이다. 속명 말루스*Malus*는 라틴어로 사과apple를 가리키며,
그리스어 mala 뺨 혹은 턱에서 유래된 것이다. 종소명 푸밀라*pumila*는 라틴어
로 '키가 작은', 도메스티카*domestica*는 '재배된'이라는 뜻이다. 현재 재배
되는 사과의 종류는 여러 가지 품종이 교배되거나 자연교잡을 거쳐 만들어
진 것이기 때문에, 이 둘 사이의 구분은 확실하지 않다.

앵글로색슨어에서는 사과를 apple아페루라고 불렀다. 고영어에서
aeppel로 표기하였지만, 현재는 앵글로색슨어 표기 apple애플로 정착되었
다. 사과는 프랑스어로 pomme폼이라 하는데, 라틴어의 영향을 강하게 받
는 로망스어 Romance, 라틴어에서 발달한 프랑스어 계통의 언어이기 때문에, 열매
를 지칭하는 라틴어 pomum포뭄이 사과만을 가리키는 말로 변화한 것이
라 여겨진다.

중국 명나라 때의 본초학자 이시진李時珍이 쓴 ≪본초강목本草綱目≫에
"임금林檎의 열매는 달고, 능히 많은 금禽, 새을 그 숲에 불러온다. 그런 연
유로 내금來禽이라고도 부른다."라는 내용이 나온다. 일본 이름 링고リンゴ,
林檎 역시 한자어 임금林檎을 그대로 발음한 것이다. 중국에서는 사과를 핑
궈苹果라 하는데, 미국의 유명한 IT업체 애플사Apple Inc.의 중국 이름 역시
핑궈苹果이다.

▷ 트로이 전쟁의 발단

그리스 신화에서 전쟁과 지혜의 여신 아테나Athena는 바다의 여신 테티
스Thetis와 펠레우스Peleus의 결혼식에 초대받지만, 불화의 여신 에리스Eris

는 초대받지 못한다. 에리스는 자신이 결혼식에 초대받지 못한 것에 화가 나서, 잔치 자리에 '황금사과'를 던진다. 그 사과에는 "가장 아름다운 여신에게"라고 쓰여 있었다. 그것을 본 아테나 · 헤라 Hera · 아프로디테 Aphrodite는 서로 그것이 자기 것이라고 다투었다.

제우스도 이것이 너무 미묘한 문제여서 직접 끼어들기 부담스러웠던지, 세 명의 여신을 이데 Ide 산으로 보낸다. 그 곳에는 양떼를 돌보는 잘생긴 청년 파리스 Paris가 있는데, 그의 판단에 맡기기로 한 것이다. 여신들은 저마다 파리스의 환심을 사려고 했다. 헤라는 그에게 부와 권력을 주겠다, 아테나는 전쟁영웅이 되게 해주겠다, 아프로디테는 이 세상에서 가장 아름다운 여자를 아내로 삼게 해주겠다고 약속했다. 결국 파리스가 아프로디테에게 황금사과를 주자, 그날부터 파리스는 헤라와 아테나의 증오의 표적이 되었다.

파리스는 아프로디테가 보호해 준 덕분에 무사히 그리스로 돌아가 그곳에서 스파르타의 왕 메넬라오스 Menelaus의 융숭한 대접을 받는다. 그러나 파리스는 거기서 만난 메넬라오스의 아내인 헬레네 Helen의 아름다움에 반하게 된다. 그녀가 바로 아프로디테가 말한 이 세상에서 가장 아름다운 여자이기 때문이었다. 예전에도 헬레네에게는 구혼자가 끊이지 않았으며, 서로 그녀를 차지하려고 난리법석이었다. 이때 올림푸스의 신 오디세우스 Odysseus가 나타나 이런 제안을 한다.

"지금 우리는 헬레네에게 구혼하는 처지이지만, 헬레네가 한번 마음을 정한 이후에는 우리 모두가 합심하여 헬레네를 지킵시다. 그리고 헬레네를 위해서라면 전쟁의 불길 속이라도 뛰어듭시다."

모두 이 제안에 따르기로 했다. 그리고 마침내 헬레네는 메넬라오스와 결혼하고 행복하게 살고 있었다. 그러던 차에 파리스가 나타나 아프로디테의 도움을 받아가며, 헬레네를 유혹하기 시작했다. 결국 파리스는 헬레네를 꼬드겨, 그의 고향 트로이 Troy로 데려간다.

아프로디테는 헬레네가 수많은 여성 중에서 가장 아름답다는 것을 알고 있었다. 그래서 자신을 세 명의 여신 중에서 가장 아름답다고 인정해준 파리스와 헬레네를 만나게 해준 것이다. 결국 남의 아내를 뺏은 것이 되어버렸지만, 그녀는 파리스에게 한 약속을 지키게 된 셈이다. 그러나 이 사건으로 인해, 십 년 동안이나 계속된 트로이군와 그리스군 간의 전쟁이 시작된다.

▲ 〈파리스의 심판〉, 페테르 파울 루벤스

▷ 선악과

《구약성서》〈창세기〉 2장과 3장에 나오는 내용이다. 하느님의 동산 한 가운데에는 생명의 나무와 선악의 나무가 있는데, 뱀의 유혹으로 아담 Adam과 이브Ive가 선악을 알게 하는 열매, 즉 선악과善惡果를 따먹어버렸다. 이 사실을 알게 된 하느님이 이 둘을 낙원에서 추방하고, 출산의 고통을 비롯하여 인간에게 주어진 모든 고통을 짊어지게 하였다. 성경 속에는 이 열매가 어떤 열매인지가 분명하게 나타나 있지는 않지만, 일반적으로 사과라는 것이 정설처럼 되어 있다.

이 선악과를 사과라고 믿게 된 발단은, 《구약성서》을 모티브로 쓴 존 밀턴John Milton의 장편 서사시 〈실락원Paradise Lost〉에서 비롯된 것이다. 그는 이 시에서 금단의 열매를 좀 더 리얼하게 표현하기 위해 선악과를 사과라고 표현하였다. 이렇게 되자, 재미있는 이야기가 만들어졌다. 에덴동산의 사과를 딴 이브가 맛있는 부분을 자기가 먼저 먹고 딱딱한 속심을 아담에게 주었는데, 아담이 그것을 먹다가 목에 걸려서 목의 후두연골이 돌출되는 결후結喉가 생겼다는 것이다. 그래서 이 결후를 '아담의 사과Adam's apple'라고 하며, 아담스 애플은 남자에게만 생기기 때문에 사람들은 이 이야기를 더욱 믿게 되었다.

그러나 성서 식물학자 몰든케Moldenke는 《성서의 식물Plants Of The Bible》에서 선악과가 사과나무가 아니라고 주장하고 있다. 〈실락원〉에 나오는 사과에 대한 묘사는 그 당시의 사과와는 맞지 않으며, 사과의 원종인 그래브 애플Grab apple은 열매가 작고 신맛이 강하기 때문에 식용할 수 없다는 것이다.

그는 《구약성서》의 내용을 고려해볼 때, 선악을 알게 하는 열매는 살구라는 주장을 폈다. 그리고 팔레스타인 부근에서 살구나무가 발견된 것을 사실을 증거로 들고 있다. 하지만 살구나무의 원산지는 중국 북부로 확인되었으며, 소아시아와 그리스에 전해진 것은 기원 4세기인 알렉산더대왕 시대이다. 〈창세기〉가 기록된 것은 대략 기원전 14세기 정도이므로, 그 당시에는 성서의 땅에 살구나무가 없었을 것으로 추측되고 있다. 또, 선악과로 여겨지는 과일로는 사과와 살구 외에도 무화과 또는 오렌지라는 설도 있다.

▲ 〈인간의 타락〉, 휘호 반 데르 후스

▷ 이둔과 젊음의 사과

북유럽 신화에서 젊음의 여신 이둔Idun은 시詩의 신 브라기Brag의 아내
이며, 그녀는 '젊음을 되찾는 사과'를 물푸레나무 상자에 간직하고 있었다.
불의 신 로키Loki가 서리의 거인 티앗시Thiassi에 붙잡혔을 때, 이둔이 가진
사과를 훔쳐온다는 조건으로 석방을 약속받았다.

로키는 이둔이 있는 성채 아스가르드Asgard로 가서, "당신이 가지고 있는
사과보다 훨씬 좋은 사과를 보여줄테니 같이 갑시다."라고 하며 이둔을 숲

속으로 데리고 갔다. 거기에는 독수리로 모습을 변신한 티앗시가 기다리다, 그녀를 잡아서 서리의 거인족 나라 요툰하임Jotunnheim으로 끌고 가버렸다.

이둔과 사과가 사라진 아스가르드에는 신들이 급격히 노화하여, 생명의 위협을 받게 된다. 신들은 문제의 심각성을 깨닫고 회의를 소집하여, 이둔이 티앗시에게 납치되었다는 사실을 알게 되었다. 이에 화가 난 신들은 이둔을 구해오지 않으면 로키를 죽여버리겠다고 협박했다. 결국 로키는 사랑의 여신 프라야Freyja에게 독수리 옷을 빌려 입고, 티앗시가 자리를 비운 사이에 이둔을 데려온다.

집에 돌아온 티앗시는 이둔이 없어진 것을 알고, 얼른 독수리 옷을 입고 아스가르드로 쫓아간다. 신들은 아스가르드로 날아오는 독수리를 보고 성벽에 장작을 쌓아올리고 불을 질러버린다. 독수리는 날아오던 속도를 이기지 못하고, 날개에 불이 붙어 추락하여 죽고 말았다. 이렇게 하여 되찾은 '젊음의 사과'를 먹고, 신들은 다시 젊음을 찾게 되었다.

▲ 〈이둔과 젊음의 사과〉, 제임스 도일 펜로즈

▷ 헤라클레스의 12과업

　그리스의 왕 에우리스테우스Eurystheus가 헤라클레스Herclues에게 준 12 가지 과업 중에는, 헤스페리데스Hesperides의 '황금 사과'를 따오는 과업이 있다. 이 황금 사과는 제우스가 아내 헤라와 결혼할 때, 대지의 여신 가이아 Gaia가 선물로 준 것이었다. 먼저 헤라클레스는 바다의 신 네레우스Nereus 에게 황금 사과나무가 있는 곳을 물은 뒤, 프로메테우스Prometheus를 구하 라는 예언을 듣고 코카서스 산으로 가서 프로메테우스를 구한다.

　거인 아틀라스Atlas는 티탄Titan 전쟁에서 제우스에 대항한 죄로 하늘을 받치고 있어야 하는 벌을 받고 있었다. 헤라클레스는 아틀라스에게 자기가 하늘을 떠받치고 있을 테니, 헤스페리데스의 과수원에 가서 황금 사과를 하 나 따 달라고 부탁한다. 황금 사과가 열리는 과수원은 아틀라스의 딸들인 헤스페리데스가 관리하고 있었다. 아틀라스는 쾌히 승낙을 하고 과수원으 로 가서 딸들을 구슬러서 황금 사과를 손에 넣고 헤라클레스에게 돌아왔다.

　하늘을 떠받치는 고통에서 벗어나고 싶었던 아틀라스는 헤라클레스에게 계속 하늘을 떠받치라 했다. 그러나 헤라클레스는 그 말을 듣는 척하고, 다 만 지금 자세가 불편하니 하늘을 짊어지는 방법을 알려달라고 말한다. 그 말을 듣고 아틀라스가 헤라클레스에게서 하늘을 넘겨받는 순간, 헤라클레 스는 황금 사과를 챙겨서 미케네로 도망쳤다.

▲ 〈헤라클레스의 12과업〉

▷ 뉴턴의 사과

영국의 과학자 아이작 뉴턴Isaac Newton이 집에 있는 사과나무에서 사과가 떨어지는 것을 보고 '만유인력의 법칙'을 발견했다는 에피소드는 누구나 잘 알고 있다. 그러나 이 이야기는 프랑스의 철학자 볼테르Voltaire가 뉴턴의 조카에게서 들은 이야기를 전한 것으로, 사실 여부는 확실하지 않다.

만유인력을 발견하는 일화에 등장하는 사과나무는 노쇠하여, 1814년에 벌채되고 현존하지 않는다. 그 원목으로 만든 의자와 남은 재목은 영국왕립협회와 천문대에 보존되어 있다. 또 벌채하기 전에 접목으로 증식한 '뉴턴의 사과나무' 묘목이 세계 각지에 식재되어 자라고 있다.

한국표준과학연구원KIRSS에도 오리지날 뉴턴의 사과나무로부터 4세대째 접목으로 증식한 나무가 있다. 이 나무는 큐 왕립식물원Royal Botanic Gardens, Kew에서 접목번식에 의해 증식된 것으로, 영국국가표준기관NPL로부터 기증받은 것이다. 이외에도 대전국립과학관, 부경대학교 등에도 후손나무가 식재되어 있다.

▲ 뉴턴의 사과나무 후계목(캠브리지 대학교)

뉴턴의 사과나무는 켄트의 꽃Flower of Kent이라는 서양사과나무의 한 품종이다. 떫은 맛과 신맛이 강하기 때문에 생으로는 먹을 수 없고, 요리용으로 사용한다. 그러나 열매를 일찍 수확하여 저장하고 추숙追熟시키면, 달고 신맛이 나기 때문에 식용도 가능하다.

▷ 화제의 5대 사과

사과는 역사상 각 시대에 걸쳐서 많은 화제를 낳은 과일이다. 그 중에서도 유명한 화제를 낳은 사과 5개를 골라보면 다음과 같다.

첫 번째 사과는 ≪구약성서≫ 〈창세기〉에 등장하는 아담과 이브의 사과이다. 선악의 열매로 이 사과를 따 먹은 아담과 이브가 비로소 자신의 벌거벗은 몸을 부끄러워하게 된다. 이 사과는 종교적인 측면에서 인간을 죽음과 고통으로 이끈 인간타락의 상징이다.

▲ 〈사과가 있는 정물〉, 폴 세잔

두 번째 사과는 불화를 상징하는 호메로스의 〈일리아드Iliad〉에 나오는 파리스Paris의 황금사과로 신화와 전설에 얽힌 사과이다. 파리스가 세 여신 중에 아프로디테에게 황금사과를 주자, 아프로디테가 메넬라오스 왕의 왕비 헬레나를 파리스에게 아내로 바친다. 이것이 원인이 되어 트로이 전쟁이 일어나게 된다.

세 번째 사과는 오스트리아 총독 게슬러가 윌리엄 텔Guillaume Tell의 아들 머리 위에 올려놓고 활을 쏘게 한 사과이다. 나중에 무자비한 게슬러는 죽고 스위스가 독립한다는 이야기로, 정치적인 의미의 사과이다.

네 번째 사과는 아이작 뉴턴Isaac Newton의 사과로 과학을 상징하는 사과이다. 떨어지는 사과를 보고, 뉴턴은 고전역학의 상징인 만유인력의 법칙을 생각해낸다.

다섯 번째 사과는 폴 세잔Paul Cezanne의 예술의 사과이다. 그는 성모나 예수 그리스도의 그림만이 위대한 예술로 평가되던 시절에, 사과 그림도 위대한 예술작품이 될 수 있다는 것을 보여주었다.

살구나무

살구나무는 장미과 벚나무속 소속의 낙엽교목이다. 원산지는 동아시아이며, 원생종은 중국 산동성·산서성·하북성의 산악지대에서 동북구 남부에 분포한다. 재배지는 북아메리카와 유라시아 대륙의 온대에서 냉대 지역이다.

재배종 살구나무는 복숭아나무나 자두나무를 어미나무로 사용하여 접붙이기로 증식시킨다. 복숭아나무보다 더 추위에 강하며, 영하 30도까지도 견딜 수 있다고 한다.

살구나무는 기원전 5세기에 쓰여진 ≪예기(禮記)≫나 중국의 대표적인 신화집 ≪산해경(山海經)≫에도 그 기록이 나올 정도로 역사가 오랜 재배과수이다. ≪광군방보(廣群芳譜)≫의 기록에 의하면, 예전에는 과수라기보다는 복숭아와 더불어 약용식물로 더 중시되었다고 한다.

한나라가 실크로드를 통해 서역과 교역이 활발하던 기원전 2세기경에 유럽에 전파되었으며, 세계적으로는 터키산 살구가 유명하다. 일조량이 많은 지중해성 기후 덕분에 단맛이 매우 강하며, 특히 말라티야(Malatya) 지방의 살구가 유명하다. 과육을 말려서 장기보관하거나 수출하는데, 우리나라에 들어오는 말린 살구도 대부분 터키산이다.

우리나라에서는 ≪삼국유사≫에 "살구꽃을 보고 봄이 깊어가고 있음을 알 수 있다."는 내용이 나오는 것으로 보아, 삼국시대에 이미 살구나무를 심었던 것을 알 수 있다.

3월말에서 4월 초순에 잎보다 먼저 연한 분홍빛 꽃을 피운다. 열매는 7월에 주황색 또는 노란색을 띤 붉은색으로 익으며, 표면에 털이 많다.

▷ 이름의 유래

속명 프루누스*Prunus*는 장미과에 속하는 plum나무plum family의 라틴어 이름이며, 종소명 아르메니아카*armeniaca*는 흑해 연안에 있는 아르메니아 Armenia가 원산지라는 것을 나타낸다. 하지만 살구나무는 동아시아가 원산지이며, 실크로드를 통해 유럽에 전해졌다. 따라서 그 경유지에 있는 아르메니아를 원산지로 잘못 알고 붙인 이름이다.

영어 이름 애프리코트apricot는 포루투칼어 albricoque 또는 스페인어 albarcoque에서 유래된 것이며, 이것은 아랍어 정관사 Al과 라틴어 praecox 일찍 익는 복숭아를 합한 것이 어원이다.

우리나라에는 '개가 살구씨를 먹으면 죽는다.', '개고기를 먹고 체했을 때 살구 또는 살구씨가 특효'라는 속설이 있다. 이 속설을 설명할 때 살구의 어원이 '개를 죽인다.'라는 살구殺狗에서 비롯된 것이라고 한다. 하지만 살구는 순우리말인데다가 옛말은 '살고'였으므로, 이는 음이 비슷한 한자를 빌려서 만든 이름이었을 가능성이 높다.

일본에서는 예전에 당도唐桃라고 하였는데, 말 그대로 당나라에서 온 복숭아와 비슷한 열매라는 의미이다. 이것이 안즈ㄱㄴㅈ, 杏子라 불리기 시작한 것은 에도江戸 시대부터인데, 중국 이름 행자杏子의 발음 싱쯔xingzi가 변한 것이라고 한다.

▷ 살구의 용도

살구는 생으로도 먹지만, 가공해서 먹는 경우가 많다. 특히 러시안 티 russian tea에는 살구잼이 빠질 수 없다. 꿀에 절이거나 말린 건살구는 그대로 먹거나, 과자를 만드는 재료로 이용된다. 살구 열매의 노란색에는 비타민A 성분인 카로티노이드carotinoid가 포함되어 있어서, 꾸준히 먹으면 야맹증 예방에 도움이 된다.

살구씨를 물과 함께 증류하여, 각종 향초와 추출액을 중성 알코올과 혼합하여 숙성시킨 다음, 시럽을 첨가하여 만드는 아마레또amaretto라는 리쿠어liquor가 있다. 아몬드 향이 나며, 그대로 마시거나 칵테일을 만드는데 사용하기도 한다. 이것은 1525년 이탈리아 밀라노시 북부 사론노Saronno 시내에 있는 산타마리아 성당에 '그리스도의 탄생'을 주제로 프레스코화를 그린 베르나르디노 루이니Bernardino Luini에게 선물로 주어진 것이 시초라고 한다. 현재 사론노 마을에서 생산되고 있는 아마레토 디사론노Amaretto

▲ 〈동방박사의 경배〉 프레스코화, 베르나르디노 루이니

Disaronno는 19세기의 레시피를 부활시킨 것이다.

살구씨 말린 것을 생약명으로 행인杏仁이라 하며, 기침을 멈추게 하는데 효과가 있다. 중국 양나라 때 의사 도홍경陶弘景이 편찬한 ≪신농본초경집주神農本草經集註≫에도 행해인杏咳仁이라 하였다.

살구씨를 압작하여 채취한 행인유杏仁油는 비누·연고·머릿기름 등을 만드는데 이용된다. 또, 푸른 살구의 껍질을 벗기고 소금에 절인 다음, 설탕이나 꿀을 넣어 졸여 살구정과杏仁正果를 만들었다. 이외에도 행포杏炮, 행인당杏仁糖, 살구편떡, 杏餠, 행인죽杏仁粥 등을 만들어 먹기도 한다. 단, 어린 살구나 생종자는 시안화화합물을 함유하고 있으므로 섭취하면 설사나 복통을 일으킬 수 있으며, 심한 경우에는 생명을 잃기도 하므로 주의해야 한다.

▷ 동봉의 동선행림

행림杏林. 직역하자면 '살구나무 숲'이지만, 일반적으로 의사를 부르는 미칭으로 사용되는 말이다. 이와 관련하여 동진의 갈홍葛洪이 편찬한 ≪신선전神仙傳≫에 다음과 같은 유래가 전한다. 중국 오나라 강서성 여산에 동봉董奉이라는 의원이 있었다. 그는 환자를 치료해주고 그 대가를 돈으로 받지 않고, 무거운 병은 살구나무 다섯 그루, 가벼운 병은 살구나무 한 그루를 심어달라고 했다.

이렇게 하여 여러 해가 지나자, 그의 집 주위는 수십만 그루의 울창한 살구나무 숲을 이루게 되었다. 사람들은 이 숲을 행림 또는 동선행림董仙杏林이라는 불렀다. 이후 동봉은 해마다 살구가 익으면 그것을 팔아서 잡곡과 교환하여 가난한 사람들에게 나누어 주었으며, 식량이 부족한 길손에게 주는 몫만도 일 년에 이 만여 석이나 되었다고 한다.

그는 인간세상에서 300여 년을 살다가 나중에는 신선이 되어 승천했다

▲ 동봉

고 한다. 여기에서 비롯된 행림춘만
杏林春滿이란 고사성어는 훌륭한 의사
혹은 그러한 의사의 미덕을 칭송하
는 말로 사용되고 있다.

▷ 이광 장군의 살구

기원전 2세기경, 활의 달인인 한나라 장수 이광李廣이 흉노족을 토벌하기
위해 군대를 이끌고 돈황敦煌으로 출병하였다. 그러나 사막을 행진하다가
얼마안가 길을 잃고 헤매게 되었으며, 설상가상으로 먹을 물이 부족해서 기
진맥진하고 있었다. 그때 사막 저편에서 무지개 색깔의 두 장의 큰 천이 하
늘 위로 떠오르며, 꿀같이 달콤한 향기가 바람을 타고 불어오는 것이었다.

이광과 병사들이 천을 따라갔지만, 가까이 가면 갈수록 그 천은 더 멀어
졌다. 몇 번인가 쫓아가다가, 화가 난 이광이 천을 향해 활을 쏘았다. 화살
이 멋지게 천에 명중하여, 천이 땅에 떨어지고 말았다.

병사들이 가까이 가보니, 그곳에는 살구나무 숲이 있었다. 물이 부족해서
목이 타들어가던 병사들은 이제야 살았구나 하며, 마구 살구를 따먹었다. 하
지만 껍질이 두꺼울 뿐 아니라 열매살이 적고 쓴 맛이 나서, 목구멍이 따가
울 정도였다. 그래서 화가 난 병사들은 살구나무 가지를 모두 잘라버렸다.

실은 이 두 장의 천은 이광과 그의 병사들을 돕기 위해 서왕모西王母가 보
낸 살구선녀 자매인데, 자매가 일부러 한번 장난을 쳐본 것이었다. 그러나

동생선녀가 화살에 맞아 땅에 떨어진 것 때문에, 본래는 맛있는 살구가 먹을 수 없는 쓴 살구가 변한 것이었다. 얼마안가 단맛의 언니선녀가 쓴맛의 동생선녀의 줄기에 자신의 가지를 접붙였다. 그리고 선녀 자매가 춤을 추자, 나무는 점차 커져서 다시 많은 열매를 맺었다.

다음날 아침, 이광이 눈을 떠 보니 살구나무에 살구가 많이 열려 있었다. 그가 살구를 따 먹어보니 아주 맛이 있어서, 병사들에게도 먹어보라고 했다. 이렇게 해서 갈증과 허기를 해결한 이광과 병사들은 다시 흉노족 토벌에 나섰다.

후에 이광이 다시 돈황을 들렀을 때, 돈황의 관리인에게 이 살구 이야기를 해주고, 살구나무를 접목하여 재배해보라고 일러주었다. 사람들은 이광에게 감사하였으며, 이 살구를 '이광 살구'라 이름하였다. 지금도 이광 살구는 접목을 하지 않고 종자로 번식시키거나 다른 땅에 심어 키우면, 맛이 써서 먹을 수 없다고 한다.

▲ 이광 살구(돈황의 특산품)

▷ 공자의 행단

행단杏壇이란 공자가 제자들을 가르치던 교수당敎授堂 강당터를 일컫는 말이다. 후한의 명제明帝가 공자의 집에 거동하여, 그가 제자들을 가르치던 곳에 간 적이 있었다. 이 일이 있은 후, 후세 사람들이 그 자리에 전당殿堂

을 세웠으며, 송나라 때 공도보孔道輔가 대전大殿을 뒤로 옮기고 강당이 있던 자리에 단을 쌓고 그 주위에 살구나무를 심었다.

금나라의 문학가 당회영黨懷英이 행단杏壇이라 새긴 비석을 세웠는데, 이곳이 바로 공자를 모신 사당聖廟 앞이다. 이런 내력으로 인해, 후세 사람들이 '강당의 장소'를 행단이라 부르게 되었다. 현재 행단은 중국 산동성 곡부현曲阜縣에 있는, 공자의 위패를 모시는 대성전大成殿 앞에 있다. 행단 앞에 살구나무가 심어져 있으며, 이곳을 설명하는 안내판에도 행杏, apricot tree살구나무이라 표기되어 있다.

그러나 우리나라에는 공자를 기리는 성균관의 대성전이나 향교 또는 서원 앞에는 살구나무 대신 은행나무가 심어져 있다. 이런 혼동은 한자 행杏자에서 기인하는 것으로 보인다. 즉 행杏은 살구나무와 은행나무 모두를 의미하는데, 같은 글자를 중국에서는 살구나무杏로, 우리나라에서는 은행나무杏로 해석한 것이다.

▲ 중국 곡부현의 행단

나무 스토리텔링
나무의 신화와 전설

01 메타세쿼이아 _이름의 유래 · 메타세쿼이아의 재발견 · 수목의 왕 · 메타세쿼이아 가로수길 · 〈겨울연가〉

02 석류나무 _이름의 유래 · 생명과 사랑의 나무 · 석류 문양과 문장 · 장건과 석류나무 · 지하세계의 열매 · 신의 축복을 받은 열매 · 귀자모신

03 오동나무 _이름의 유래 · 오동나무의 용도 · 동화사 오동나무 · 화투와 오동나무 · 가야금과 거문고의 재료 · 세한삼우와 오동나무

04 은행나무 _이름의 유래 · 은행의 용도 · 은행나무의 정충 · 은행나무 꽃 · 용문사 은행나무 · 청주 압각수

05 자귀나무 _이름의 유래 · 아황과 여영 · 천연 신경안정제 · 부부의 금슬이 좋아지는 나무 · 남편을 돌아오게 한 꽃 · 호접천의 전설

06 단풍나무 _이름의 유래 · 단풍의 의미 · 단풍나무의 용도 · 메이플 시럽 · 중국의 단풍 · 임진왜란과 단풍나무 · 붉은 생의 단풍나무 · 고독의 나무 · 단풍나무 피리

07 느릅나무 _이름의 유래 · 느릅나무의 용도 · 프로테실라오스와 라오다메이아 · 오르페우스와 에우리디케

PART 02

주변의 나무

메타세쿼이아

메타세쿼이아는 낙우송과 메타세쿼이아속 소속의 낙엽침엽교목이다. 미끼(三木) 박사가
일본 기후현과 아이치현의 제3기층에서 발견한 새로운 화석자료에 의해 세쿼이아
(Sequoia)로부터 분리시켜 낙우송과의 새로운 속으로 메타세쿼이아속(Metasequoia)
을 만들어 재분류하였다.

발굴된 화석으로 볼 때, 예전에는 북반구에 널리 분포한 것으로 알려졌지만, 현재 남아
있는 원생림은 북아메리카의 태평양 연안에 한정되어 있다. 우리나라에는 1956년, 중국
이 아니라 미국에서 일본을 거쳐서 들여왔으며, 주로 가로수나 공원의 풍치수로 심는다.
목재는 실내의 방음장치 · 포장재 · 내장재 등으로 이용된다.

가는 잎이 2장씩 마주나고, 곁가지도 2개씩 마주난다. 낙우송과 같이 침엽수이며, 가을
에 단풍이 들고 낙엽이 진다. 꽃은 4~5월에 피며, 수꽃은 노란색이고 작은가지 끝에
이삭 모양으로 달리고, 암꽃은 작은가지에 하나씩 달린다. 열매는 구과(毬果)로 타원형
이며, 어릴 때는 푸른 녹색이고 성숙하면 갈색 또는 어두운 갈색으로 변한다.

▷ 이름의 유래

속명 메타세쿼이아 Metasequoia는 그리스어로 '뒤'라는 뜻의 메타 meta
와 속屬을 나타내는 세쿼이아 sequoia의 합성어이다. 세쿼이아라는 이름

은 유명한 아팔라치아 산맥의 원주민이었던 체로키Cherokee 족의 추장 이름 시쿼야Sequoyah에서 유래한 것이다. 종소명 글립토스트로보이데스glyptostroboides는 그리스어 glypto조각하다와 strobus솔방울의 합성어이다.

영어 이름은 돈 레드우드dawn redwood인데, 미국에 있는 세쿼이아보다 더 오랜 특성을 가지고 있다고 하여 붙여진 이름이다. 중국 이름은 수삼水杉이며, 북한 이름도 수삼이다. 거삼巨杉·세계옹世界翁이라는 한자 이름으로도 불린다.

▷ 메타세쿼이아의 재발견

1939년 미끼三木 박사는 일본에서 세쿼이아와 닮은 화석을 발견하였다. 그는 이것이 고생대 침엽수의 일종인 줄 알고, 메타세쿼이아속Metasequoia이라는 새로운 속屬을 하나 만들고, 1941년 학회에 발표하였다. 그는 이 나무가 백악기에서 제3기에 걸쳐 지구상에서 번성하다가 절멸하여, 이제는 화석으로만 만날 수 있는 사라져 버린 나무로 알았다.

그러나 1945년, 중국의 왕전王戰이라는 임업직 공무원이 사천성의 양자 강 지류인 마도磨刀 계곡의 사당 부근에서 거대한 나무를 발견하였다. 그는 이 나무의 이름을 알아보기 위해, 나무 표본을 남경대학의 식물학 교수 정만균鄭万均에게 보낸다. 정교수는 이 새로운 종의 표본을 다시 북경대학 부설 생물학연구소에 보냈다. 이곳의 호선숙胡先驌 소장은, 이 표본을 미끼 박사가 논문에서 밝힌 메타세쿼이아의 현생종으로 판단하고, 정교수와 공동조사를 시작하였다.

조사 결과 호 소장과 정 교수는 메타세쿼이아과를 신설하고, 이 신종을 메타세쿼이아 글립토스트로보이데스Metasequoia glyptostroboides라는 학명으로 발표하였다. 이렇게 해서 메타세쿼이아라는 살아있는 화석의 존재가 세상에 알려지게 되었다.

이 나무의 자생지는 사천성과 호북성 경계의 습지가 많은 계곡 지역이며, 현지의 토가족土家族은 메타세쿼이아를 수삼水杉이라 불렀다. 또, 이 나무를 신앙의 대상으로 여기고, 목재는 관을 만드는 용도로 사용하고 있었다.

▲ 메타세쿼이아 화석

1948년 현지 취재에 나선 샌프란시스코 크로니클 신문사의 실버만 기자가, 이 나무를 지금의 영어 이름 돈 레드우드Dawn Redwood로 표기하였다. 그 후 메타세쿼이아에 대한 본격적인 연구와 번식은 미국 아놀드 식물원Arnold Arboretum의 원장인 메릴Merrill 박사에 의해 시작되었다.

▷ 수목의 왕

세쿼이아에는 세쿼이아 셈퍼비렌스Sequoia sempervirens와 세쿼이아덴드론 기간테움Sequoiadendron giganteum 두 종류가 있다. 모두 암수한그루이며, 암꽃도 수꽃도 나무의 거대함에 비하면 아주 작은 편이다. 꽃이 눈에 잘 띄지 않아서인지, 꽃말도 탄생화도 없는 것으로 보인다.

오레곤주에서 캘리포니아주 해안의 가까운 산지에 자생하는 세쿼이아 셈퍼비렌스는 세계 최고의 수고樹高를 자랑한다. 그 중에서도 가장 큰 것은 2006년 캘리포니아주 북부의 레드우드 국립공원에서 발견된 세 그루 중에 한 그루로, 수고가 무려 115.2m나 된다. 이들 세 그루는 모두 지금까지 가장 크다고 알려진 스트래토스피어 자이언트Stratosphere giant보다 크다.

따라서, 이 큰 나무는 그리스 신화에 나오는 거인의 이름을 따서 히페리온Hyperion이란 별명으로 불리고 있다. 셈퍼비렌스는 수피가 붉기 때문에 일반적으로 레드우드Redwood라고도 불린다. 또, 코스트 레드우드Coast Redwood라고도 불리지만, 해풍에 약하기 때문에 해안가에서는 잘 자라지 않는다.

시에라네바다 산맥 주변의 1,300m 이상 고지에는 세쿼이아덴드론 기간테움이 자생하고 있다. 이 종류는 체적이 가장 큰 종이며, 그 중에서도 세쿼이아 국립공원에 있는 제너럴 셔먼General Sherman이 단연 으뜸이다. 높이가 약 84m, 뿌리 직경은 약 11m, 줄기의 체적은 1,500세제곱미터, 총중량은 2,000톤을 넘는다고 한다. 1978년 이 나무에서 떨어진 가지는 길이 45m, 밑부분의 굵기 2m, 수피는 60cm에 이른다고 한다. 수피가 두꺼운 것은 산불이나 낙뢰 등의 자연재해로부터 자신을 지키기 위한 것이다.

▲ 제너럴 셔먼 © Scott Cuper

기간테움의 이름은 나무의 거대함으로 인해, 유명한 인물의 이름을 빌려 쓰는 경우가 많다. '제너럴 셔먼'이라는 이름은 남북전쟁 시 북군의 명장 윌리엄 T. 셔먼Willam Tecumseh Sherman 소장의 이름에서 유래한 것이다. 상상을 초월하는 거대한 수목이어서, 단순히 빅 트리Big tree라 불리는 외에 맘모스 트리Mammoth tree, 자이안트 세쿼이아Giant sequoia 등으로도 불린다.

평균 수명은 셈퍼비렌스가 900년, 기간테움이 1,800년이라 한다. 기간 테움 중에는 3,000년이 넘는 것도 있으며, 지금도 계속 성장하고 있다.

최장수 나무는 캘리포니아주 프레리 크리크 레드우드 주립공원에 있는 셈퍼비렌스로 이터널 갓Eternal God이라 불린다. 수령은 명확하지는 않지 만, 7,000년에서 12,000년 정도라고 한다. 수령이 정확히 판명된 최고령 나무는 캘리포니아 주에 생육하는 히코리 소나무Hickory pine이다. 어쨌든 이들 톱3 수목은 모두 캘리포니아 주에 있다.

▷ 메타세쿼이아 가로수길

담양에서 순창으로 이어지는 24번 국도변의 메타세쿼이아 가로수길이 유명세를 타고 있다. 이 가로수길은 1970년대 초 정부의 가로수 조성사업 때 심었는데, 3~4년생의 작은 묘목이 지금은 20~30미터 높이의 거대한

▲ 담양 메타세쿼이아 가로수길

숲을 이루고 있다.

지난 2,000년에는 메타세쿼이아 길을 뚫고 고속도로가 건설된다는 소식에 마을사람들이 반발하여, 결국 고속도로 노선은 비켜지나갔다. 이 메타세쿼이아 가로수길이 전국적으로 유명해지면서, 학동리 앞 1.5km구간은 아예 차량통행을 금지시켰다.

이 가로수길은 영화 〈화려한 휴가〉에서 주인공이 택시를 타고 한가로이 달리는 장면과 예능 프로그램 〈1박 2일〉이 담양에서 하룻밤을 묵는 장면이 방영되면서 전국적으로 더욱 알려지게 되었다.

또, 이 가로수길은 생명의 숲 국민운동본부가 선정한 '2002년 아름다운 거리숲'에서 대상, 2006년에는 건설교통부 선정 '한국의 아름다운 길 100선'에서 최우수상을 수상하기도 했다.

▷ 〈겨울연가〉

2002년 텔레비전에서 방영된 드라마 〈겨울연가〉가 있다. 이 드라마는 일본에서 〈겨울 소나타冬のソナタ〉라는 제목으로 NHK에서 다시 방영되어, 일

▲ 남이섬의 메타세쿼이아 가로수길

본 중년층 주부를 중심으로 한류 붐을 일어난 계기가 되기도 했다.

여고생 정유진최지우 역은 전학생 강준상배용준 역과 메타세쿼이아 가로수길이 있는 호반에서 데이트를 하다가 첫 키스를 나눈다. 이후 두 사람은 운명의

장난처럼 이별을 하게 되고, 10년 후에 재회를 하여 추억의 장소를 방문한다. 교통사고로 기억을 잃은 준상은 유진과 행복한 과거를 체험하면서 서서히 기억을 찾아간다는 줄거리의 드라마이다.

하늘을 향해 장엄하게 솟은 메타세쿼이아 가로수길은 마치 신의 영역으로 들어가는 통로처럼 보이기도 한다. 이 드라마의 촬영지인 남이섬은 북한강에 반달모양으로 떠있는 섬으로, 지금은 관광명소로 각광을 받고 있다.

석류나무

석류나무는 석류나무과 석류나무속 수목의 총칭으로, 온대 지역에서는 낙엽수이고 아열대 지역에서는 상록수이다. 신생대 제3기 말기인 선신세(鮮新世) 시기에 이미 지구상에 자생하고 있었다.

원산지는 이란 고원을 중심으로 소아시아 지방에서 서인도 일대이며, 지금도 이탈리아, 프랑스 등 지중해 연안 여러 나라를 비롯하여 아메리카 · 러시아 · 인도 · 중국 등에서 널리 재배되고 있다.

석류나무는 건조와 추위에 강하고, 토지의 풍토에도 높은 친화성을 지니고 있다. 그리고 여름과 가을에 기온이 높은 곳에서 나는 열매는 달고, 낮은 곳에서 나는 열매는 신맛이 많다.

5~6월에, 새로 나온 가지 끝에서 붉은색 꽃을 피우는데, 그 아래에는 꽃받침조각과 일체화한 씨방이 붙어있다. 10~11월에 주황색 또는 빨간 주홍색의 열매를 결실한다. 열매가 익으면서 열매껍질은 광택이 나고 딱딱해지며, 세로로 갈라진다. 식용하는 부분은 내부의 종자를 싸고 있는 가종피이며, 투명한 느낌이 나고 과즙을 많이 함유하고 있다.

외종피는 품종에 따라 두 가지 색으로 나뉜다. 유럽과 미국에서 재배되는 그라나다 (Granada)와 페이퍼 쉘(Paper shell)은 담황색 또는 황홍색이며, 스페니시 루비 (Spanish ruby) · 로만(Roman) · 원더플(Wonderful) · 로버타(Roberta)는 적자색 또는 심홍색이다. 석류의 세계 최대 산지인 이란에서 재배되는 샤후알(Schahvar)과 로밥 (Robab)도 외종피가 붉은 품종이다.

▷ 이름의 유래

석류나무의 속명 푸니카Punica는 고대 라틴어로 북아프리카의 고대도시 카르타고 현재의 튀니지 동부를 가리키는 punicum에서 유래된 것이다. 카르타고인들은 석류를 카르타고의 사과malum punicum라 부르며, 애호했다. 종소명 그라나튬granatum은 알갱이 또는 장과漿果를 의미하는 granum에서 파생한 말로 석류를 가리킨다.

옛날에는 석류를 apple of granata 또는 malum punicum 이라고 불렀는데, 그 뜻은 카르타고의 사과 apple of carthago라는 뜻이다. 이처럼 석류를 사과라고 표현한 것은, 석류의 시고 단맛에서 기인한 것으로 여겨진다. 영어 이름 포메그래닛pomegranate은 '종자가 많은 사과'라는 의미로, 라틴어에서 유래한 것이다. 프랑스 이름 그라나디에르grenadier이나 독일 이름 그라나타펠granatapfel은, 종소명이 그 나라 언어권에 들어가서 변한 것이라 여겨진다.

한자로는 석류石榴로 표기한다. 이것은 기원전 3세기에서 3세기 중반에 걸쳐, 카스피해 연안에서 강력한 세력을 가지고 있던 안석국安石國, 고대 이란 왕국에서 유래한 것이다. 이 나라에서 가져온 류榴, 혹이 있는 열매가 열리는 나무라는 의미의 안석류安石榴가 생략되어 석류石榴가 된 것이다. 혹은, 안석국 서쪽에 있는 석류의 생산지인 자그로스Zagrous 산지山地의 음역이라고도 한다.

중국에서 도림塗林 또는 내림柰林 등의 별칭으로 불리는데, 이는 석류의 산스크리트어 darim, 정확하게는 darima의 음역에서 유래한 것이다.

또, 석류의 다른 표기인 자류柘榴의 자柘는 '나무에서 얻는 적황색 염료'를 의미하는 한자로, 열매껍질의 색에서 유래한 것으로 여겨진다. 고문헌에는 약류若榴라는 표기가 있는데, 이것은 고대에 석石과 약若이 비슷한 발

음이었던 것의 영향이다. 석류의 일본 이름 자쿠로ザクロ도 약류若榴, ジャクリュウ가 변해서 쟈쿠로ジャクロ가 되고, 이것이 다시 자쿠로ザクロ로 발음이 변한 것이다.

▲ 석류 모양의 항아리

▷ 생명과 사랑의 나무

일반적으로 석류는 포도, 호도와 함께 장건張騫이 중국에 가져온 것으로 알려져 있다. 3세기에 인도와 티벳을 경유해서 중국에 전해진 것이라는 설도 있지만, 이것은 민간에 보급된 시기를 가리키는 듯하다.

한무제가 천하의 기이한 나무와 이름난 과수를 모아 조성한 상림원上林苑에는 이미 열 그루의 석류나무가 있었다고 한다. 또, 오나라 손권孫權의 두 번째 부인 반潘씨가 석류나무에 보석반지를 걸었다는 이야기도 전해진다.

중국의 오래 전 꽃말에, '의남다자宜男多子, 삼다三多'라는 것이 있다. '의남'이란 여자가 몸에 지니면 아들을 낳을 수 있다고 믿는 훤초萱草, 원추리를, '다자'는 석류를 의미한다. 또, '삼다'의 '삼'은 석류·복숭아·불수감佛手柑을 가리키며, 이는 모두 생명을 상징하는 열매로 자손번영을 기원하는 과일로 알려져 있다.

이러한 인식으로 인해, 석류꽃을 애정의 꽃으로 여겨, 사랑하는 남녀 사이에 선물로 주고받기도 했다. 특히 진나라 때는 석류를 소재로 지은 시가 유행했다. 반니潘尼는 〈안석류부安石榴賦〉에서 석류를 '천하의 기수奇樹, 구주九州의 명과'라 칭하고, 집안에 심어놓은 석류나무와 열매를 보고 시를 짓기도 했다.

≪악부시집樂府詩集≫에 석류를 소재로 한 동진東晉의 민요체 시 〈맹주孟珠〉가 전한다.

양주楊州의 석류꽃을 꺾어
당신의 소매에 꽂아드립니다.
둥굴레꽃은 '나를 생각해주세요'라는 뜻입니다
다른 여인에게는 주지마세요.

일설에 이 시의 제목 맹주孟珠는 기녀의 이름인데, 단골 남자가 바람피우지 않도록 석류꽃이나 둥굴레꽃을 선물한 것을 시로 표현한 것이라고 한다.

당나라의 이백약李百藥이 쓴 역사서 ≪북제서北齊書≫에는 안덕왕安德王의 석류에 관한 이야기가 나온다. 안덕왕이 왕비를 맞이할 때, 신부의 어머니가 커다란 석류 열매 두 개를 안덕왕에게 선물했으나, 왕은 그 의미를 알지 못하고 그냥 내버려 두었다. 후에 가신 위수魏秀가 "석류는 그 안에 많은 씨앗을 품고 있습니다. 왕께서 이제 장가를 드시니, 왕비의 어머니가 두 사람 사이에 많은 자식이 탄생하고, 왕실이 번영하라는 기원을 담아 석류를 바친 것입니다."라고 알려주자 왕은 그 뜻을 알고 매우 기뻐했다.

홍일점紅一點은 남성들 사이에 단 한 명의 여성이 있는 것을 나타내는 말인데, 여기의 '홍紅'은 석류꽃을 뜻한다. 이 말은 당송팔대가의 한 사람인 왕안석王安石의 〈석류시石榴詩〉 가운데 나오는 "만록총중홍일점萬綠叢中紅一點"이라는 구절에서 비롯된 것이다. '온통 푸른 덤불 속에 핀 붉은 꽃 한 송이'라는 뜻으로, 왕안석이 정원을 산보할 때, 잎 사이에 홀로 핀 석류꽃을 보고 쓴 시라고 한다. 그리스의 영향이 강한 터키에서는 결혼식 때 신부가 잘 익은 석류를 땅에 던지는 풍습이 있는데, 그때 떨어져서 터진 종자의 수가 신부가 낳을 자식의 수를 나타낸다고 한다.

▷ 석류 문양과 문장

다산과 생명의 심볼인 석류는 장식의 모티브motive로 많이 사용되는 식물이기도 하다. 기원전 2,500년 전의 이집트 묘지 장식에 석류 문양文樣이 부조되어 있으며, 람세스Ramesses 4세의 것으로 추정되는 피라밋에서는 석류 종자가 발견되었다. 에게 해의 로도스Rodos 섬에서는 석류꽃이 왕실 문장紋章의 일부로 사용되었다.

고대 오리엔트 세계를 통일한 페르시아 제국에서는 왕이 가진 홀笏의 윗부분에 석류 문양이 새겨져 있었다. 아름다운 문양으로 널리 알려진 페르시아 주단의 무늬에도 석류꽃과 열매가 모티브로 자주 사용되고 있다. 유대의 솔로몬 왕에 얽힌 이야기에 의하면, 신전의 장식문양은 석류를 모방한 것이고, 신관神官의 의장과 유대법률을 기록한 두루마리에도 석류가 그려져 있었다고 한다.

≪구약성서≫〈역대기하〉4장 12절의 "두 개의 기둥과 기둥 꼭대기의 둥근 기둥머리, 그 기둥 꼭대기의 둥근 두 기둥머리에 씌운 두 그물, 두 그물에 달린 석류들, 곧 기둥 꼭대기의 둥근 두 기둥머리에 씌운 각 그물에 두 줄로 매단 석류 사백 개를 만들었다."라는 표현에서도 석류 문양이 장식과 의장으로 사용되었다는 것을 알 수 있다.

팔레스타인의 고도 가버나움Capernaum에는 예수그리스도가 가르침을 전한 장소가 있는데, 거기에 세워진 유대교의 사원 벽에도 석류를 모티브로 한 장식이 새겨져있다. 성모자를 소재로 한 그림에는 성모마리아가 석류열매를 손에 든 모습이 묘사된 것도 있다. 꽃받침이 왕관과 비슷한 모양이어서, 유럽에서는 왕가의 문장 모티브로 사용되기도 했다.

스페인 남부에 위치한 그라나다Granada는 스페인어로 석류라는 의미이며, 석류를 가리키는 아라비아어에서 유래된 것이다. 시市의 문장에도 석류가 들어가 있는데, 이것은 이슬람국가 시대부터 대대로 이어온 것이다.

잉글랜드 국왕 헨리 4세도 그들을 따라 석류열매를 자신들의 문장으로 정하였다. 왕이 붙인 명문銘文 'Sour yet Sweet'는 '신맛이지만, 단맛이 나는'이라는 뜻으로, 좋은 왕이 되기 위해서는 엄격함을 온건함에 함께 겸비하지 않으면 안된다라는 의미를 내포하고 있다.

후에 석류 문장은 헨리 8세의 최초 왕비인 아라곤Aragon 왕가 출신의 캐서린 아라곤Catherine of Aragon의 상징이 되기도 하였다. 기록에 의하면, 그녀를 위해 개최된 궁전의 가면극에 장미와 석류로 장식한 행렬이 등장했다

▲ 그라나다 시의 문장

고 한다. 이것은 잉글랜드와 스페인의 동맹 관계를 암시하는 것이기도 하다. 후에 캐서린은 이혼당하지만, 남편 헨리 8세와의 사이에서 태어난 딸 메리 튜더Mary Tudor는 잉글랜드 최초의 여왕 메리 1세로 즉위한다. 그녀는 재위 중에 수많은 프로테스탄트 신교도를 처형하여 블러디 메리Bloody Mary라 불리기도 했으며, 왕가의 문장도 석류와 홍백의 장미를 모티브로 하고 있다.

▷ 장건과 석류나무

기원전 2세기경에, 장건張騫은 한나라 무제의 명을 받아 서역 토벌에 나갔다. 그 때 머무르던 안석국安石國의 관사 옆에 불꽃이 타오르는 듯한 빨간 꽃나무 한 그루가 있었는데, 그 나무가 바로 석류나무였다. 그때까지 고국에서는 이처럼 선명한 색의 꽃을 보지 못한 그는, 이따금 문가로 나가서 그 꽃을 감상하곤 했다.

그런데 안석국에 가뭄이 계속되어, 모처럼 핀 꽃도 색이 바래져서 떨어지려 했다. 이것을 마음 아파하던 장건은 날마다 나무에 물을 주고 정성껏 보살핀 결과, 석류는 다시 생기를 되찾았다.

　시간이 흘러, 장건은 주어진 임무를 마치고 귀국길에 오를 준비를 하게 되었다. 출발하기 하루 전날 밤에, 장건의 방에 갑자기 붉은 윗도리와 녹색 치마를 입은 젊은 여자가 나타나서 이렇게 말했다.

　"내일이면 사신 일행이 출발하시는 날이라고 들었습니다. 부디 저도 함께 데려가 주세요."

　장건은 그녀의 말에 몹시 놀랐다. 그리고 틀림없이 안석국의 궁녀가 무슨 잘못을 저지르고 외국으로 도망가려는 속셈인 줄로 알았다. "천자의 막중한 임무를 띠고 온 내가 어찌 알지도 못하는 외국 여인을 데리고 귀국할 수 있단 말인가?"라고 생각하여, 큰 목소리로 그녀를 꾸짖었다.

　"이런 야심한 밤에 내 방으로 들어와서 발칙한 얘기를 지껄이다니, 어서 여기서 썩 나가거라."

　그러자 여인은 애처로이 장건을 보더니 방을 나가 사라졌다. 다음날 아침 안석국의 왕은 호화로운 선물을 가지가지 준비했지만, 장건은 모두 사양했다. 대신 체류 중에 무료함을 달래준 석류나무를 기념으로 가지고 가고 싶다는 청을 올려 허락을 얻었다.

　그러나 돌아가는 도중에 포악한 흉노의 습격을 받아 겨우 포위망을 뚫고 탈출하였으나, 그 와중에 선물로 받은 석류나무를 잃어버리고 말았다. 이러한 고난 끝에 겨우 장안의 도성에 도착했지만, 장건은 잃어버린 석류나무를 생각하며 매우 마음 아파했다.

　그가 성문에 들어서려는 그 때, 붉은 윗도리와 녹색 치마를 입은 여자가 매우 수척한 모습으로 달려왔다. 그 모습을 자세히 보니, 안석국을 떠나기 전날 밤에, 장건에게 자기도 데려가 달라고 부탁하던 그 여인이었다.

여인은 장건에게 다가가서 "가뭄이 심할 때, 목숨을 구해준 은혜에 보답하고 싶어서 여기까지 쫓아왔습니다."라는 말을 비명처럼 외치더니 그 자리에 쓰러져 죽고 말았다. 그리고 신기하게도 그 자리에서 푸른 잎이 무성한 석류나무가 돋아나오더니, 곧바로 붉디붉은 아름다운 꽃을 피우는 것이었다.

▲ 장건

▷ 지하세계의 열매

대지의 여신 데메테르Demeter의 딸 코레Kore는, 꽃과 지하세계와 관련이 깊은 여신이다. 어느 날 코레가 코로노스 섬의 초원에서 요정들과 꽃을 따며 놀고 있었다. 그녀는 눈앞에 널려있는 아름다운 꽃을 따는데 열중하느라, 다른 요정들과 멀리 떨어져 있는 것도 알지 못했다.

흐드러지게 핀 꽃들 사이에서 수선화를 발견하고, 따려고 가까이 가자 갑자기 큰 굉음이 들리면서 땅이 갈라졌다. 그리고 그 속에서 암청색의 마차를 탄 지하세계의 신 하데스Hades가 나타나더니, 겁에 질린 코레를 지하세계로 데리고 가버렸다.

하데스는 코레가 어릴 때에, 코레의 아버지인 제우스에게 "데메테르의 딸을 아내로 맞이하고 싶다."라고 말한 적이 있었으나, 제우스는 데메테르에게 물어본다는 것을 깜박 잊고 있었다. 하데스가 그때까지 코레를 사랑하고 있다는 것을 알고, 제우스가 수선화를 피워서 하데스에게 코레가 있는 곳을 알려준 것이다.

한편, 요정들에게 딸이 납치당했다는 소식을 들은 데메테르는, 미친 듯이 딸을 찾아 지상세계를 헤매고 다녔다. 그러던 중에 태양의 신 헤리오스 Helios에게 코레가 지하세계에 있다는 말을 듣고, 하데스를 찾아가 딸을 내놓으라고 했지만 거절당한다. 이렇게 되자, 제우스는 "코레가 지하세계에서 아무 것도 먹지 않으면 지상세계로 데려와도 좋다.' 라고 말했다. 어머니에게 돌아간다는 기쁨에 들떠있는 코레에게 하데스가 석류를 슬쩍 내밀었다. 코레는 그 사실을 깜박 잊고, 그만 석류를 먹고 말았다.

올림푸스에는 지하세계의 음식을 먹으면 지상으로 돌아올 수 없다는 규칙이 있었다. 물론 신들 조차도 이 규칙을 깨뜨리는 것은 허락되지 않았다.

▲ 〈페르세포네〉, 단테 가브리엘 로세티

결국 신들이 합의한 끝에, 일 년 중에 코레가 먹은 석류의 수와 같은 네 달은 지하세계에서, 나머지 여덟 달은 지상세계에서 어머니 데메테르와 함께 지내는 것으로 결정이 났다. 이 때문에 페르세포네 코레가 없는 일 년 중 넉 달 동안은 데메테르가 슬픔에 잠겨 있어서, 지상세계는 차가운 바람이 부는 겨울이 지속된다.

하데스의 아내가 된 코레는

페르세포네Persephone라 불리며, 남편과 함께 지하세계를 지배하는 여왕이 되었다. 이 이야기는 석류가 곡물과 같이 풍요를 의미하는 중요한 식물이라는 것을 나타내고 있다.

그리스도교에서는 이 신화에 근거하여, 자신은 죽지만 새싹이 돋아나는 석류를 죽음과 부활에 연결시켜 설명하며, 재생과 불사에 대한 희망의 상징으로 여긴다.

▷ 신의 축복을 받은 열매

옛날, 이스라엘 어느 마을에 매우 신앙심이 깊은 남자가 살고 있었다. 그는 병이 들어 죽기 전에 젊은 아들에게 이런 유언을 남겼다.

"내가 죽으면 매일 아침 강가에 나가 빵을 하나씩 던져라.
그리고 자기 것이 아닌 것은 결코 가져서는 안된다."

젊은 아들은 아버지가 죽은 후에, 매일 아침 강에 가서 빵을 하나씩 던져 넣었다. 어느 날 아침에 평상시처럼 강으로 나갔는데, 석류가 강물에 떠내려오는 것을 발견하고, 그것을 주워 먹어버렸다. 그 순간 아버지가 그에게 남긴 유언이 생각났다.

"누가 떨어뜨린 석류인지 모르지만, 주인에게 돌려주자." 이렇게 생각한 젊은이는 석류가 흘러온 강을 사흘밤낮을 거슬러 올라가, 드디어 강이 시작되는 곳에 도달했다. 그곳은 과수원으로 연결되어 있고, 그 앞에는 큰 대문이 있었다. 젊은이가 문을 두드리자, 긴 수염의 노인이 나와서 무슨 일로 왔는지 물었다.

"제가 강가에서 석류를 주웠습니다. 돌아가신 어버지께서 자신의 것이 아닌 것은 절대로 먹어서는 안된다고 말씀하셨는데, 그만 그것을 먹어버렸습니다. 그래서 당신의 용서를 구하기 위해 이곳까지 오게 되었습니다. 원하신다면 얼마라도 지불해 드리겠습니다." 그 말을 들은 노인은 이렇게 말했다.

"그 석류는 내가 기르는 것 중에서, 가장 아름답고 귀중한 것이었다. 그래서 돈 같은 것은 필요 없고, 그 대신 내 딸을 당신에게 시집보내야겠다. 그런데 내 딸은 손발이 없고, 둥근 공과 같은 몸을 하고 있다."

"알겠습니다. 그러나 어머니에게도 이 일을 말씀드려야 합니다."

젊은이는 일단 집으로 돌아와 어머니에게 석류와 노인에 대해 이야기했다. 그러자 어머니는 "그 노인이 말한 대로 그의 딸을 신부로 맞아들여라. 그것이 아버지의 뜻에 맞는 것이다."라고 말했다.

그래서 그는 다시 노인에게 가서 딸을 아내로 맞아들이겠다고 말했다. 결혼 준비를 마친 후에, 노인은 젊은이를 신부에게 안내했다. 거기에는 천에 싸인 신부가 앉아있었다. 노인은 "결혼식이 끝나면 딸의 모습을 보여주겠다."라고 말했다. 그리고 축하연을 마친 후에 혼례품과 선물을 신부와 함께 낙타에 태워서 젊은이에게 맡겼다.

집에 도착한 젊은이는 자신의 방으로 신부를 안내했다. 그러나 차마 신부의 천을 벗길 용기가 나지 않아 잠시 머뭇거렸다. "내가 결정한 일이다."라고 뜻을 정한 그는 신부에게 씌워져 있던 천을 벗겼다. 그러자 거기에는 눈부시게 아름다운 아가씨가 있었다. 그 광경을 본 젊은이와 그의 어머니는 매우 놀라며 기뻐했다.

그리고 한참 지나서, 신부의 아버지가 그의 집을 방문했다. 그때 젊은이는 노인에게 왜 딸이 손발이 없다고 말했는지 물어보았다.

"나는 오랫동안 예의 바르고 훌륭한 젊은이를, 내 딸의 남편감으로 찾고 있었다. 당신이 처음 나를 찾아왔을 때, 그야말로 딸에게 딱 맞는 남편감이라 생각하고, 정말 그런 사람인지 시험해본 것이다."

이 이야기는 유대교와 그리스도교에서, 석류가 신성한 과일임을 보여주는 일화이다. 실제로 ≪구약성서≫ 〈신명기〉 8장 8절에 "또 밀과 보리와 포도주와 무화과와 석류가 나는 땅이며, 올리브 기름과 꿀이 나는 땅이다."라고 약속의 땅 가나안을 묘사하고 있다. 또, 석류는 신의 축복을 받은 7대 산물에 속하기도 한다.

〈민수기〉 13장 23절의 "그들은 에스콜 골짜기에 이르러, 포도송이 하나가 달린 가지를 잘라, 두 사람이 막대기에 꿰어 둘러메었다. 석류와 무화과도 땄다."라는 구절로 보아, 가나안 땅으로 정찰을 나갔던 자들에게, 석류는 목마름을 해소하던 과일이기도 했던 모양이다.

남녀 간의 사랑의 노래로 이루어진 〈아가〉 4장 13절 "그대의 새싹들은 석류나무 정원이라오. 맛깔스러운 과일로 가득하고", 6장 7절 "너울 뒤로 얼보이는 그대의 볼은 석류 조각 같다오." 등과 같이 여성을 석류에 비유하거나 생명의 심볼로 표현한 구절도 있다. 이러한 표현을 근거로, 에덴동산의 '생명의 나무'가 석류나무라고 주장하는 사람도 있다.

이슬람교의 경전 ≪코란≫에는 석류가 올리브 · 대추야자 · 포도와 더불어 유일신이 창조한 과일로 나와 있다. 나무를 키워 열매를 따먹는 것으로, 이슬람 신앙의 진실에 닿을 수 있다고 한다. 이것은 당시에 알려진 석류의 약효를, 유일신 알라가 가진 절대적인 능력과 동일시하기 위한 것이라고 여겨진다.

▷ 귀자모신

기원전 6세기경, 인도 갠지스강 하류 마가다Magadha 국에 라자그리하Rajagriha라는 도시가 있었다. 이곳에는 하리티Hariti라는 여신이 살고 있었는데, 그녀는 귀신 판치카Panchika의 아내로 500명의 아이를 가진 어머니이기도 했다. 그런데 하리티는 대단히 잔인한 성격이어서, 성 아래로 나와서는 인간의 아이들을 끊임없이 잡아먹었다.

　그녀의 이런 행동을 괴로워하던 인간들이 불타佛陀에게 "우리 아이들을 빼앗아가는 하리티를 벌주세요."라고 기도했다. 그 기도를 들은 불타는 가지고 있던 바리때로 하리티의 막내 아들 핀카라의 모습을 숨기고 성을 떠나갔다. 아들이 없어진 것을 안 하리티는 칠일 밤낮을 찾아다녔지만, 도저히 찾을 수가 없었다.

　"불타는 이 세상의 모든 것을 알고 계신다. 불타라면 당신의 아들이 어디에 있는지 알 것이다." 길가는 사람에게 이 말을 들은 하리티는 급히 불타에게로 갔다. "제발 내 아들 핀카라가 어디에 있는지 알려주세요. 칠일 밤낮을 찾아다녔지만 도저히 찾을 수가 없습니다."라고 말하며 쓰러져 정신없이 울었다.

　그러자 불타는 이렇게 꾸짖었다. "너에게는 500명의 아이가 있다고 들었다. 그 중에 단 한 명을 잃어버렸는데도 이렇게 슬퍼한다면, 네가 잡아먹은 아이의 부모는 얼마나 고통과 슬픔이 크겠는가? 앞으로 일체 사람의 아이를 죽이지 않겠다는 약속을 한다면 핀카라를 돌려주겠다. 그리고 다시 인육의 맛이 그리워지거든 이 과일을 먹도록 하라. 이 과일이 그대의 목마름을 풀어줄 것이다." 불타는 품에서 과일을 하나 꺼내주었다. 그 과일은 피처럼 붉은 속 알맹이를 가진 석류였다.

　이후 불타의 설법을 듣고 자신의

▲ 〈귀자모신〉　　　ⓒ PHGCOM

잘못을 뉘우친 하리티는 풍요와 다산을 상징하는 귀자모신鬼子母神이 되었다. 이 설화로 인해 사람들은 귀자모신당鬼子母神堂 옆에 석류나무를 심고, 그녀에게 소원을 빌었다. 자귀모신은 우리나라의 삼신할미와 같은 성격의 신으로, 안전한 출산과 육아를 관장하는 아이들의 수호신이다.

오동나무

오동나무는 현삼과 오동나무속에 속하는 동아시아의 특산식물이다. 우리나라에는 오동
나무와 울릉도에 자생하는 참오동나무 두 종류가 있다. 참오동나무 꽃은 꽃잎에 자주색
줄이 길이 방향으로 나있어, 줄이 없는 오동나무 꽃과 구별된다.

오동나무와 잎이 비슷하여 혼동되는 나무로, 나무껍질이 초록색을 띠는 중국 원산의 벽
오동이 있다. 또, 능소화과의 중국산 개오동과 북미산 꽃개오동도 비슷한 잎 모양을 하
고 있다.

5~6월에 잎보다 먼저 꽃이 피는데, 가지 끝에 원추꽃차례(圓錐花序)로 달린다. 작은
통모양의 연한 보라색 꽃을 피우며, 향기가 좋다. 나뭇잎은 매우 큰 것이 특징이며, 삼
각형 또는 오각형이고 3~5갈래로 얕게 갈라진다.

10~11월에 익는 열매는 삭과(蒴果)로 구형이며, 하나의 삭과에 2,000~3,000개의 종
자가 들어있다. 초겨울에 종자를 바람에 날려 보내는데, 이때 모든 종자를 날려 보내지
않고 일부는 열매 속에 남겨둔다. 봄이 오기 전에 산불이 나거나 하면, 이 남은 종자를
떨어뜨려 재빨리 싹을 틔우려는 오동나무의 생존전략이다.

▷ 이름의 유래

속명 파울로우니아 _Paulownia_ 는 식물학자 시볼트 _Siebold_ 가 경제적으로 후
원을 받은, 네델란드의 황후로서 러시아의 황제가 된 파벨 1세 _Paul I_ 의 딸

안나 파울로나Anna Paulowna를 기념하여 붙인 것이다.

일본 이름 키리ㅋ, 桐는 '자르다'는 뜻의 키리伐ㅂ에서 유래한 것이다. 오동나무는 생장이 빠르기 때문에 뿌리 가까이까지 자르더라도, 이전보다도 더 왕성하게 자라기 때문에 '잘려서伐 빛나는榮 나무'라 불릴 정도이다. 한자 이름 동桐은 나무 목木 자에 꽃이 통 모양인 것을 나타내는 동同 자를 붙여 만든 것으로, 오동나무 꽃의 특징을 표현한 것이다.

옛날에는 오동나무를 머귀나무라 부르기도 했으므로, 한자 머귀 오梧와 머귀 동桐에서 오동나무라는 이름이 유래한 것이다. 그러나 중국이나 일본에서 오동梧桐이라 하면, 우리나라의 벽오동碧梧桐을 가리킨다. 오동나무를 중국에서는 수피가 흰 것에서 백동白桐, 일본에서는 그냥 키리桐라 부른다.

▷ 오동나무의 용도

오동나무는 생장이 매우 빠르기 때문에 딸을 낳으면 오동나무 몇 그루를 심어, 시집갈 때쯤이면 크게 자란 나무를 베어 장롱을 만들어 시집보냈다고 한다. 이처럼 오동나무로 만든 장롱을 오동장梧桐欌이라 하는데, 흡습성과 내화성이 뛰어나서 귀중한 문서나 서화작품을 보관하는 문갑文匣의 재료로 널리 사용되었다. 이 밖에 병풍틀을 짜거나 상감象嵌하는데 썼으며, 관棺 또는 나막신의 재료로도 사용되었다. 살끝을 휘어서 오동나무 잎맥과 비슷하게 만든 둥근 부채는 오동선梧桐扇이라 한다.

지금은 없어진 풍습이지만, 오동상장梧桐喪杖이라 하여, 모친상을 당하면 오동나무나 버드나무로 지팡이를 만들고, 부친상을 당하면 대나무로 지팡이를 만들어 짚었다.

살충제가 없던 시절에는, 재래식 화장실에 생긴 구더기를 죽이는데 오동잎을 사용하였으며, 오동나무 쌀통에는 벌레가 꼬이지 않는다 하여 꽤 인기가 있었다.

오동나무와 참오동나무의 여러 부위는 한약제로 쓰인다. 껍질은 동피桐被라 하며, 치질이나 성병·타박상·단독丹毒 등에 달여서 복용하거나 짓찧어 환부에 바르면 좋다고 한다. 열매는 포동과泡桐果라 하며, 만성기관지염으로 인한 기침·천식·가래 등에 약으로 사용한다. 또 꽃은 포동泡桐花라 하며, 기관지폐렴·세균성설사·급성장염·급성결막염·이하선염 등의 치료약으로 쓰인다.

▲ 오동장　　　　　© 국립중앙박물관

▷ 동화사 오동나무

팔공산八公山에 있는 유서 깊은 사찰, 동화사桐華寺는 절 이름이 오동나무 꽃桐華으로 오동나무와 관계가 깊은 절이다. 이 절에는 두 종류의 창건 설화가 전해온다.

하나는 신라 소지왕 때 극달極達 화상이 창건하고 절 이름을 유가사瑜伽寺라 지었다고 한다. 그래서 동화사에는 극달 화상의 진영眞影이 봉안되어있다. 그러나 다른 자료에는 이러한 사실을 확인할 수 없을 뿐 아니라, 신라가 불교를 공인하기도 전에 동화사를 지었다는 이야기가 되므로 신빙성이 없다는 견해도 있다.

또 다른 설화는 동화사의 이름에 얽힌 설화이다. ≪삼국유사≫에 의하면 동화사는 신라 헌덕왕의 왕자인 심지心地 대사가 지었다고 한다. 심지 대사가 한겨울 엄동설한에 터를 정하고 절집을 지으려 할 때, 봄에 피는 보랏빛

▲ 심지대사 오동나무

의 오동나무 꽃이 활짝 피어났다고 한다.

스님은 추운 겨울에 오동나무에서 꽃이 피는 것이 상서로운 징조라고 생각하고, 절 이름을 동화사桐華寺라 했다고 한다. 지금도 동화사 칠성각 옆에는 '심지대사 나무'라는 이름이 붙은 오동나무가 자라고 있다.

▷ 화투와 오동나무

화투는 19세기경에 일본에서 우리나라로 전파되었지만, 정작 일본에는 없어지고 우리나라에서 화려하게 꽃피운 놀이이다. 화투는 한자로 화투花鬪, 일본에서는 하나후다ハナフダ, 花札라 하며, '꽃이 그려진 패로 다투는 놀이'라는 뜻이다. 화투짝 48장은 1월에서 12월을 의미하며, 각 달마다 상징하는 꽃 혹은 식물이 있다. 1월은 소나무, 2월은 매화, 3월은 벚꽃, 4월은 흑싸리등나무, 5월은 창포, 6월은 모란, 7월은 홍싸리, 9월은 국화, 10월은 단풍나무, 11월은 오동나무, 12월은 버드나무가 그것이다. 8월은 일본에서는 가을을 상징하는 일곱 가지 초목秋の七草이 그려져 있으나, 우리나라로 넘어오면서 밝은 달과 기러기 세 마리로 바뀌었다.

이 중에서 11월을 상징하는 오동나무는 한자 동桐 자 발음을 강하게 해서 속칭 '똥'이라고 한다. 원래 일본 화투에서는 이 똥이 12월이었다. 동桐의 일본 발음 키리キリ가 끝을 의미하는 키리切リ와 발음이 같아서, 마지막 달인 12월에 배치했다고 한다. 어떤 이유인지는 모르지만, 우리나라에서는 11월로 순서가 바뀌었다.

▲ 똥광

오동나무 잎이 화투장의 반을 차지할 정도로 크게 그려져 있어, 잎이 큰 오동나무의 특징을 잘 나타내고 있다. 그리고 똥광桐光에 있는 닭 모양의 동물은 전설 속의 길조吉鳥 봉황을 나타낸 것이다. 이것은 "봉황은 오동나무가 아니면 둥지를 틀지 않고, 대나무 열매가 아니면 먹지 않는다."는 전하는 이야기를 표현한 것이다. 그러나 봉황이 깃든다는 오동나무는, 실제로는 벽오동 일본에서는 청동(青桐)을 가리킨다.

▷ 가야금과 거문고의 재료

오동나무는 오래 전부터 악기재로 이용되었다. ≪삼국사기≫의 기록에 의하면, 가야국伽倻國 가실왕嘉實王의 악사였던 우륵于勒이 왕의 명령에 따라 12개의 가야금 곡을 지었다고 한다. 또, 그는 오동나무를 바탕 삼아 공명관共鳴管을 만들어, 아름다운 소리를 내는 가야금을 만들었다고 한다. 그래서 지금도 가야금은 오동나무로 만든다.

≪신라고기新羅古記≫에 의하면, 고구려 양원왕 때 중국 진晉나라에서 고구려에 칠현금七絃琴을 보내왔는데, 이 악기의 연주법을 아는 사람이 없었다고 한다. 그러나 왕산악王山岳이 칠현금을 개량하여 거문고를 만들고,

100여 곡을 지어 연주했다고 한다. 이때, 현학玄鶴이 날아와 춤을 추었으므로 이 악기를 현학금玄鶴琴이라 하였으며, 이후에는 현금玄琴이라고도 불렀다. 이 악기 역시 오동나무 속을 비워서 만든 것으로, 지금도 우리의 중요한 민속악기이다.

옛날 중화中華의 중심인 하남河南의 숲에는 왕 격인 나무 한 그루가 있었다. 어느 날, 이 나무에 끌려 이곳으로 내려온 신선이 이 오동나무로 칠현금七絃琴을 만들었다. 이 칠현금을 손에 넣은 황제는 이름난 악사를 불러 연주하게 하였으나, 화음이 맞지 않는 모두 소음만 내는 것이었다. 그러던 중, 황제 앞에 나타난 한 악사가 연주하기 전에 칠현금을 만지면서 무언가 소곤거렸다. 그러자 칠현금은 아름다운 소리를 내며, 숲속에 있을 때 들은 자연의 음악을 연주하기 시작했다. 황제가 몹시 놀라고 기뻐하며, 그에게 칠현금에게 무어라고 말했는지 물었다. 악사는 "오동나무에게 자신이 알고 있는 음을 연주하라고 부탁하고 격려했습니다."라고 말했다.

오동나무 재목은 음향성이 우수하여, 가야금 · 거문고 · 비파 · 칠현금 등 현악기의 재료로 많이 이용되었다. 또, 재질이 아름답고 가공이 용이하여, 예로부터 의류나 살림살이를 넣는 장롱이나 상자의 재료로도 널리 사용되었다.

▲ 김일손의 오동나무 거문고, 보물 제957호   ⓒ 문화재청

▷ 세한삼우와 오동나무

세한삼우歲寒三友란 겨울철에도 관상할 수 있는 소나무 · 대나무 · 매화나무, 즉 송죽매松竹梅를 일컫는 말이다. 세한이란 '추운 시기', 삼우란 '세 명

의 벗'이란 뜻으로, '어떤 역경에서도 흔들리지 않는 우정'이라는 의미를 가지고 있다.

이와 관련된 중국 동화가 있다. 오동나무가 송죽매 삼우三友 사이에 들어가 사우四友가 되고 싶다고 말했다. 오동나무의 이야기를 들은 송죽매는 "잎이 떨어지는 것을 참아낼 수 있다면 그렇게 해도 좋다."고 답하며, 기꺼이 오동나무를 맞아주었다.

그때부터 삼우는 매일같이 수신하는 책을 가지고 와서 "지志와 조操를 지키기 위해서는……"라며, 오동나무에게 설교를 하였다. 오동나무는 점차 그 설교를 지겹게 여기고, 잎을 한 장씩 바람에 날려 보냈다. 겨울이 다와갈 무렵, 오동나무는 더 이상 참을 수가 없어서 삼우에게 이별을 고했다. 그때 오동에게는 잎이 하나도 남아있지 않았다.

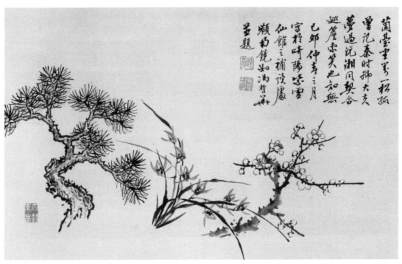

▲ 〈세한삼우도〉

은행나무

은행나무는 은행나무문 은행나무강 은행나무목 은행나무과 은행나무속에 속하는, 일가 친척이 없는 외로운 나무다. 고생대 페름기(2억 7,000만~2억 3,000만 년 전)에 발생한 겉씨식물로, 기원이 대단히 오랜 화석식물이다. 약 1억 5,000만 년 전, 중생대 쥐라기에는 지구상에 널리 번성했다는 것을 화석으로 알 수 있다. 이 무렵에 이미, 현재와 거의 같은 종이 출현했다. 그러나 중생대 말기에 남반구에서 사라지고, 2,000만~100만 년 전에 북반구에서도 거의 절멸하였다. 현재까지 살아남은 것은 중국에 남아있는 단 한 종뿐이다. 4~5월에 수나무에는 포도송이 같은 연한 초록색 꽃이 피고, 암나무에는 돌기 모양의 연한 노란색 꽃이 핀다. 암나무와 수나무가 따로 있어서, 이들을 서로 가까이에 심지 않으면 열매가 열리지 않는다.

9~10월에 달걀꼴 둥근형의 등황색 종자가 열린다. 은행나무는 겉씨식물이므로 이것은 열매가 아니고 종자다. 종자의 가장 바깥쪽에 과육처럼 보이는 부분은 외종피(外種皮)이며, 암모니아 냄새와 비슷한 고약한 냄새가 난다. 식용하는 은행알의 흰 껍질부분은 내종피이고, 바깥쪽의 딱딱한 껍질 부분은 중종피이다.

가을이 되면 잎이 노란색으로 물드는데, 단풍이 아름다운 나무로도 사랑받고 있다.

▷ 이름의 유래

은행나무의 속명 긴쿄 *Ginkgo*는, 17세기 일본에서 사용되었던 은행나무의 일본 이름 gin銀과 kyo杏의 합성어에서 유래한 것이다. 원래는 긴쿄 *Ginkyo*

라 해야 할 것을 잘못 기재하여 y 대신 g가 들어갔는데, 린네가 학명을 정할 때 이미 정해진 이름을 존중하여 그대로 사용하기로 한 것이다. 종소명 빌로바*biloba*는 bi 2와 loba 갈라지다의 합성어로 잎의 모양을 묘사한 것이다.

일본 이름 이초오*イチョウ*는 잎이 한 장씩 붙는 것에서 일엽一葉 또는 은행 銀杏의 한자 발음 긴교*ギンキョウ*가 변한 것이라는 설이 있다. 그러나 현재는 잎의 모양이 오리의 물갈퀴와 비슷한 것에서 붙여진 한자 이름 압각수鴨脚 樹의 압각鴨脚, ヤーチャオ에서 온 것이라는 것이 가장 유력한 설이다.

우리 이름 은행銀杏은 은색의 살구와 비슷한 열매가 열리는 나무라는 의미이다. 또 공손수公孫樹라고도 하는데, 이는 은행 종자를 뿌리면 손자 대에 가서나 열매를 딸 수 있을 정도로 수확에 오랜 시간이 걸리기 때문에 붙여진 이름이다.

▲ 압각수의 잎

▷ 은행의 용도

은행나무 종자는 열을 조금 가해서 먹으면, 독특한 향과 약간의 쓴맛이 나는 훌륭한 먹거리이다. 구운 것이나 소금물에 데친 것을 꼬챙이에 꽂으면 술안주에 좋은 은행꼬치가 된다. 쌀과 은행을 섞어 만든 은행밥은 콩밥이나 밤밥과는 다른 독특한 맛이 난다. 은행과 잣, 시금치를 넣어 은행죽을 만들어 먹기도 한다.

옛날에 은행은 귀한 잔치에 쓰이는 음식 재료였으며, 또한 구황식량이기도 했다. 그러나 날 것으로 먹으면 중독의 위험이 있으므로, 익혀서 먹어야 보약이 된다고 했다. ≪동의보감≫에서도 많이 먹으면 복통·구토·설사·발열 등의 이상 증상이 생길 수 있다고 했다.

≪증보산림경제增補山林經濟≫에는 어린아이가 많이 먹으면 까무러친다고 했으며, 밥을 굶던 사람이 밥을 대신할 만큼 포식하면 반드시 죽는다 하여, 은행의 중독성을 경고하였다.

종자에서 구린내 나는 외종피를 제거한 것을 백과白果라 하며, 중종피까지 제거하고 볶은 것을 생약명으로 백과인白果仁이라 한다. 은행은 피로회복에 효과가 있는 단백질과 지질이 풍부하며, 칼륨을 많이 함유하고 있어서 혈압을 내려주는 작용도 한다. 잎에는 콜레스테롤을 감소시키는 긴코라이드ginkolide 성분을 포함하고 있어서, 동양에서는 차를 만들어 마시고 유럽에서는 의약품으로 사용한다.

은행나무 재목은 나뭇결이 치밀해서 고급 도마로 사용되며, 비자나무 대신 바둑판이나 장기판을 만들기도 한다. 큰 나무가 되기 위해서는 오랜 시간이 걸리기 때문에 건축재로 사용하는 경우는 드물다.

은행나무는 수형이 단정하고 가을의 노란색 단풍잎 아름다워서, 교목校木이나 시목市木으로 지정된 경우가 많다. 또, 단풍잎을 책갈피에 넣어두면 좀벌레가 꼬이지 않는다 하여, 은행나무 책갈피를 학창시절의 추억으로 간직하고 있는 사람도 있다.

▲ 은행알(백과)

▷ 은행나무의 정충

살아있는 화석이라 불리는 은행나무에는, 꽃을 피우는 식물로서는 대단히 원시적인 특징이 남아있다. 은행나무 잎은 대부분의 활엽수 잎에서 보이는 주맥과 측맥으로 이루어진 그물맥網狀脈이 아니라, 잎맥이 두 갈래로 갈라지면서 분지해가는 차상맥乂狀脈이다.

또, 대부분의 종자식물은 정자를 만들지 않고, 암꽃 또는 암술에 붙은 꽃가루가 화분관으로 내려가서 생식핵인 화분관핵을 직접 난卵에 주입한다. 이에 대해 은행나무 수나무의 꽃가루는 꼬리가 달려있어서 스스로 이동이 가능한 정충精蟲이다. 정충의 크기는 0.08~0.1mm이며, 머릿부분은 나선형이고 섬모가 많이 나 있다. 이 정충이 암꽃 속에 들어가면 헤엄쳐서 난卵에 도달하여 수정이 이루어진다. 이러한 생식방법은 양치식물과 고등종자식물의 중간 형태인데, 1896년 일본의 식물학자 히라세 사쿠고로平瀨作五郞가 은행나무가 이러한 방법으로 생식한다는 것을 처음 발견하였다. 도쿄대학 이학부의 식물학교실에서 화공畵工으로 근무하던 그는, 식물학에 관심을 가지고 은행나무 연구를 시작하였다. 그는 은행나무에서 정충을 발견하고 처음에는 이것이 기생충이라 생각하고, 소철에서 정충을 발견한 도쿄대학의 이케노池野 교수에게 보였다. 이케노 교수는 이것이 정충이라는 것을 직감하고 논문으로 발표함으로서, 세상에 알려지게 되어 세계 식물학계를 놀라게 하였다.

▲ 히라세 사쿠고로

히라세는 은행나무의 정충을 발견한 공로로 동경대 학사원學士院에서 수여하는 은사상恩賜賞을 수상하였다. 원래 이 상은 이케노 교수 단독으로 받기로 되어 있었으나, 이케노 교수가 히라세가 받지 않으면 자신도 받지 않겠다고 하여 공동수상하게 된 것이다.

▷ 은행나무 꽃

중국의 소수 민족 토가족土家族에 전해오는 이야기이다. 옛날 베를 아주 잘 짜는 시란이라는 아가씨가 있었는데, 어느 봄날 예쁜 꽃을 보고 있다가 꽃무늬로 수놓은 베를 짜야겠다고 생각했다. 시란이 짠 꽃무늬 천은 실제로 꽃이 핀 것처럼 보였으며, 향기로운 봄바람에 벌과 나비들이 날아와 어울려 춤을 추는듯하였다. 이 소문이 퍼져나가자, 많은 젊은이들이 시란에게 청혼을 해왔다. 하지만 그녀의 아버지는 시란을 부자집에 시집보내려고 결혼을 허락하지 않았다.

그리고 이 년이 흘러서, 시란은 자신이 알고 있는 모든 꽃으로 수를 놓은 베를 짜고는, 자신이 알지 못하는 꽃을 구하려 다녔다. 어느 날, 그녀는 백발의 노인을 만나 "가장 현명하고 참을성이 많은 아가씨만이, 한밤에 피는 이 세상에서 가장 아름답고 귀한 은행나무 꽃을 볼 수 있다."라는 말을 들었다. 시란은 그때부터 집을 빠져나와 사흘 밤을 은행나무 아래에서 기다렸지만, 꽃은 피지 않았다. 매일 늦은 밤에 집을 나가는 시란을 본 올케가 시란이 남자를 만나고 있다고 생각하여, 시아버지에게 일러바쳤다.

나흘째 밤에 시란이 은행나무에 가보니, 성스럽고도 아름다운 꽃이 흰 빛을 발하며 피어있었다. 애타게 기다리던 꽃을 보게 된 시란은 기쁜 마음으로 한 가지를 꺾어서 집으로 돌아왔다.

만취한 아버지는 기뻐하는 시란의 모습을 보고, 남자와 몰래 만나고 오는 것으로 오해를 하여 시란을 칼로 찔러 죽였다. 이윽고 술에서 깨어난 아버지는 시란의 손에 은행나무 꽃이 쥐어져 있는 것을 발견하고, 자신이 잘못 생각해서 딸을 죽였다고 깊이 후회한다. 그리고 나서 삼일 후에, 작은 새가 날아와서 "은행나무 꽃이 핀 그날 밤, 올케가 고자질해서 아버지가 나를 베어 은행나무 밑에 버렸네."라고 노래 불렀다.

그리고 삼 년이 지나서, 아버지가 죽은 딸을 그리워하며 그녀가 수놓은
꽃무늬 천을 침대에 걸어두었더니, 작은 새는 산으로 날아가 버렸다. 이후
토가족 사람들은 아름다운 꽃무늬 천을 침대에 걸어두었으며, 은행나무는
더 이상 그토록 아름다운 꽃을 피우지 않았다고 한다.

▷ 용문사 은행나무

천연기념물 제30호 양평 용문사龍門寺 은행나무는 나이가 1,100살 정도
로 추정되며, 높이 42m, 가슴높이 둘레 15.2m로 동양에서 가장 큰 은행나
무이다. 가을이면 단풍이 들었다가 떨어지는 낙엽의 무게만도 2톤에 이르
며, 은행알은 15가마니나 열린다고 한다.

이 나무는 신라의 마지막 왕자 마의태자麻衣太子의 슬픈 전설을 간직하고
있는 나무이기도 하다. ≪삼국사기≫에 의하면, 삼국을 통일한 왕건이 마
의태자에게 고려로 들어오라는 국서를 보내자, 그는 개골산皆骨山, 금강산의
겨울 이름으로 들어가 버렸다.

개골산으로 들어가면서 거쳐간 길이 지금까지 전해지고 있다. 태자는 신
라의 수도 경주에서 영주 부석사浮石寺를 거쳐, 문경새재를 넘어 충주 월악
산의 월악사月岳寺에 잠시 머물렀다. 그리고는 여주 신륵사神勒寺로 가서 그
곳의 은행나무 가지를 꺾어 지팡이 삼아, 양평 용문산 용문사龍門寺에 도착
한다. 그는 은행나무 지팡이를 용문사 앞마당에 꽂고 "단단히 뿌리를 내려
못다 한 신라의 천년 사직을 대신해 달라."며 슬픈 소원을 말한다. 그리고
홍천을 거쳐 인제에 머물다 개골산으로 들어가서 초근목피草根木皮로 연명
하며, 죽을 때까지 세상에 나오지 않았다고 한다.

이 나무의 영험함에 대해서는 많은 이야기가 전해진다. 나무를 자르려고
톱을 대었는데 그 자리에서 피가 났다거나, 정미의병 항쟁 때 일본군이 용

문사에 불을 질렀으나, 이 나무만은 타지 않았다는 이야기도 전해진다. 또, 나라에 큰 변고가 일어날 때마다 소리를 내어 알렸다고도 한다. 세종 때는 정삼품에 해당하는 당상관의 품계를 받을 만큼 귀한 대접을 받기도 했다.

▲ 양평 용문사 은행나무, 천연기념물 제30호   ⓒ 문화재청

▷ 청주 압각수

청주 시내 한가운데에 위치한 중앙공원에는 수령이 900년 가까이 되는 아름드리 은행나무가 있다. 고려시대 청주목淸州牧의 객사문客舍門 앞에 있던 나무 중에서 현재까지 유일하게 남아있는 나무다. 이 은행나무는 '청주 압각수'라 불리는데, 압각수란 은행나무 잎이 오리의 발을 닮았다 하여 붙여진 은행나무의 별명이다.

대부분의 노거수가 그러하듯이, 이 은행나무에도 오래된 전설이 전해져 내려오고 있다. 1390년 고려 공양왕 시절에 목은 이색, 양촌 권근, 도은 이숭인, 인재 이종학 등 십여 명이 이성계의 반대파로 지목되어 이곳 청주옥에 투옥되는, 이른바 이초李初의 옥사獄事가 발생한다. 그런데 그해 여름 청

주에는 대홍수가 나서, 불어난 물이 청주 관아는 물론이고, 시내의 거의 모든 집을 휩쓸어버렸다. 이때 이색이 갇혀 있던 감옥도 물에 잠겨 무너지면서, 갇혀 있던 사람들이 물에 휩쓸려 떠내려갔다. 그때 이색은 감옥 옆에 있던 이 '청주 압각수'의 가지 위에 올라가 목숨을 건질 수 있었다.

이 이야기를 전해들은 공양왕은, 이는 이색의 무죄를 입증하는 증거라며 이색을 풀어주었다고 한다. 그때 이색과 함께 풀려나온 권근이 지은 시는 지금도 이 나무 앞의 시비에 남아 옛일을 증거하고 있다. 이 나무가 있던 곳이 청주 객사客舍의 마당이었는데, 충청북도 도청이 이곳에 있다가 다른 곳으로 이전하면서 지금의 청주 중앙공원이 되어있다.

▲ 청주 압각수, 충청북도 기념물 제5호　ⓒ 문화재청

자귀나무

자귀나무는 콩과 자귀나무속 소속의 낙엽소교목이며, 이란·인도·동남아시아·중국·
대만·한국·일본 등 아열대 혹은 온대 지역에 자생한다. 뿌리는 굵은 직근이며, 식물의
영양소 중 하나인 질소를 공기 중에서 받아들여 암모니아로 변환하는 뿌리혹박테리아
(根粒菌)가 공생한다. 따라서, 햇빛이 잘 비치는 곳이라면, 모래흙 같이 건조한 곳에서도
생육이 가능하다. 잎 모양은 2회 깃꼴겹잎(羽狀複葉)이다. 겹잎이란 잎축에 두 장 이상
의 작은잎이 붙어서 하나의 잎을 구성하는 것을 말하는데, 2회깃꼴겹잎이란 이러한 깃
모양의 겹잎이 다시 날개깃 모양으로 붙는 잎을 말한다.

자귀나무 잎은 다른 나무의 잎과는 달리 특이한 운동을 한다. 즉, 밤이 되어 어두워지면
잎축 양옆의 잎이 서로 붙고, 아침이 되어 밝아지면 다시 열린다. 줄기와 잎축, 잎축과
작은잎자루 사이의 부풀어 오른 부분을 엽침(葉枕)이라 하는데, 이 엽침의 세포 내의 압
력이 주야로 변화하므로 일어나는 수면운동(睡眠運動) 때문이다.

여름철에 공작새의 날개 같은 붉은빛 꽃을 피우는데, 희고 긴 수술이 담홍색으로 물들
기 때문에 그렇게 보인다. 겨울에는 이 나무가 콩과 소속임을 떠올리게 하는 꼬투리 모
양의 다갈색 열매가 조롱조롱 열린다.

▷ 이름의 유래

속명 알비지아*Albizia*은 자귀나무를 유럽에 소개한 피렌체의 식물학자 필
리포 델기 알비쯔*Filippo Delgi Albizzi*에서, 종소명 율리브리신*julibrissin*은 그

가 이 나무를 채취한 동인도의 지명에서 유래한 것이다. 영어 이름 실크 트리silk tree는 많은 수술이 마치 부드러운 비단처럼 보이기 때문에 붙여진 이름이다.

한자 이름 합환合歡은 '남녀가 기쁨을 함께 한다.', 즉 '함께 잔다.'는 뜻으로, 밤에 잎을 합치는 나무의 생태를 인간의 성행위에 비유한 것이다. 이보다 더 오래된 한자는 합혼合昏이다. 문자 그대로 황혼黃昏 무렵에 잎이 합쳐지는 것을 표현한 이름이며, 야합夜合으로 표기하기도 한다. 이것은 밤이 되면 마주 보는 잎끼리 서로 포개어지는 수면운동으로 인해 붙여진 이름이다. 청상靑裳이라는 별명으로도 불리는데, 청靑은 잎의 색을, 치마 상裳은 '하반신을 가리는 옷'이란 뜻으로 같은 발상에서 붙인 이름으로 여겨진다.

어떤 사람은 자귀나무라는 이름이 '자는데 귀신'이라는 뜻에서 유래한 것이라고 하는데, 이 역시 수면운동을 보고 붙인 이름일 것이다. 일본 이름 네무노키ネムノキ 역시 잎의 수면운동을 잠자는 것으로 보고 붙인 것이다. 자귀나무의 어린 잎은 소가 잘 먹는다 하여, 지방에 따라서는 '소쌀나무' 또는 '소찰밥나무'라고도 부른다.

▷ 아황과 여영

고대 중국의 전설적인 제왕 순舜임금에게는 아황娥皇과 여영女英이라는 두 명의 비妃가 있었다. 선왕先王 요임금은 순의 사람 됨됨이를 직접 확인한 후, 덕이 높은 사람임을 인정하고 그에게 임금의 자리를 물려주고 두 딸까지 주었다. 임금이 된 순은 백성들을 극진히 사랑하며, 오로지 국사에 전념하였다.

당시 중국의 가장 큰 골칫거리는 치수治水였다. 특히 양자강 중·하류의 넘치는 물을 어떻게 다스리느냐가 그곳 백성들의 삶의 질을 결정하는 중요한 관건이었다. 순임금은 이곳의 치수사업을 독려하기 위해 아황과 여영를 남겨둔 채 남쪽으로 내려갔다. 교통이 불편했던 당시에 멀고도 긴 순행巡幸은 목숨을 던져야만 하는 모험이었다. 결국 순임금은 치수를 위한 순행을 계속하다 창오蒼梧에서 죽고 만다.

아황과 여영은 남편이 돌아오지 않자, 남편을 찾아 남쪽으로 길을 나선다. 그러나 남쪽에 도착한 두 여인은 남편이 죽었다는 청천벽력같은 소식을 접하게 된다. 마침내 아황과 여영 자매는 남편의 죽음을 슬퍼하며, 호남성

상강湘江에 투신하여 자결한다. 이 두 영혼은 하나로 합체하여, 남편의 혼과 함께 자귀나무의 한 쌍의 잎이 되었다. 그들은 서로 사모하고 사랑하는 사이이기 때문에, 낮에는 열리고 밤에 닫힌다고 한다.

▲ 아황과 여영

▷ 천연 신경안정제

자귀나무의 수피는 합환피合歡皮, 꽃은 합환화合歡花라고 한다. 모두 생약으로 이용되며, 중국 최초의 본초서 ≪신농본초경神農本草經≫에 "사람의 마음을 안정시키고 즐겁게 하며, 우울함을 없앤다."라고 쓰여 있다. 신경안정 작용이 있어서 달여서 복용하면 불면증이나 조울증·자율신경실조증·식욕부진 등에 효과가 있다고 한다. 복숭아 같이 달콤한 향기가 나는 꽃은 아

로마테라피 효과가 높아서, 합환피보다 많이 이용되고 있다.

중국의 ≪박물지博物志≫에는 "정원에 심은 자귀나무는 노여움을 없애준다."고 하였으며, ≪고령초古令抄≫에는 "자귀나무는 망령된 생각을 잊게 해준다."고 하였다. 이러한 기록들을 볼 때, 자귀나무는 화를 가라앉히고 기분을 좋게 하여 사람을 행복하게 만드는 나무임에 틀림이 없다.

▲ 합환피

또, 합환피는 이뇨작용이나 구충작용을 하며, 타박상·관절통·요통·무좀 등에 달인 액을 바르면 효과가 있다고 한다. 적당량을 포대에 넣어 우려낸 물로 목욕을 하면 요통이 잘 낫는다고도 한다.

▷ 부부의 금슬이 좋아지는 나무

자귀나무는 합환수合歡樹·합혼수合婚樹·야합수夜合樹·유정수有情樹 등 다양한 이름으로 불리는데, 이는 모두 부부의 금슬이 좋음을 뜻하는 이름이다. 새 깃처럼 생긴 겹잎羽狀複葉의 작은잎小葉이 낮 동안에는 활짝 펴 있다가, 저녁에 어두워지기 시작하면 마주보는 작은잎끼리 서로 붙는다. 이것을 수면운동이라 하며, 광선과 온도의 영향에 의한 것이다.

이는 밤에 단순하게 붙어 자는 것이 아니라, 밤에 만나서 서로 야합夜合하여 즐거움을 누리는 것이어서, 합환수合歡樹라는 이름으로 불리는 것이다. 전통 혼례에서 신랑신부가 서로 잔을 바꿔 마시는 술을 합환주合歡酒라고 하는 것을 상기해 보면 이해가 쉽다.

아까시나무의 잎은 홀수깃꼴겹잎이어서 잎축을 중심으로 좌우를 포개면

맨 끝에 잎 하나가 남지만, 자귀나무는 짝수깃꼴겹잎이기 때문에 양쪽이 완전히 겹쳐져서 외로운 홀아비가 생기지 않는다. 이 또한 부부 사이의 금슬이 좋음을 나타내는 것으로 해석할 수 있다. 옛 사람들은 이 나무를 애정목愛情木이라 하였으며, 집마당에 심으면 부부 사이가 좋아지고 가정이 화목해진다고 믿었다.

이와 관련하여, 중국에 전해오는 이야기가 있다. 옛날에 두고杜羔라는 사람에게 조씨趙氏라는 현처가 있었다. 조씨 부인은 매년 5월 단옷날이면 자귀나무 꽃을 따서 말려 남편의 베개속에 넣어두었다. 그리고 남편이 언짢아하거나 화를 내는 일 있으면, 그 꽃을 조금씩 꺼내 술에 넣어 마시게 했다.

▲ 합환주

그러면 금새 남편의 기분이 좋아지고, 부부 사이도 원만해졌고 한다. 조씨 부인은 합환화에 사람의 마음을 편안하게 해주는 효과가 있다는 것을 알고 있었던 것 같다.

▷ 남편을 돌아오게 한 꽃

옛날 어느 시골마을에 장고라는 성실한 청년이 있었다. 그에게는 중매가 많이 들어왔지만 마음에 드는 아가씨가 없어서 혼자 살고 있었다. 그러던 어느 날, 장고는 언덕을 넘어가다가 아름다운 꽃이 만발한 집을 발견하고, 자신도 모르게 그 집 뜰 안으로 들어서고 말았다.

그 때, 부엌문이 열리더니 어여쁜 처녀가 나타났다. 장고는 그 아름다움에 반해 꽃 한 송이를 꺾어 처녀에게 주며 청혼했다. 처녀는 흔쾌히 청혼을 받아들여 두 사람은 부부가 되었다. 그 후 몇 년간, 둘은 알콩달콩 재미있게 잘 살았다.

그러던 어느 날, 장고가 읍내에 장을 보러 갔다가, 술집여자의 유혹에 빠져 집으로 돌아오지 않았다. 장고의 아내는 남편의 마음을 돌리기 위해 백일기도를 시작했는데, 백 일째 되는 날 밤에 산신령이 꿈에 나타나서, "너의 친정집 언덕 위에 피어있는 꽃을 꺾어다 방안에 꽂아두어라." 하였다.

산신령의 말대로, 아내가 언덕에 올라가 꽃을 꺾어다 방안에 꽂아 두었더니, 그날 밤 장고가 집으로 돌아왔다. 그는 그 꽃을 보고 옛 추억을 떠올리며, 그 후로 다시는 아내 곁을 떠나지 않았다. 그 꽃은 장고가 아내를 얻기 위해 꺾어 바친 자귀나무 꽃이었기 때문이다.

▷ 호접천의 전설

운남성 서쪽 해발 2,000m 가까운 고지에 바이족白族의 자치주 주도인 대리시大理市가 있다. 이곳에 있는 창산운롱봉蒼山雲弄峰 기슭에는 거울같이 맑은 샘물이 솟아나는 호접천蝴蝶泉이 있으며, 자귀나무 고목이 이 샘을 덮고 있다.

옛날에 이 샘은 '바닥이 없는 샘'이라는 뜻의 무저담無底潭이라 불렸으며, 그 주위에 문고文姑라는 아름다운 아가씨와 그녀의 아버지가 살고 있었다. 문고는 하랑霞朗이라는 사냥꾼과 결혼을 약속했지만, 그곳의 영주가 그녀를 첩으로 들이려고 했다. 이를 거절한 문고의 아버지는 죽임을 당하고, 문고도 체포되는 몸이 되고 말았다. 하랑은 갇혀있는 문고를 간신히 구출하여 도망쳤지만, 추격대에게 쫓기는 신세가 되고 말았다. 샘 근처의 막다른 곳에 몰리게 된 두 사람은, 바닥이 없다고 하는 이 샘에 몸을 던졌다.

이때 검은 구름이 하늘을 뒤덮더니, 갑자기 천둥과 폭풍우가 몰아치기 시작했다. 한참 후에 비가 그치자, 샘에서 무지개빛의 아름다운 한 쌍의 나비가 나타났다. 그리고는 무수히 많은 나비가 날아와 자귀나무 가지에 아래로 매달려 붙었다. 그 모습은 마치 자귀나무에 일제히 꽃이 핀 것처럼 보였다.

이러한 전설로 인해, 이 샘은 호접천蝴蝶泉이라 불리게 되었으며, 이날은 음력으로 4월 15일이었다. 지금도 이 날이면, 바이족 청춘 남녀들이 이곳에 모여 노래를 통해 연인을 찾는 호접회蝴蝶會가 열리고 있다.

▲ 호접천

단풍나무

단풍나무과에는 단풍나무속(*Acer*)과 돈단풍속(*Diptesonia*)이 있는데, 단풍나무는 단풍나무속 나무의 총칭이다. 온대를 대표하는 낙엽활엽수로 우리나라를 비롯한 동아시아와 북아메리카를 중심으로 200여 종이 분포한다. 우리나라에는 단풍나무를 비롯하여 당단풍나무 · 복자기나무 · 복장나무 · 부게꽃나무 · 산겨릅나무 · 고로쇠나무 · 시닥나무 · 신나무 · 청시닥나무 등이 자생하고 있다. 단풍나무과의 다른 한 속(屬)인 돈단풍속은 중국에 겨우 2종이 있다.

단풍나무는 나무이름처럼, 나뭇잎이 가을에 붉은색 또는 노란색으로 아름답게 물든다. 다른 종과 구별되는 특징으로는 잎이 마주나고 손바닥 모양으로 갈라지며, 열매가 프로펠러 모양의 날개가 달린 시과(翅果)라는 점이다.

▷ 이름의 유래

우리나라 국명으로 단풍나무라고 하는 나무의 학명은 아체르 팔마툼 *Acer palmatum*이다. 속명 아체르 *Acer*는 라틴어 acer 갈라지다에서 유래한 것으로, 잎이 손바닥 모양으로 갈려진 것을 나타낸다. 종소명 팔마툼 *palmatum* 역시 '손바닥 모양의'라는 뜻으로 잎의 갈라진 모양을 의미한다.

한자로 단풍 丹楓은 붉을 단丹과 단풍나무 풍楓으로 이루어져 있어, 잎이

붉게 물드는 특징을 묘사한다. 중국에서는 단풍丹楓이라 하지 않고, 단풍나무 척槭 자를 써서 척수槭樹라고 한다. 또, 잎이 닭鷄의 발톱爪을 연상시킨다 하여, 계조축鷄爪槭이라고도 한다. 일본에서는 카에데カエデ, 楓라고 하는데, 이는 단풍잎의 모양이 '개구리 손蛙ノ手'을 닮아서 붙여진 이름이다.

▷ 단풍의 의미

단풍을 국어사전에서는 "기후 변화로 식물의 잎이 붉은빛이나 누런빛으로 변하는 현상, 또는 그렇게 변한 잎"이라고 정의하고 있다. 기온이 떨어지면 나뭇잎 속의 끈적끈적한 당糖 용액의 색소가 뿌리까지 내려가지 못하고 잎에 남는데, 이 색소가 안토시안anthocyan이면 붉은색, 카로틴carotene이나 크산토필xanthophyll이면 노란색으로 물든다.

기상청에서는 매년 전국의 단풍이 아름다운 명산에 대해 단풍예보를 발표한다. 보통 9월 말쯤에 설악산 대청봉에서 시작되어 하루 평균 20~25km의 속도로 남하하여, 10월 말쯤에는 해남 두륜산의 주산인 가련봉을 물들인다. 여기서 단풍의 시작시기는 산정상에서 20% 정도까지 단풍이 내려왔을 때를 말하며, 단풍의 절정기란 산 전체의 80% 이상이 단풍 들었을 때를 말한다. 아름다운 단풍을 보기 위한 기상조건으로는 맑은 날씨가 지속되어 광합성작용을 많이 할 수 있어야 하고, 밤낮의 기온차가 커야 하며, 적절하게 비가 오는 것 등을 들 수 있다.

단풍나무 종류는 주로 북반구의 온대지역에 분포한다. 우리나라에서 단풍나무라 하면 흔히 단풍나무나 당단풍나무를 일컫는다. 이 두 종은 비슷하지만 잎이 5~7갈래로 갈라지면 단풍나무, 9~11갈래로 갈라지면 당단풍나무이다. 이 외에 내장단풍·섬단풍·산단풍나무 등의 특산종이 있으며, 단풍이라는 이름은 달지 않았지만 단풍나무속에 속하는 고로쇠나무·신나무 · 복자기 · 청시닥나무 · 복장나무 등도 가을이면 아름다운 단풍을 자랑한다.

▷ 단풍나무의 용도

단풍나무는 가공하기가 쉬워, 유럽에서는 나무접시나 그릇 등 일용품의 재료로 이용되었다. 고로쇠나무 · 사탕단풍나무 · 서양단풍나무 등은 나뭇결이 매끄러운 산공재散孔材인데다 광택이 아름다워, 가구재나 건축재로 사용된다. 특히 새 눈 모양의 작은 원형 반점이 있는 조안목鳥眼杢은 가격이 높고 인기가 있다. 경칩 무렵에 단풍나무에서 나오는 수액을 마시면 위장병이나 성병에 효험이 있다고 하며, 특히 이른 봄에 고로쇠나무에서 나오는 수액을 채취하여 많이 마신다. 또, 신나무 껍질을 달인 물은 눈병에 좋다고 하여 민간약으로 널리 알려져 있다.

기원전 1,600년경에 이집트의 신관神官에 의해 작성된 약용식물 리스트 중에 단풍나무가 약효가 우수한 나무로 올라있다. 고대 로마의 박물학자 플리니우스의 ≪박물지≫에는 뿌리를 곱게 빻아 포도주와 섞은 것을 복용하면, 간장의 통증에 효과가 있다고 기록되어 있다. 중세에는 잎에 냉각작용이 있다고 하여, 벌레에 물린 상처나 피로한 신체부위에 발랐다고 한다. 예전의 습포제濕布劑인 셈이다.

단풍나무 재목은 소리를 잘 진동시키므로, 예로부터 바이올린이나 피아

▲ 스트라디바리우스 바이올린

노 등의 악기 재료로는 최고로 쳤다. 명품 바이올린 스트라디바리우스 Stradivarius에 사용된 나무도 단풍나무다. 나뭇결의 밀도가 높고 나이테가 촘촘하기 때문에, 소리의 스펙트럼이 균일하고 음정의 변화가 거의 없어서 좋은 악기를 만들 수 있다고 한다.

▷ 메이플 시럽

북아메리카 원주민의 전설에 의하면, 물을 관장하는 대지모신大地母神 노코미스Nokomis가 사탕단풍나무에서 질 좋은 시럽을 채취하는 방법을 알아냈다고 한다. 그리고 그의 손자인 창조신 마나부시Manabush는 "이렇게 좋은 시럽을 쉽게 얻을 수 있다면, 남자들이 열심히 일을 하지 않게 될 것이다."라고 두려워한 나머지, 노코미스와 상의하여 사탕단풍나무 속에 물을 부어 넣었다. 이로 인해 시럽은 수액이 되었으며, 이 수액을 채취하여 끓여야 했으므로 남자들은 열심히 일을 하게 되었다고 한다.

사탕단풍나무 수액을 가공하여 메이플 시럽maple syrup을 만든다. 메이플 시럽은 투명도가 높은 순으로 엑스트라 라이트Extra Light, 라이트Light, 미디엄Medium, 앰버Amber, 다크Dark 등 5등급로 분류되며, 향과 맛의 조화가 잘 이루어진 미디엄이 일반적으로 많이 이용된다. 다크는 연초의 향으로 사용하는 등, 공업적으로 이용되는 경우가 많다.

▲ 메이플 시럽

▷ 중국의 단풍

《산해경山海經》〈대황남경大荒南經〉에 의하면, 단풍나무楓는 황제에게 패한 치우蚩尤에게 채워진 가쇄枷鎖, 죄인의 목과 발목에 씌우거나 채우는 형구가 치우가 죽은 후에 다시 태어난 것이라고 한다.

단풍나무는 붉게 물든 모습이 아름다워, 고래로부터 많은 시인들의 사랑을 받았다. 당나라 시인 두목杜牧은 그의 시 〈산행山行〉에서 수레를 세우고 한가로이 바라보는 서리 맞은 단풍이, 봄에 피는 꽃보다 더 좋다고 하였다 霜葉紅於二月花.

《당시선唐詩選》에 수록된 장계張繼의 칠언절구 〈풍교야박楓橋夜泊〉에 '강풍어화대수면江楓漁火對愁眠'이라는 구절이 나온다. 그 뜻은 '강가의 단풍과 고깃배의 불을 졸며 바라보네'인데, 붉은 단풍과 고깃배의 불이 멋진 대조를 이루는 시구절이다.

북송의 유학자 정호程顥는 그의 시 〈추월秋月〉에서, 산중에서 바라보는 흰 구름과 붉은 단풍잎이 그려내는 여유로운 풍경을 잘 묘사하고 있다 白雲紅葉兩悠悠.

▷ 임진왜란과 단풍나무

임진왜란 때, 우리나라는 매우 가뭄이 심했다고 한다. 도요토미 히데요시豊臣秀吉의 가신이었던 가토 기요마사加藤淸正가 우리나라에 쳐들어와 어느 마을에 진지를 세웠는데, 그 곳에는 아주 오래된 단풍나무 한 그루가 있었다. 어느 날 이 나무에 사람이 묶인 채 발견되었는데, 이를 수상히 여긴 가토는 그 자리에서 그 사람의 목을 쳐죽였다. 그러자 피가 튀어 단풍나무를 적시더니, 삽시간에 하늘에 먹구름이 몰려오고 천둥과 벼락이 치며 비가 쏟아지기 시작했다. 워낙 극심한 가뭄이었던지라 백성들은 전쟁도 잊고 기뻐하였다.

갑자기 비가 내린 이유는 그 단풍나무가 비를 내리게 하는 신목神木이었기 때문이라고 한다. 이 말을 전해들은 가토는 나무를 3척 길이로 잘라 일본으로 가져갔다. 그 후 가토가 딸을 시집보낼 때, 이 신목 토막을 주어 보냈는데, 그 다음부터 가뭄이 있을 때마다 이 나무토막을 빌려 기우제를 지내면 어김없이 비를 내리는 신통력을 발휘했다고 한다.

▷ 붉은 샘의 단풍나무

산동성山東省의 한족漢族에 〈붉은 샘〉이라는 전설이 전해진다. 사이가 무척 좋은 석돈石暾과 옥화玉花라는 젊은 부부가 있었는데, 석돈의 계모가 옥화를 심하게 학대했기 때문에 두 사람은 이를 피해 말을 타고 멀리 도망쳤다.

홍산紅山을 넘어갈 때쯤 아침 해가 떠오르자, 피곤한 두 사람은 부근에 있는 붉은 샘 주위에서 휴식을 취하였다. 그리고 그 샘의 물을 마시자, 옥화와 두 마리의 말은 금세 원기를 회복하고, 무언가 가슴이 두근거리는 느낌을 가지고 그 자리를 떠났다.

이윽고 어느 작은 마을에 도착해서, 마음씨 좋은 과부 할머니를 알게 되어 함께 살았다. 그러던 그해 가을, 옥화가 붉은 얼굴의 도깨비에게 끌려가 버리고 말았다. 할머니의 이야기에 의하면, 이 도깨비는 홍산에 있는 거대한 단풍나무의 신령인데, 자기 뿌리에서 물을 새어나오게 하여 붉은 샘을 만든다고 하였다. 그리고 잎이 붉게 물드는 계절이 되면, 이 물을 마신 사람 중에서 가장 예쁜 여자를 채어가서 아내로 삼는다고 했다.

이 이야기를 들은 석돈은 즉시 말을 달려 홍산으로 갔지만, 옥화는 도깨비가 원하는 것을 거절했기 때문에 돌로 변해있었다. 석돈은 반드시 아내를 데리고 돌아가겠다고 다짐하며, 돌을 끌어안고 말을 탔다. 하지만, 돌이 너무 무거워서 말을 두고 혼자 산을 내려올 수밖에 없었다. 이를 본 단풍나무의 신령이 감격하여 옥화를 원래의 모습으로 되돌려 주었으며, 이후로는 여자를 채어가는 일도 없었다고 한다.

▷ 고독의 나무

영국에 전하는 '고독의 나무Lone tree'라는 단풍나무에 관한 전설이 있다. 도버 교외 수비대의 한 병사가 단풍나무 막대기로 동료를 때려죽였다. 그 병사는 양심의 가책을 느꼈지만, 흉기로 사용한 막대기를 땅에 꽂고 "이 막대기에서 뿌리를 내린다면, 나의 죄를 고백하겠다."라고 맹세하고, 자신의 처벌을 신에게 맡겼다.

수년이 지나서 그가 그 곳을 다시 방문했을 때, 그 막대기는 훌륭한 단풍나무로 자라있었다. 이것을 본 그는 자기가 약속한대로 자수하여, 교수형에 처해졌다. 이 일화로 인해 이 단풍나무는 '고독의 나무'라 불리게 되었다.

▷ 단풍나무 피리

헝가리의 한 금발의 왕녀가 양치기가 연주하는 단풍나무 피리소리를 듣고 그에게 반해버렸다. 그리고 이 둘은 신분의 차이를 넘어서 서로 사랑하는 사이가 되었다.

그러던 차에 딸기 철이 되어, 딸기를 무척 좋아하는 왕은 금발의 왕녀와 흑발의 왕녀, 두 자매에게 "둘 중에 빨리 딸기를 바구니에 가득 따오는 자에게 왕위를 물려주겠다."라고 선언하였다. 금발의 왕녀가 먼저 바구니 가득 딸기를 따자, 질투한 흑발의 왕녀가 금발의 왕녀를 죽여서 단풍나무 아래 묻었다. 그리고는 왕에게 "금발의 왕녀는 사슴에게 잡아먹혔습니다."라고 거짓말을 했다.

이런 사정을 알지 못하는 양치기가 금발의 왕녀가 묻힌 곳으로 갔더니, 그곳에는 어린 단풍나무가 있었다. 그가 그 나무의 가지로 피리를 만들어 불었더니, "나는 예전의 왕녀. 이제는 피리"라는 사랑하는 금발의 왕녀의 목소리가 들리는 것이었다. 이에 놀란 양치기는 곧바로 왕에게 가서 피리를 연주했다. 이렇게 하여, 모든 것을 알게 된 왕은 흑발의 왕녀를 다른 나라로 추방했다. 그리고 양치기는 이 단풍나무 피리 소리와 함께 슬퍼하며 살았다고 한다.

느릅나무

느릅나무는 느릅나무과 느릅나무속 낙엽교목의 총칭으로, 열대에서 온대 지역에 널리 분포한다. 역사가 대단히 오랜 나무로, 세계 각지에서 잎이나 꽃가루, 목재의 파편 등이 화석 상태로 발견되고 있다.

주요 종으로는 한국·중국·일본 등 동아시아 지역에 분포하는 느릅나무와 참느릅나무를 비롯하여, 유럽 북부와 소아시아, 흑해 연안 등에 자생하는 서양느릅나무와 당느릅나무, 그리고 북아메리카에 분포하는 미국느릅나무 등이 있다.

고대 그리스에서는 꿈의 신 모르페우스(Morpheus)를 상징하는 나무로 여겨, 느릅나무 아래에서 잠을 자면 여러 가지 악몽에 시달린다는 이야기가 전해진다. 또 북유럽 신화에서는 천지를 창조한 신이 느릅나무에 혼을 주어 엠블라(Embla)라는 인류 최초의 여성을 만들었으며, 나중에 엠블라가 느릅나무를 가리키는 엘름(Elm)으로 변했다고 한다. 그래서 상냥하고 아름다운 엘름에게는 벼락이 치지 않는다는 전설이 있다.

중국과 일본에서는 육군자(六君子, 소나무·떡갈나무·회화나무·느릅나무·가래나무·멀구슬나무)의 하나이며, 예로부터 동양화의 소재로 애용된 나무이기도 하다.

▷ 이름의 유래

느릅나무의 속명은 울무스*Ulmus*이다. 느릅나무를 가리키는 고대 라틴어인데, 켈트어로 느릅나무를 의미하는 ulm 또는 elm이 그 어원이다. 영어 이름 엘름elm은 라틴어 Ulms가 변한 것 또는 켈트어가 그대로 영어로 변한 것이라고 한다. 인도나 유럽에서도 공통적으로 사용하는 이름이다.

우리 이름 느릅나무는 '느름'에서 유래한 것으로 힘없이 흐늘흐늘하다는 뜻이다. 이는 느릅나무의 뿌리껍질을 벗겨서 하룻밤 정도 물에 담가 두면 흐늘흐늘해지기 때문에 붙여진 이름이다.

느릅나무를 한자로는 유楡라고 하는데, 이는 주舟와 도刀를 합친 것으로 '도려내다'는 의미이다. 이것은 느릅나무의 심재가 썩기 쉬운 것에서 유래한 것이라고 여겨진다. 일본 이름 니레ニレ, 楡는 누레滑れ, 미끄러운가 변한 것으로, 수피의 안쪽이 미끄럽고 끈적끈적하기 때문에 붙여진 이름이다.

▷ 느릅나무의 용도

느릅나무는 먹고 살기가 어렵던 시절에, 흉년이라도 들면 귀중한 구황식물 역할을 했다. 느릅나무의 껍질을 벗겨서 율무나 옥수수가루와 섞어서 떡이나 국수를 만들어 먹었다고 한다. 또, 잎은 쪄서 먹고, 열매는 술이나 장을 담가 먹었다. ≪삼국사기≫⟨온달조溫達條⟩에 평강공주가 바보 온달에게 시집을 가겠다고 처녀의 몸으로 궁궐을 뛰쳐나와 온달의 집을 찾아갔을 때, 온달은 굶주림을 참다못해 산속에 들어가서 느릅나무 껍질을 벗겨서 지고 돌아오는 중이었다.

느릅나무의 어린 싹은 나물로 국에 넣어 먹거나, 가루를 묻혀 튀김을 만들어 먹었다. 특히 느릅떡은 유엽병楡葉餅이라 하며, 느릅나무 어린 싹을 찹쌀가루나 밀가루와 섞어 만들었다. ≪경도잡지京都雜誌≫에 사월 초파일에는 느릅떡을 만들어 부처님께 바치고 손님에게 대접했다는 기록이 있다.

느릅나무의 뿌리껍질은 유근피楡根皮라 하며, 단순한 구황식물만이 아니라 약재로도 이름이 나있다. 특히, 소염작용이나 항균작용이 뛰어나서, 민간에서 종창약으로 널리 사용되었다.

≪동의보감≫에는 "느릅나무는 성질이 평하고 맛이 달며 독이 없다. 배설을 원활하게 함으로서 부은 것을 가라앉히고 불면증을 낫게 한다. 뿐만

아니라 피를 맑게 하며, 몸속의 나쁜 열과 독소를 배출시켜 각종 피부병 치료에 효능이 있다."라고 하였다.

▲ 유근피

▷ 프로테실라오스와 라오다메이아

트로이 전쟁 때, 그리스군의 군함이 트로이성이 보이는 해변에 상륙했다. 트로이군은 그리스군의 배가 보이자 바로 해안에 집결해서 응전태세를 갖추었다. 이때 트로이의 무장 프로테실라오스Protesilaus가 선두에 서서 그리스군의 한가운데로 진격하였으나, 적장 헥토르Hector에게 어이없이 죽고 말았다. 이 사실을 안 프로테실라오스의 아내 라오다메이아Laodamia는 매우 슬퍼하며, 올림푸스의 신에게 기원했다. "잠깐이라도 좋으니, 남편 프로테실라오스를 만나게 해주십시오."

주신主神 제우스는 이 소원을 받아들여, 저승에서 프로테실라오스의 혼을 불러와 출정 전에 라오다메이아가 만든 남편의 상像으로 옮겨가게 했다. 그러자 프로테실라오스의 상은 그야말로 살아있는 것처럼 움직여서 아내와 눈물의 상봉을 하게 되었다. 약속된 시간이 끝나서 프로테실라오스의 혼이 저승으로 돌아가자, 라오다메이아도 스스로 목숨을 끊었다. 둘이 매장된

▲ 〈프로테실라오스와 라오다메이아〉

후, 프로테실라오스의 무덤 근처에서 느릅나무 한 그루가 돋아났다. 그 나무는 크게 자라서 무덤을 덮었으며, 트로이 성벽을 멀리 바라다 볼 수 있을 정도로 자랐다. 그러나 이상하게도 이 나무는 곧 고사하고, 뿌리에서 새로운 가지가 돋아나왔다고 한다.

▷ 오르페우스와 에우리디케

그리스의 음유시인 오르페우스Orpheus는 아내 에우리디케Eurydike가 독사에게 물려 죽었을 때, 그녀를 데려오기 위해 지하세계의 왕 하데스Hades를 찾아간다. 그는 아내와의 추억을 담은 노래를 불러 하데스의 마음을 움직여서 아내를 데려가도 좋다는 허락을 받아낸다. 그러나 하데스는 이렇게 말한다. "지상에 도착할 때까지 결코 뒤를 돌아봐서는 안 된다. 만약 뒤를 돌아보게 되면, 네 아내는 다시 지하세계로 돌아오게 되고, 두 번 다시 이 곳에서 나갈 수 없게 될 것이다.”

그러나 지상으로 돌아오는 도중에, 오르페우스는 아내가 따라오지 않을까봐 불안해하며 그만 뒤를 돌아보고 말았다. 그러자 하데스의 말대로 에우리디케는 지하세계로 끌려가고, 오르페우스는 다시 아내를 잃게 되었다.

오르페우스는 슬픔을 잊기 위해, 수금竪琴을 연주하기 시작했다. 그러자 그 음률에 이끌려 나무들이 그의 주위로 모여들었다. 그 중에는 느릅나무도 있었다. 느릅나무는 오르페우스의 수금 연주를 들으면서, 점점 커져 커다란 나무숲을 이루었다. 오르페우스는 그 느릅나무 아래에서 수금을 울리고, 때로는 휴식을 취하기도 했다. 그리고 오랜 세월이 흐른 후에, 오르페우스는 잠들 듯이 죽어서 지하세계에 있는 에우리디케와 다시 만났다.

▲ 〈오르페우스와 에우리디케〉, 에드워드 포인터

01 개암나무 _이름의 유래 · 개암나무의 용도 · 개암과 헤이즐넛 · 《도깨비 방망이》 · 《신데렐라》 · 마술과 의술의 심볼 · 《소년과 개암》 · 신의 손 · 천둥번개와 풍요의 나무

02 산사나무 _이름의 유래 · 산사자 · 메이플라워 호

03 물푸레나무 _이름의 유래 · 물푸레나무의 용도 · 고대의 무기 · 물푸레나무의 요정 · 인류 최초의 남자 · 세상을 지지하는 거대한 나무 · 포세이돈의 성수

04 소나무 _이름의 유래 · 소나무의 용도 · 소나무의 별명 · 우리 민족의 나무 · 세계 최장수 나무 · 장이품송과 정부인송 · 이루어지지 않는 사랑 · 불룬의 사랑 ·
소나무의 정령 스올란드

05 참나무 _이름의 유래 · 참나무의 용도 · 천둥의 신과 오크나무 · 혼례의 나무 · 필레몬과 바우키스 · 오크나무의 복수 · 오르페우스의 죽음 · 사랑을 맹세하는 나무

06 자작나무 _이름의 유래 · 자작나무의 용도 · 러시아 사람과 자작나무 · 행운을 부르는 나무 · 고대 로마의 이용법 · 홀리 이노센트 데이와 부활제 · 성 요한 축제

07 딱총나무 _이름의 유래 · 딱총나무의 용도 · 여름을 알리는 사랑의 꽃 · 마성을 가진 나무 · 《딱총나무 엄마》

PART **03**:

산속의 나무

개암나무

개암나무는 자작나무과 개암나무속의 낙엽관목으로, 북반구의 온대와 한대 지역에 자생한다. 원산지는 유럽·소아시아·북아프리카 등이며, 비교적 넓은 지역에 분포한다. 생명력이 강해서 화재로 지상부가 불타더라도, 다음 해에 다시 뿌리가 살아나서 새순이 나온다. 영하 15도 이하의 저온 환경에서도 생육이 가능하며, 유럽에서는 주위에서 흔하게 볼 수 있는 친숙한 나무다.

개암나무라 하면 우리나라에서는 개암나무(*Corylus heterophylla*)와 참개암나무(*Corylus sieboldiana*)를, 서양에서는 서양개암나무(*Corylus avellana*)를 가리킨다. 개암나무는 키가 3~7m 정도 자라며, 2~3월경에 잎보다 먼저 같은 그루에서 암꽃과 수꽃을 따로 피운다. 수꽃은 연록색의 가늘고 긴 끈 모양이며, 가지 끝에서 아래로 축 늘어져 핀다. 수꽃보다 아래쪽의 가지가 갈라진 곳에서 작고 붉은 암꽃이 핀다. 10월경에 적갈색 열매가 가지 가득히 달리는데, 서양에서는 이것을 헤이즐넛(Hazelnut)이라 한다.

▷ 이름의 유래

개암나무의 속명 코리루스*Corylus*는 그리스어 krylos 개암에서 유래한 것, 혹은 corys 투구에서 온 것으로 종자를 싸고 있는 총포의 모양을 나타낸 것이다. 영어 이름 커먼 헤이즐common hazel은 그리스어로 몽롱朦朧을 의미하는 hazeh에서 온 것이다. 몽롱한 상태란 학문의 깊은 뜻을 깨치는 하나의 과정으로, 유럽에서는 이러한 과정을 통과할 때 스승이 개암나무 회초리로 때려 더욱 학문에 정진하도록 독려했다고 한다. 또, 개암나무 아래에서 잠을 자면, 장차 일어날 중요한 사건을 꿈에서 보게 된다고 한다.

개암나무의 열매를 개암이라 하는데, 지방에 따라서 깨금 · 개갬 · 개양 · 기암 · 깨양 · 처낭 등 여러 가지 방언으로 불린다. 또, 개암은 영양가가 높아서 오랫동안 먹으면, 눈이 밝아진다 하여 득안得眼이라는 별칭으로도 불린다. 개암이란 이름은 밤보다 조금 못하다는 뜻의 개밤에서 개암이 된 것이며, 개암의 한자 이름에도 산반율山反栗 혹은 진율蓁栗과 같이 밤 율栗 자가 들어간다. 또 진자榛子 혹은 진율榛栗 등으로도 불리는데, 이는 한자 진榛 자가 '무성한 덤불'을 의미하므로 개암나무가 떨기나무임을 나타내는 것이다.

중국 이름과 일본 이름은 모두 한자로 진榛이다. 일본에서는 자작나무과의 오리나무Alnus japonica도 진榛이라는 이름으로 불리는데, 이것은 수꽃이 꼬리모양꽃차례尾狀花序로 겨울을 나는 것이 서로 닮은 것에서 온 혼동이다.

▷ 개암나무의 용도

개암은 맛있는 식품일 뿐 아니라, 예로부터 민간약으로도 널리 사용되었다. 헤이즐넛hazelnut 두 개를 호주머니 속에 몰래 가지고 있으면 치통을 물리칠 수 있다고 하며, 건조시킨 껍질과 열매를 와인에 넣어 마시면 월경장애에 효과가 있다고 한다. 또 개암을 벌꿀주와 섞어서 복용하면 기침이나 폐질환에 효과가 있으며, 감기에 걸렸을 때는 개암에 후춧가루를 뿌려 볶은 것을 자기 전에 먹으면 좋다고 한다.

헤이즐넛은 대단히 영양가가 높으며, 특히 올레인산oleic acid과 비타민E

가 풍부하다. 최근 연구에서는 심질환·고지혈증·당뇨병 등 생활습관병에 좋은 효과가 있는 것으로 확인되었다고 한다.

터키를 비롯한 여러 나라에서는 '건강을 위해서 매일 소량의 헤이즐넛을 먹자.'라는 캠페인을 할 정도로, 중요한 건강보조식품으로 권장되고 있다. 헤이즐넛에서 추출한 기름은 식용뿐 아니라, 미용에도 좋은 것으로 알려져 있다. 끈적거림이 적고 매끈매끈해서 바디맛사지에 최적이며, 여드름피부·지성피부·노화피부 등에도 효과가 있다고 한다.

개암나무의 꼬리모양 수꽃차례는 발한發汗 작용이 있으며, 딱총나무의 꽃차례와 함께 열탕에 넣어 추출한 인플루엔자 차茶는 가축의 폐에 병이 있을 때 효과가 있다고 한다. 또, 개암나무 잎은 소젖을 잘 나오게 하는데 사용된다고 한다.

▷ 개암과 헤이즐넛

개암은 지금처럼 맛있는 과자가 넘쳐나는 시대에는 거의 잊혀진 과실이지만, 옛날에는 달고 고소한 맛으로 꽤 인기가 있었다. ≪시경≫과 ≪예기≫ 등의 고서에도 자주 등장하는 아주 오래된 과실이기도 하다.

≪고려사지高麗史志≫에 제사를 지낼 때 "제1열에는 소금·건어·대추·황률·개암·말밤을 둔다."는 기록이 있고, ≪조선왕조실록≫에도 개암나무에 관한 기록이 117건이나 나온다. ≪성경통지盛京通志≫에는 임금님께 진상까지 하는 귀중한 과실이라고 기록되어 있다. 조선 왕실의 역대의 왕과 왕비의 신주를 모신 종묘宗廟에서도 개암나무를 볼 수 있다. 그러나 임진왜란 전후로 개암이 제사상에서 사라지게 되는데, 아마 개암보다 더 맛있는 과실이 많아진 탓으로 보인다.

서양개암은 헤이즐hazel 혹은 열매를 강조해서 헤이즐넛hazelnut이라 한다. 헤이즐넛은 오래 전부터 인간에게 뿐 아니라, 야생동물의 중요한 먹이이기도 했다. 구석기 시대의 유적에서 먹고 남은 개암이 대량으로 발견된 것으로 보아, 개암의 식용 역사는 꽤 오래된 것으로 보인다. 로마 시대에는 개암이 요리의 소스로 사용되기도 했다.

헤이즐넛은 호두와 비슷한 맛이며, 생으로 먹을 수도 있다. 특히 제과 재료로 많이 사용되며, 헤이즐넛을 섞은 초코렛과 빵은 세계인들이 애호하고 있다. 열매에서 추출한 오일도 인기가 높아서, 지중해 지방의 요리에는 빠지지 않는 재료 중 하나이다. 우리가 즐겨 마시는 헤이즐넛 커피는 커피 원두에 볶은 헤이즐넛을 첨가한 것이다.

▲ 헤이즐넛 커피

▷ 〈도깨비 방망이〉

음력 정월 보름날 아침에 견과류를 깨물어 먹는 풍속을 일컬어 '부럼깨기'라고 한다. 부럼을 깨물면서 일 년 동안 무사태평하고 만사가 뜻대로 되며, 또 부스럼이 나지 않기를 기원한다. 이런 견과류에는 밤·호두·은행·잣·땅콩 등과 함께 개암도 한몫을 한다. 개암은 껍질이 단단한 견과류로, 어릴 적부터 익히 들어온 〈도깨비 방망이〉 이야기로도 잘 알려져 있다.

옛날 어느 곳에 마음씨 착한 나무꾼이 있었는데, 매일 산에 가서 나무를 해다 팔아서 살아가고 있었다. 어느 날 산에서 나무 한 짐을 해 놓고 그늘에서 쉬고 있는데, 옆에 있는 개암나무에서 개암 한 톨이 떨어지자 얼른 주워 "이건 아버지 갖다 드려야지." 하자, 또 한 알씩 연거푸 떨어지자 "이건 어머니, 이건 아내, 이건 형님 갖다드리고, 마지막 이건 내가 먹어야지." 하고 개암을 주워 주머니에 넣었다. 그리고 나뭇짐을 지고 내려오다가 길을 잃고 헤매던 중에, 빈집을 발견하고 그곳에서 하룻밤을 묵기로 했다.

방에 들어가니 피곤해서 이내 잠이 드는가 싶었는데, 갑자기 밖에서 시끄러운 소리가 났다. 문구멍으로 보니 도깨비들이 잔뜩 몰려오고 있어서, 나무꾼은 얼른 벽장 속으로 숨었다. 도깨비들은 방에 들어와 들고 있던 방망이를 치면서 "금 나와라 뚝딱, 은 나와라 뚝딱."하니 보물이 쏟아져 나왔다.

그 광경을 보고 있던 나무꾼은 배가 너무 고파서 낮에 주은 개암을 하나 꺼내서 깨물었다. "딱" 하고 개암이 깨지는 소리가 얼마나 컸던지 도깨비들이 놀라서 "대들보가 무너진다. 도망쳐라." 하며 서로 먼저 도망치려다 방망이 하나를 놓고 가버렸다. 날이 밝아 나무꾼이 벽장에서 나와 보니 금과 은이 수북이 쌓여있고 도깨비 방망이도 하나 있어, 그것을 가지고 집으로 돌아와 부자가 되었다.

이 이야기를 들은 이웃집에 사는 마음씨 나쁜 나무꾼은 착한 나무꾼이 알려 준 장소로 갔다. 그 곳에 가니 역시 개암이 떨어져서, 마음씨 나쁜 나무꾼은 몽땅 자신이 먹을 거라면서 주웠다. 그러고는 바로 그 오두막으로 들어가 잠을 자기 시작했다. 밤이 되자 또 도깨비들이 몰려와 놀기 시작했다. 마음씨 나쁜 나무꾼이 "딱" 하고 개암을 깨물었더니, 이번에는 도깨비들이 지난번에 우리를 속인 놈이 또 왔다고 하면서, 나쁜 나무꾼을 찾아내 실컷 두들겨 팼다고 한다.

이 이야기는 개암이 도깨비를 쫓았다는 벽사僻邪, 요사스러운 귀신을 물리침의 의미도 담고 있어, 부럼깨기 풍습과 일맥상통하는 점이 있다.

▷ 〈신데렐라〉

독일의 그림Grimm 형제(야콥Jacob과 빌헬름Wilhelm)가 쓴 ≪그림 동화집≫
에 수록된 〈재투성이 아가씨Aschenputtel〉에는 어머니가 죽기 직전에 딸에
게 자신의 무덤에 개암나무를 심으라고 한다. 그리고 어려울 때는 개암나무
를 흔들어 도와달라고 요청하라는 유언을 남긴다. 그 후 갑자기 들어온 계
모와 의붓언니들에게 온갖 구박을 받지만, 마음씨 착한 그녀는 묵묵히 견뎌
내며 살아간다.

어느 날, 그 나라의 왕자가 신붓감을 찾기 위해 무도회를 열고, 젊은 아가

▲ 〈신데렐라〉, 귀스타브 도레

씨들을 초대했다. 새 어머니와 두 언니는 화려하게 치장을 하고 무도회에 가지만, 그녀는 세 모녀가 시킨 집안일을 해야 하기 때문에 갈 수가 없었다. 그때 그녀는 엄마의 무덤가에 심은 개암나무를 흔들며, 자신도 무도회에 가고 싶다고 소원을 말한다. 그러자 어디선가 두 명의 하인이 나타나, 그녀를 아름답게 꾸며서 무도회에 참가할 수 있게 해준다.

이 이야기는 처음에 쓰였을 때, 잔혹한 표현이 많았지만, 판을 거듭하면서 어린이용 동화로 정리되었다. 그러면서 어머니의 무덤가에 심겨진 개암나무도 불쌍한 딸을 도와주는 마녀로 변했다. 이것이 우리가 잘 알고 있는 동화 〈신데렐라Cinderella〉이다.

▷ 마술과 의술의 심볼

그리스 신화에는 개암나무가 마력을 지닌 나무로 표현되어 있다. 전령의 신 헤르메스Hermes는 두 마리의 뱀이 휘감고 있는 개암나무 지팡이 케리케이온Kerykeion을 가지고 있다. 이 지팡이를 사용해서 사람을 잠들게 할 수도 있고 깨어나게 할 수도 있다. 때에 따라서는 사람의 몸과 마음의 병을 고칠 수도 있고, 죽음에 이르게 할 수도 있다. 로마 신화에서는 이 지팡이를 카두케우스Caduceus라 하며, 현재에도 영적 계발의 심볼 혹은 의료업무의 상징으로 사용되고 있다. 미국 육군의 의무병과의 표장도 케리케이온을 빌려 쓰고 있으며, 대한민국 육군의 의무병과의 상징도 이와 비슷하다.

케리케이온은 의학의 상징인 아스클레피오스Asclepius의 지팡이와 혼동하기 쉽다. 그리스 신화에 나오는 의학과 치료의 신 아스클레피오스를 상징하는 지팡이에는 날개가 없고, 한 마리의 뱀이 또아리를 틀고 있다.

아테네의 왕 테세우스Theseus가 왕자였을 때, 괴물 미노타우로스Minotaur를 물리치기 위해 크레타 섬에 간 적이 있다. 그는 만약 자신이 살아서 돌아가게 되면 배에 흰 돛을, 그렇지 않으면 검은 돛을 달기로 약속하고 떠난다. 이때 흰 돛은 사실은 붉은 돛이었다는 이설이 있으며, 이 붉은 색은 개암나무 꽃으로 염색했다고 한다. 개암나무 수꽃은 흰색이기 때문에, 만약 이것이 사실이라면 암꽃으로 염색했을 것이다. 테세우스의 아버지 아이게우스Aegeus 왕이 마귀를 쫓는 힘을 가진 개암나무로 아들을 지켜주려 한 것이다.

신화가 아니더라도, 그리스 사람들은 개암나무의 신비한 마력을 믿었으며, 또 유용하게 활용했다. 특히 잃어버린 물건을 찾는데 자주 사용되었다고

〈헤르메스〉, 조반니 다 볼로냐

한다. 개암나무에 생긴 버섯은 없어진 물건을 찾는 전조로 사용되었으며, 로마의 박물학자 플리니우스는 《박물지》에서 지하수를 찾는 데에 Y자형 개암나무 가지를 이용했다고 하였다. 개암나무 가지를 쥐고 가다가, 가지가 아래로 처지면 그 곳에 지하수가 있다는 것을 알아내는 방식이다. 이러한 방법을 다우징dowsing이라 하는데, 땅 속 깊은 곳에 있는 수원이나 금속 등을 발견하는데 유용하게 사용되었다. 하지만 지금은 개암나무 가지를 사용하지는 않고, 펜듈럼pendulum이나 엘로드L-rods를 사용하고 있다.

▷ 〈소년과 개암〉

이솝 우화집에 〈소년과 개암〉라는 교훈적인 이야기가 실려 있다. 소년이 개암이 가득 든 항아리 속에 손을 넣어 주먹으로 쥘 수 있는 만큼 한껏 개암

을 쥐고 끄집어내려 했다. 그러나 항아리의 목이 가늘어서 주먹이 빠지지 않아 한숨짓고 있었다. 그때 옆에 있던 사람이 충고해주었다. "그렇게 욕심 부리지 말고 지금의 반만 쥐고 빼면 잘 빠질거야."

사실 이 이야기는 이솝이 창작한 것은 아니다. 이솝우화가 여러 번 판을 거듭하는 과정에 그리스에서 전해지는 민화가 더해진 것이라고 한다.

▷ 신의 손

기독교에 전승되는 이야기에 등장하는 개암나무는, 선량한 인간을 도와 주거나 악행을 벌하는 등, 그야말로 '신의 손'과 같은 존재이다. 아담과 이 브가 낙원에서 추방될 때, 하느님이 두 사람에게 개암나무 지팡이를 주었다 는 전설이 있다. 그 지팡이로 물을 치면 새로운 동물이 하나씩 생겨난다는 마법의 지팡이다.

예언자 모세가 가진 지팡이는, 아담이 에덴동산에서 개암나무를 잘라서 만든 것이라고 한다. 모세와 그의 형 아론이 이 지팡이로 이집트에 역병을

▲ 〈성 요한 축제〉, 쥘 브르통

불러왔다고 하는 것으로 보면, 개암나무에 생사를 관장하는 힘이 있는 것으로 여긴 것 같다. 실제로 고대인들은 예루살렘으로 순례를 떠날 때, 개암나무 지팡이를 사용하였으며, 여행 도중에 죽게 되면 지팡이도 함께 묻었다고 한다. 기독교에서 개암나무가 신성한 나무로 알려지게 된 것은, 어린 예수가 성모 마리아와 아버지 요셉과 함께 헤로데 왕으로부터 도망쳐서 이집트로 탈출할 때, 개암나무에 몸을 숨긴 사건 때문이다.

하지夏至에 해당하는 성 요한St John's Day 축제에서도 켈트력의 봄축제와 같이, 개암나무 가지에 불을 붙여 집에서 기르는 소의 털을 태움으로서 악령을 쫓았다고 한다.

▷ 천둥번개와 풍요의 나무

북유럽 신화에는 개암나무가 천둥의 신 토르Thor의 나무로 나오며, 개암나무 가지가 천둥으로부터 자신들을 지켜준다고 믿었다. 또, 핀 모양의 가지 세 개를 집 대들보에 박아 두면 화재가 발생하지 않으며, 모자에 꽂아두면 천둥을 피할 수 있다고 하였다.

마녀들이 독일 브로켄Brocken 산에서 개최하는 발푸르기스Walpurgis 밤 축제가 있다. 이 축제에서 밤 12시, 즉 4월 30일과 5월 1일 경계시점에 개암나무 가지를 잘라 호주머니에 넣어두면, 아무리 술에 취했더라도 구멍에 떨어지지 않도록 지켜준다고 한다. 스웨덴에서는 말의 먹이인 메귀리에 신의 이름을 부르면서 개암나무 지팡이를 접촉하면, 말이 그것을 먹더라도 병이 생기지 않는다고 한다.

개암나무는 풍요의 여신과도 관계가 있으며, 종종 성적인 심벌로도 사용되었다. 그러나 점차 기독교화됨에 따라, 부실과 악습의 심볼로 변하게 된다. 식물을 의료에 활용한 라인란트의 수도녀인 성녀 힐데가르드Hildegard

도 "개암나무는 욕정의 심볼이며, 치유목적에는 거의 도움이 되지 않는다."
라고 매도하였다.

오늘날 구전되는 이야기나 속요에서도 개암나무 열매는 성적인 힘과 결부되어 있으며, '개암나무로 간다.'는 말은 성교의 의미한다. 또 개암나무 열매가 많이 열리는 해에는 아이가 많이 태어난다고 한다. 개암나무가 지금의 북유럽에는 외설스러운 이미지를 가지고 있지만, 전해 내려오는 민요에는 아직도 예전의 신성한 이미지가 많이 남아있다.

▲ 〈브로켄 산에서의 마녀 축제〉, 요하네스 프레토리우스

나무 스토리텔링
나무의 숨어진 것들

산사나무

산사나무는 장미과 산사나무속 소속의 낙엽소교목이며, 사막이나 동토를 제외한 북반구 전역에 자생한다. 우리나라 전역과 중국 북부·사할린·시베리아 등 극동러시아 지역에는 몇 종이 자생하고 있으나, 유럽에는 약 60종, 북미에는 무려 80~90종이 분포한다. 주로 5월에 꽃이 피므로 '5월의 꽃'이라는 의미로 메이플라워(May flower)라고 한다. 또, 4월 말에서 5월 말에 걸쳐 개화하는 가장 대표적인 꽃이기 때문에 메이 블라썸 (May blossom), 메이 트리(May tree) 또는 단순하게 메이(May)라고도 부른다.

2~3cm 정도의 꽃은 작고 귀여우며, 가지 끝에 5~10개가 모여 핀다. 대부분 흰색이지만, 가끔 분홍색을 띠는 것도 있다. 다이메틸아민(dimethylamine)이라는 성분으로 인해, 부패한 생선에서 풍기는 좋지 않은 냄새가 난다. 그러나 이 냄새는 곤충들을 불러서 꽃의 수분에는 도움이 된다.

▷ 이름의 유래

속명 크라타에구스 *Crataegus*는 그리스어 kratos힘와 agein가지다의 합성어로 목재의 질이 단단하고 가시가 많은 것에서 유래한 것이다. 종소명 핀나티피다 *pinnatifida*는 우상중열羽狀中裂이라는 뜻으로, 잎이 깃 모양이고 깊게 갈라진 것을 나타낸다.

가을에 열리는 붉은 열매는 크기가 1.5~2cm 정도로 작아서 손 애플thorn apple라고 부른다. 영어 이름 호haw 또는 호손hawthorn은 벼락을 막는다는 뜻으로, 옛날 서양에서 밭의 울타리로 심은 것에서 유래한 것이다. 독일에서도 땅의 경계를 표시하는 생울타리로 많이 심었기 때문에, 해기돈Hagedon이라고 한다. 또, 퀵Quick라고도 부르며, 산사나무로 만든 생울타리를 퀵세트Quickset라고 한다. 생명력이 왕성하여, 가지를 자르더라도 곧 새가지가 나오기 때문에 붙여진 이름이다.

중국에서는 산사목山樝木·산사자山樝子·산사자山査子 등의 이름으로 불린다. 한자 사査 혹은 樝 자는 들장미처럼 복잡하게 얽힌 나무의 수형을 나타내는 글자이다. 끝의 자子 자는 열매 또는 '작은'을 의미하며, 주로 과일의 이름 뒤에 많이 붙는다. 따라서 산사자山査子란 '산에서 자라며, 서로 얽힌 가지에 달린 작은 열매'라는 의미가 된다. 우리나라에서는 찔구배나무·아가위나무·아기위나무·동배나무·이광나무·뚤광나무 등 여러 가지 지방이름鄕名으로 불린다.

▷ 산사자

산사나무의 열매를 한약명으로 산사자山査子라고 한다. 열매에서 씨를 발라낸 것을 산사육山査肉이라 하는데, 흔히 산사자라고 하는 것은 이 산사육을 말한다. 고기를 요리할 때 산사자를 넣으면 육질이 부드러워진다 하여, 예로부터 닭고기나 돼지고기를 삶을 때는 반드시 산사자 몇 개를 넣었다. 또, 생선을 요리할 때 넣으면, 각종 중독을 예방할 뿐 아니라 뼈까지 무르게 해준다고 한다.

소동파蘇東坡의 ≪물류상감지物類相感志≫에도 "늙은 닭의 질긴 살을 삶을 때, 산사자를 넣으면 고깃살이 부드러워진다."라고 나와 있다. 중국에서는 소화불량에 특효약으로 널리 사용되며, 혈관을 확장시켜 혈압을 내리는 작용이 있어 고혈압에도 효과가 있다고 한다.

▲ 산사자

생선요리를 많이 먹는 일본에서는 원래 산사나무가 자생하지 않았는데, 영조 때 조선에서 가져가 어약원御藥園에서 재배했다는 기록이 있다.

▷ 메이플라워 호

1620년 9월 6일, 프로테스탄트의 일파인 청교도 102명이 종교의 자유를 찾아서, 영국 플리머스Plymouth 항을 출발하여 미국으로 출항하였다. 도중에 케이프코드 만을 경유하여, 미국 북동부의 프로빈스타운Provincetown에 입항한다. 여기서 선박수리와 보급을 받은 후, 항해를 계속하여 천신만고 끝에 드디어 미국 매사추세츠주 연안에 도착하여 이 지역을 플리머스Plymouth라 명명하고 마을을 만들었다. 순례자의 아버지Pilgrim Fathers라 불리는 이들은 미합중국을 프로테스탄트신교도 국가로 만드는 초석을 세웠다.

▲ 메이플라워 호 도착 300주년 기념우표

이들이 타고 대서양을 건너간 배가 '메이플라워 호May flower'이다. 메이플라워는 산사나무라는 뜻으로, 서양에서는 산사나무에 난 가시가 벼락을 막아준다고 믿어 밭 울타리로 많이 심는다. 또, 천둥칠 때

이 나무가 생겨났다고 하여, 시신을 화장할 때 잘 타라고 밑에 넣는 나무로도 쓰였다고 한다.

험난한 대서양을 무사히 건너게 해준 이 배의 이름 메이플라워Mayflower에도, 벼락을 맞지 않고 안전운항을 바라는 순례자의 아버지들의 간절한 염원이 담겨져 있다.

물푸레나무

물푸레나무는 북반구의 온난한 지역에 분포하는 물푸레나무과 물푸레나무속 소속의 낙엽교목이다. 유럽산 서양물푸레나무는 유러피언 애쉬(European ash)라 하며, 가로수나 공원수로 많이 이용된다. 목재가 굵고 탄력성이 있어서 문지르면 광택이 나기 때문에, 건축재나 가구재 혹은 기구재로 많이 쓰인다.

꽃은 암수딴그루이지만 때로 암수한꽃이 섞여있는 것도 있다. 4월 중순에서 5월 중순에 새 가지의 끝 또는 잎겨드랑이에 자잘한 꽃이 모여 핀다. 잎은 3~4쌍의 작은잎으로 이루어진 홀수깃꼴겹잎(奇數羽狀複葉)이며, 작은잎은 밑으로 내려갈수록 작아진다. 열매는 시과(翅果)로 가장자리에 날개가 있으며, 갈색으로 익는다.

▷ 이름의 유래

물푸레나무의 속명 프락시누스Fraxinus는 서양물푸레나무의 라틴어 phraxis분리하다에서 유래된 것으로, 수피가 세로로 갈라지는 것을 나타낸다. 영어 이름 애쉬ash는 고대 영어인 앵글로색슨어로 창槍을 의미하는 AEsc에서 온 것이다. 그 어원은 라틴어로 오누스ornus인데, 대단히 오랜된 말이어서 확실한 뜻은 알 수 없다고 한다. AEsc가 물푸레나무를 뜻하는 것은, 고대에는 물푸레나무로 창자루를 만들었기 때문으로 추측된다. 애쉬

ash는 물푸레나무라는 단어이기도 하지만, 재灰를 의미하기도 한다. 어원은 라틴어 아레레arere, 말라있는에서 유래된 것으로, '재'는 물푸레나무의 수피 색을 연상시킨다.

물푸레나무라는 우리 이름은 이 나무의 껍질을 벗겨서 물에 담그면 파란 색을 띠기 때문에 붙여진 것이며, 강원도에서도 같은 이유로 수청목水靑木 혹은 청피목靑皮木이라는 이름으로 불리기도 한다. 또, 물푸레나무를 나타 내는 한자는 심梣이다. 중국물푸레나무는 백랍수白蠟樹라고도 하는데, 이 나무에서 백랍충白蠟蟲을 길러 백랍을 채취하였기 때문에 붙여진 이름이다.

▷ 물푸레나무의 용도

물푸레나무는 재질이 단단하고 탄력이 있기로 이름이 나있다. ≪성경통 지盛京通志≫에 이 나무는 재질이 굳기 때문에 벼루를 만들면 돌벼루보다 가 벼워서, 나들이할 때에 들고 다니기에 좋다고 할 정도이다.

지금은 기계화된 탈곡기로 대체되었지만, 예전에 곡식의 낟알을 떨 때 쓰던 도리깨도 물푸레나무로 만들었다. 뿐만 아니라 도끼자루·낫자루· 맷돌 손잡이 등 생활에 필요한 도구를 만드는데도 많이 이용되었다. 요즘 은 학교에서 체벌을 금지하고 있지만, 옛날에는 부모들이 서당 훈장님한테 물푸레나무나 싸리나무로 만든 회초리를 가져다주며 엄하게 가르쳐 달라 고 부탁했다고 한다. 이렇게 회초리를 맞고 자라서 장원급제라도 하게 되 면, 물푸레나무 앞에 가서 큰 절을 했다는 이야기도 전해진다. 또 태형笞刑, 매로 볼기를 치는 형벌을 집행할 때에 쓰던 곤장도 이 물푸레나무로 만들었다고 한다.

미국 프로야구에서는 140여 년 전부터 지금까지, 서양물푸레나무로 만든 야구방망이만 사용하고 있다. 그 이유는 지금까지 세워진 역대 기록과 새로 만들어지는 기록을 공평하게 평가하기 위해서라고 한다. 또 우리나라와 일본의 프로야구 선수들도 물푸레나무로 만든 야구배트를 선호한다.

물푸레나무는 가공하기 쉽기 때문에 여러 가지 용도로 사용된다. 유럽에서는 이 나무로 농기구의 자루를 만들었기 때문에 허즈번드맨즈 트리Husbandman's tree라는 별명을 가지고 있다. 옛날에는 스키 용구나 설화雪靴 등을 만드는데 이용하였으며, 바이킹족은 배를 만드는 재료로 사용하기도 했다.

물푸레나무의 가지 또는 줄기껍질을 진피秦皮라 하며, 소염성수렴약消炎性收斂藥으로 진해 · 기관지염 · 설사 · 장염 · 안질 등에 사용하면 효과가 있다고 한다. 중국 최초의 약물학 전문서적 ≪신농본초경神農本草經≫에서는 "진피를 오랫동안 복용하면 머리카락이 희지 않고 불로한다."라고 하였다.

▲ 물푸레나무 야구배트

▷ 고대의 무기

중세 유럽에서는 적당히 휘고 잘 부러지지 않는 물푸레나무로 곤봉이나 창자루를 만들었다. 트로이 전쟁의 영웅 아킬레우스Achilles의 창이나 북유럽 신화에 나오는 아스 신족의 왕 오딘Odin의 창 궁니르Gungnir의 자루는 모두 물푸레나무였다. 또 그리스 신화에 등장하는 사랑의 신 에로스Eros의 화살도 물푸레나무로 만든 것이었다.

로마의 박물학자 플리니우스의 ≪박물지≫에 의하면, 갈리아에서는 물푸레나무를 전차의 재료로 사용했다고 한다. 물푸레나무는 유럽에서만 무기

▲ 오딘과 궁니르

의 재료로 사용한 것은 아니다. 중국 무술에서 사용되는 백랍간白蠟杆도 물푸레나무로 만든 탄력성이 좋은 긴 봉이다.

전장에서 살아남기 위해서는, 튼튼한 물푸레나무로 만든 무기에 자신의 생명을 의탁하는 것이 오히려 당연한 일이었을 것이다. 그 때문에 물푸레나무는 마샬 애쉬Martial ash라는 별명도 가지고 있다. 마샬이란 로마 신화의 군신軍神 마르스Mars에서 유래한 것이며, 마르스가 가지고 있던 창의 자루도 물푸레나무로 만든 것이었다.

▷ 물푸레나무의 요정

물푸레나무라는 뜻의 그리스어 멜리아melia는 물푸레나무에 사는 요정을 가리키는 말이며, 복수형은 멜리아스meliae이다. 멜리아스는 세계 최초의 지배자 우라노스Uranus의 성기가 잘려, 그 피가 대지의 여신 가이아Gaia에게 떨어져서 태어났다. 이때 함께 탄생한 것이 복수의 세 여신 에리니에스Erinyes로, 이들은 각각 알렉토Allect · 티시포네Tisiphone · 메가이라Megaera라는 이름을 가지고 있다.

로버트 그레이브스의 ≪그리스 신화≫에 의하면, 오크oak의 왕 제우스Zeus의 유모 아드라스테이아Adrasteia는 멜리아스 중 하나였으며, 복수의 여신 네메시스Nemesis와 동일시되는 여신이다. 네메시스는 행운의 여신 티케Tyche와 상반되는 여신이다. 티케가 변덕스럽게 행운을 배분함으로서 잘난 체하는 인간에게, 네메시스는 신벌을 주어 균형을 유지하였다. 이것 역시 일종의 보복이므로, 어느 사이에 에리니에스와 네메시스의 역할이 혼동되어, 양쪽 모두 복수의 여신이라 불리게 되었다.

아폴로도로스의 ≪그리스 신화≫에 의하면, 멜리아스 중의 한 멜리아가 강의 신 이나코스Inachos와의 사이에서 자식을 얻는데, 그 중의 한 명이 펠로폰네소스Peloponnesos 반도를 지배한 포로네우스Phoroneus이다.

▲ 〈오레스테스를 괴롭히는 복수의 세 여신〉, 윌리암 아돌프 부그로

▷ 인류 최초의 남자

북유럽 신화에서 아스ass 신족神族의 최고의 신 오딘Odin과 헤니르

Hoenir, 로두르Lodurr 삼형제가 해변을 거닐다가, 두 그루의 작은 나무를 발견한다. 그 중 하나는 물푸레나무이고, 다른 하나는 느릅나무이다. 그들은 이 두 그루의 나무에서 인간의 모습을 발견하지만, 이 나무에는 영혼도 생명도 없었다. 그래서 오딘은 나무에게 영혼을, 헤니르는 생각하고 움직일

▲ 아스크와 엠블라 우표

수 있는 의지를, 로두르는 듣고 보고 느낄 수 있는 따뜻한 감정을 주었다. 그러자 물푸레나무와 느릅나무는 각각 남자와 여자로 변하였다. 삼형제는 남자에게 아스크Askr라 이름을 붙여주었는데, 아스크는 서게르만 족의 언어인 앵글로색슨어로 AEsc인데 물푸레나무를 의미한다. 또, 여자에게는 엠블라Embla라는 이름을 붙여주었는데, 엠블라는 느릅나무를 가리키는 엘름Elm의 어원이다.

▷ 세상을 지지하는 거대한 나무

북유럽 신화에서, 하늘을 떠받치고 있으며 하늘과 땅 그리고 지하를 연결하는 나무를 세계수World Tree라고 하는데, 이 나무가 바로 물푸레나무이다. 이 거대한 나무는 세 개의 커다란 뿌리로 지탱하고 있으며, 수많은 가지가 하늘 끝까지 뻗어있다.

첫 번째 뿌리는 니플하임Niflheim의 흐베르겔미르Hvergelmir의 샘에 연결되어 있다. 이 샘은 모든 강의 근원으로, 그 안에 니드호그Nidhogg라는 지옥의 드래곤이 무수한 뱀들과 함께 살면서 세계수의 뿌리를 먹어치우고 있다.

두 번째 뿌리는 아스가르드Asgard에 있는 우르드Urthr의 샘으로 뻗어있다. 그 주위에는 운명의 세 여신 노른Norn이 나무뿌리가 건조하지 않도록

끊임없이 물을 뿌려주고 있다.

　마지막 뿌리는 요툰하임Jotunnheim에 있는 미미르Mimir의 샘, 즉 지혜의 샘으로 같은 이름의 지혜의 거인 미미르가 지키고 있다. 오딘은 젊은 시절에 지혜를 얻기 위해, 자신의 한 쪽 눈을 내주고 미미르의 샘물을 마신다. 샘물을 마심으로서 지상 최고의 지혜를 얻게 된 오딘은 저승의 지식까지 알기 위해, 9일 동안 세계수에 목을 매달고 자신의 몸을 창으로 찔러 신비한 룬문자Runic alphabet의 비밀을 알아낸다. 이 이야기로부터 세계수는 위그드라실Yggdrasil, 오딘의 말(馬)이라 불리게 되었다. 위그는 오딘의 별명이며, 말은 교수대를 '목을 매단자의 말'이라 한 것에서 유래된 것이다.

　북유럽 신화에서 신들과 그들의 숙적인 거인과의 최후의 전쟁 라그나로크Ragnarok, 신들의 종말에서 천지는 황폐해지고, 신들의 세계는 끝이 난다. 이후에도 세계수 위그드라실은 계속 자라서, 줄기 속에서 최초의 인간 아스크의 모형인 리프Lif를 지상으로 내보낸다. 그 곁에 엠블라Embla의 분신인 리브스라시르Lif'h rasir가 더해진다. 이렇게 해서, 현재 인간의 최초 남자와 여자인 리프와 리브스라시르가 탄생하게 된다.

▲ 〈라그나로크〉, 프리드리히 빌헬름 하이네

▷ 포세이돈의 성수

물푸레나무는 바다의 신 포세이돈Poseidon에게 봉헌된 신성한 나무聖樹이다. 그리스인이라고 불리며, 제우스를 신봉하는 아카이아인Achaeans들은

침략자 아이올리스인Aeolis이 물푸레나무에서 태어났다고 생각했다. 아이올리스인은 포세이돈의 섬인 아틀란티스Atlantis를 지배하고 있었지만, 아카이아인의 공격을 받아서, 포세이돈을 상징하는 대지진과 큰 해일에 의해 섬 전체가 바닷속으로 사라져버린다.

▲ 〈포세이돈〉

나무 스토리텔링 **04**

소나무

소나무는 소나무과 소나무속 소속의 상록침엽교목이다. 대부분 북반구에 분포하며, 세계적으로 약 100종이 알려져 있다. 우리나라에는 자생종으로 소나무 · 곰솔 · 잣나무 · 섬잣나무 · 눈잣나무 등 5종이 있으며, 도입종으로 백송 · 스트로브잣나무 · 리기다소나무 · 방크스소나무 · 만주곰솔 · 구주소나무 · 테다소나무 · 대왕송 등이 있다.

소나무는 환경적응 능력이 뛰어나기 때문에 해가 비치는 곳이라면 어디서나 잘 자란다. 또, 자작나무와 함께 대표적인 선구수종(先驅樹種)으로 벌채지나 산불이 난 황무지에서 가장 먼저 싹을 틔우는 나무다.

꽃은 암수한그루이며, 암수꽃 모두 황색이나 적색을 띤다. 암꽃은 수꽃보다 햇빛이 잘 드는 수관부 위쪽에 위치해 있는데, 이는 충실한 종자를 만들고 자가수분을 피하기 위한 방책이다.

수꽃에서 발생하는 송홧가루는 음식을 만드는데 이용하기도 하지만, 꽃가루 알레르기를 일으키기도 한다. 암꽃은 가을이나 이른 봄에 수분이 이루어져서, 다음해 또는 그 다음해에 솔방울을 맺고, 가을이면 비늘조각이 벌어지면서 종자가 땅으로 떨어진다. 종자는 균류에 약하기 때문에 산등성이와 같이 낙엽이 적은 노출지에서 자라나 숲을 형성한다.

파인애플(pineapple)은 소나무(pine)와 사과(apple)의 합성어로, 열매가 솔방울 모양이고 사과 맛이 나기 때문에 붙여진 이름이다.

▷ 이름의 유래

속명 피누스*Pinus*는 켈트어 pin山에서 유래된 라틴어이며, 종소명 덴시플로라*densiflora*는 denes치밀하다와 flora꽃의 합성어로 꽃이 빽빽하게 핀 모양을 나타낸 것이다. 속명의 유래에 대해서는 또 다른 설이 있다. 피누스*Pinus*는 그리스어로 뗏목을 의미하는데, 소나무는 벌채가 쉬우며 주로 선박재로 사용된 것에서 유래한 것이라고 한다. 이 때문에 소나무는 바다의 신에게 바쳐졌다.

소나무를 순수 우리말로 '솔'이라 하는데, 이는 으뜸元 혹은 높음高을 뜻하는 말로 소나무가 모든 나무의 으뜸임을 나타낸다. 또 우두머리를 뜻하는 '수리'에서 '술'이 되고 다시 '솔'로 바뀌어, 솔나무가 소나무로 되었다는 견해도 있다.

중국의 진시황이 길을 가다가 소나기를 피할 수 있게 해준 고마운 소나무에 벼슬을 주어, 목木 자와 공公 자를 합쳐서 소나무 송松 자가 되었다고 한다. 우리나라에서는 이엽송류인 소나무와 곰솔을 흔하게 볼 수 있다. 소나무는 주로 내륙에서 나는 종으로 수피의 색이 붉기 때문에 적송赤松이라고 부르며, 곰솔은 해안선을 따라 많이 나타나므로 해송海松이라고도 부른다. 또 소나무는 잎이 부드럽고 여성스러운 면을 보이므로 여송女松 또는 자송雌松, 곰솔은 잎이 거칠고 남성스러운 면이 있어서 남송男松 또는 웅송雄松이라고도 부른다.

소나무의 영어 이름 pine은 '간절히 사모하다.', '사랑으로 여위어 쇠약해지다.'라는 뜻을 가지고 있으며, 일본 이름 마쯔ㅋ도 '기다리다'는 의미여서, 모두 사랑과 관련된 애틋한 사연을 가지고 있다.

▷ 소나무의 용도

옛날에는 아이를 낳으면 부정한 잡인이나 사귀의 출입을 막고 산모와 아이를 보호하기 위해, 왼 새끼줄을 꼬아 대문에 금줄金蠅을 치고 솔잎을 꽂았다.

마을 동구 밖이나 고개 마루틱에 세워진 마을의 수호신인 장승, 천하대장군天下大將軍과 지하여장군地下女將軍도 소나무로 만들었다. 장승을 만들기 전에, 산에서 나무를 벌채할 때도 마을 사람 중에서 부정타지 않은 사람을 선출하여, 나무에 금줄을 치고 제사를 올린 후에 벌목하였다. 소나무는 자체가 신수神樹이기에 숭배의 대상이었다.

소나무는 장생불사를 상징하는 10가지 물상인 십장생十長生 중 하나이다. 십장생은 신선사상이 발전한 것이라 볼 수 있는데, 중국에서 도래한 것이 아니라 고려 말엽에서 조선 초에 성립한 것으로 보고 있다. 이 10가지는 해 · 산 · 물 · 돌 · 소나무 · 달 또는 구름 · 불로초 · 거북 · 학 · 사슴을 말하는데, 산 대신 대나무가 포함되기도 한다.

소나무를 이용한 음식도 여럿 있다. 송홧가루를 꿀이나 조청으로 반죽하여 다식판에 찍어 내는 송화다식松花茶食이나 송홧가루를 꿀물에 타서 잣을 띄운 송화밀수松花蜜水가 있다. 또, 소나무의 종자인 잣으로 만든 잣강정 · 잣단자 · 잣박산實柏散子 · 잣기름 · 잣소금잣가루 · 잣엿 · 잣죽 · 잣즙 등이 있다. 예로부터 솔잎은 오랫동안 먹으면 눈이 밝아지고 머리털이 새로 나며, 몸이 가벼워지고 추위와 배고픔을 잊게 하는 선식仙食이라 하였다.

소나무는 흉년이 들었을 때, 귀중한 구황식품이기도 했다. 멀리는 신라 때부터 소나무의 속껍질을 먹었다는 기록이 있으며, 조선시대에도 흉년에 농민들이 소나무 속껍질을 벗겨 찧어서 곡물과 함께 송기떡을 만들어 먹었다고 한다.

소나무의 송진 성분을 증류하여 얻는 정유인 테르펜유에는 진통작용이 있다고 한다. 소나무 생잎을 따서 깨끗이 씻고 반으로 접어서 접힌 부분을 입에 넣어 잘근잘근 씹은 후에 뱉으며, 정신집중이 잘 될 뿐 아니라 치아병도 예방된다고 한다.

▲ 경복궁 자경전 십장생굴뚝의 소나무　　　ⓒ 문화재청

▷ 소나무의 별명

중국 삼국시대 때, 손오孫吳에 정고丁固라는 젊은이가 있었다. 그는 어릴 적에 아버지가 죽었기 때문에, 매우 가난하게 살아가고 있었다. 어느 날, 그는 배腹에서 멋진 소나무가 무성하게 자라는 꿈을 꾸었다. 깨어나서 그 의미를 "소나무 송松 자가 십팔공十八公으로 분해되므로, 18년 후에 나는 공公이 될 것이다."라고 해석하였다. 그래서 그때부터 촌각을 아껴서 공부에 열중하였다. 그 노력이 결실을 맺어, 손오에 발탁되어 눈부신 승진을 하여, 마지막에는 제상인 사도司徒에까지 올랐다고 한다. 이 일화로부터 소나무에는 십팔공十八公이라는 별명이 생겼다.

또, 중국에서는 오대부五大夫라는 별칭으로도 불린다. 진시황이 태산泰山에 갔을 때, 돌연 거센 폭풍우를 만나서 큰 소나무 밑에서 몸을 피하게 되었다. 폭풍우가 지난 후에 진시황이 자기를 보호해준 이 소나무를 고맙게 여겨, 오대부의 지위를 수여하였다 하여 붙여진 이름이다.

일본에서는 소나무를 치요키千代木라는 별명으로 부르는데, 이는 '장수長壽 나무'라는 의미이다.

▷ 우리 민족의 나무

소나무는 우리나라에 그 수가 가장 많고 점유 면적이 가장 넓으며, 우리 국민이 가장 사랑하는 명실상부한 우리 민족의 나무다. 산림청에서 여론조사한 바에 의하면 우리나라 사람이 가장 좋아하는 나무로는 소나무가 46%로 1위이고, 2위인 은행나무는 8%에 지나지 않아서, 우리 국민이 얼마나 소나무를 좋아하는지를 단적으로 알 수 있다.

애국가에서 "남산 위에 저 소나무 철갑을 두른 듯, 바람서리 불변함은 우리 기상일세"라고 노래한 것은 반만년의 역사 속에서 외세의 침략을 극복한 강인한 우리 민족의 정신을 표현한 것이다. 여기에 나오는 남산은 남산타워가 있는 서울의 남산을 가리키는 것이 아니라, 남쪽 즉 마을 앞쪽에 있는 산을 의미한다. 따라서 우리나라 어디를 가도 볼 수 있는 '앞산의 소나무'를 뜻한다.

▷ 세계 최장수 나무

미국의 고지대에서 자생하는 므두셀라Methuselah라는 이름의 히코리 소나무는 5,000년의 수명을 자랑하는 오엽송류로, 학명은 피누스 롱가에바Pinus longaeva이다. 이 소나무는 캘리포니아주 시에라네바다 산맥 동쪽에 있는 화이트White 산에 자생하며, 이곳은 인요 국립삼림지로 보호받고 있다.

2017년 현재 연륜이 무려 4,782살인데, 이것은 정확한 수령이 산출되는 살아있는 수목 중에서 세계에서 가장 오래된 것이다. 연륜연대학자 에드먼드 슐먼이 발견하여, ≪구약성서≫ 〈창세기〉에 등장하는 969세까지 살았다는 노아의 조부 이름을 따서 므두셀라Methuselah라 명명하였다.

히코리 소나무는 수명이 긴 것으로 인해, 고고학에 큰 공헌을 하고 있다. 발굴된 유물의 연대를 측정하는 방법에는 탄소의 방사성동위체인 탄소14번을 이용하는 방사성탄소연대측정법이 있다. 죽은 생물은 더 이상 탄소를 받아들이지 않기 때문에, 탄소14번이 일정한 비율로 감소해가는 것을 이용하는 측정법이다.

히코리 소나무의 연륜패턴을 기초로 연륜이 일치하는 오래된 목재를 찾아 탄소14법으로 측정해보니, 탄소14법으로 산출한 연대 쪽이 보다 현대에 가깝게 나왔다. 하지만 이론상으로는 연륜연대측정과 방사성탄소연대측정의 연대는 일치하므로, 이 오차는 방사성탄소연대측정의 대전제가 되는 '전소 연대의 공기 중 탄소14의 농도는 일정하다.'라는 가설에 의문을 가지게 하였다.

결론적으로 말하자면, 시대에 따라 공기 중의 탄소14의 농도는 일정하지 않으며, 고대가 현대보다도 더 진했던 것이다. 이 사실을 받아들여, '연륜에 의한 연대측정으로 크로스체크하고, 탄소14에 의해 연대측정의 결과를 보정한다.'라는 측정방법을 확립하

▲ 히코리 소나무　　　　　ⓒ JDcrjsr

게 되었다. 덕분에 고고학의 연대는 종래보다도 크게 과거로 거슬러 올라갈 수가 있게 되었다.

▷ 정이품과 정부인송

속리산 법주사로 가는 길에 천연기념물 제103호로 지정된 정이품송正二品松, 일명 연輦, 임금이 타는 가마 걸이 소나무가 있다. 세조가 종양을 치료하기 위해 약수로 유명한 속리산 법주사의 복천암으로 가던 중에 이 소나무 아래를 지나가게 되었다. 그런데 소나무 가지가 아래로 처져서 가마가 가지에 걸려 움직일 수 없게 되자, 세조가 "연 걸린다." 하고 꾸짖자 소나무가 가지를 위로 들어 연이 무사히 지나가도록 하였다고 한다. 세조가 이를 기특하게 여겨 친히 옥관자를 걸어주고 정이품의 벼슬을 내렸다.

인근에 있는 천연기념물 제352호 보은 서원리 소나무는 정이품송과는 부부 사이라 하여, 정부인송貞夫人松이라고 부른다. 정이품송이 외줄기로 곧게 자란 남성적인 멋을 가졌다면, 이 나무는 우산 모양으로 퍼진 여성적인 아름다움을 가졌기 때문이다. 마을 사람들은 매년 이 소나무에 마을의 평안을 비는 제사를 지내고 있다.

▲ 정부인송, 천연기념물 제352호　ⓒ 문화재청

▷ 이루어지지 않는 사랑

그리스 신화에 나오는 소나무에 관한 에피소드는 주로 사랑에 관한 이야기이다. 목양신牧羊神 판Pan의 구애를 받은 요정 피티스Pitys는 바람둥이로 알려진 판의 사랑을 거부하고 도망치다가 소나무로 모습을 바꾸었다. 진심으로 피티스를 사랑한 판은 피티스를 그리워하며, 자신의 머리를 소나무 가지로 장식하였다.

다른 이야기에 의하면, 피티스는 판과 동시에 북풍의 신 보레아스Boreas에게도 구혼을 받았다. 앞의 이야기와는 달리 피티스가 판을 선택하자 보레아스는 깊은 상처를 받는다. 어느 날, 피티스가 해변의 바위에 서있는데, 보레아스가 바람을 일으켜 피티스를 낭떠러지에서 떨어지게 하였다. 이 현장을 목격한 대지의 여신 가이아Gaia가 피티스를 불쌍하게 여겨 소나무로 변하게 한 것이다.

소나무가 된 피티스는 겨울에 북풍이 불면 눈물을 흘리는데, 이것이 바로 소나무 송진이라고 한다. 일설에 피티스가 변신한 소나무는 해변에 나는 프랑스 해안소나무Pinus pinaster라고 한다.

▲ 〈판과 피티스〉, 에드워드 칼버트

제우스Zeus를 비롯하여, 여러 신을 낳은 거인족의 여신 레아Rheia는 목동을 짝사랑하였다. 그러나 목동이 전혀 반응을 보이지 않자, 레아는 질투심에 불탄 나머지 목동을 소나무로 만들어버렸다. 소나무 아래에서 슬픔에 젖어있는 레아를 보고, 이를 가엽게 여긴 제우스가 소나무를 상록수로 변신시켰다.

로마에서 레아는 소아시아 프리지아Phrygia의 대지의 신 키벨레Cybele와 동일시된다. 키벨레의 신상神像이 로마에 들어오면서 신앙도 함께 들어오게 되었으며, 키벨레에게도 이와 비슷한 이야기가 전해진다.

키벨레는 업둥이인 아티스Attis가 성장함에 따라, 점차 그를 사랑하는 마음이 생긴다. 양모養母의 감정을 알아차린 아티스는 사신으로 다른 나라에

▲ 키벨레와 아티스

갔을 때, 그곳의 공주와 결혼해버린다. 그 소식을 듣고 급히 달려간 키벨레를 피해 도망치던 아티스는 소나무 아래에서 거세하고 마침내 스스로 목숨을 끊는다. 슬픔에 젖어 살아가던 키벨레는 제우스에게 아티스를 살려달라고 애원하지만, 제우스 역시 어쩔 수가 없었다. 하지만 그녀를 측은하게 여긴 제우스가 아티스의 시신은 절대로 썩지 않게 해주겠노라고 약속한다. 그래서 아티스가 핀네아 소나무Pinus pinea로 변한 것이라고 한다. 이 소나무는 지중해에서 자라며, 열매를 식용할 수 있는 소중한 나무이다.

키벨레와 아티스의 신화는 고대 로마의 춘분 축제에서 재현되었으며, 키벨레에게 봉헌된 소나무는 바로 아티스였다. 성스러운 핀네아 소나무에 피를 부으면, 열광하는 남자 신도들이 자기의 남근을 잘라서 키벨레 상에 던졌다. 이렇게 함으로서 대지의 풍요로운 결실이 약속되는 것이다.

로마에서는 삼림과 미개지의 신 실바누스Silvanus에게 소나무가 바쳐졌다고 한다. 소나무의 경이로운 번식력이 황무지에서 이 신과 결합한 것이다. 실바누스는 그리스의 목양신 판Pan과 동일시된다.

▷ 소나무의 정령 스몰란드

옛날 스웨덴의 한 시골에서 농사일을 하며 살아가는 스몰란드Smaland라는 여성이 있었다. 그녀는 고귀한 분위기의 미인이었으며, 목소리는 듣는 사람에게 편안함을 주는 소나무의 속삭임과 같았다. 어느 날, 집벽으로 사용하던 소나무판자의 옹이가 빠져서, 그 구멍 속을 들여다보던 스몰란드는 그곳 숲으로 들어가고 싶다는 생각에 빠져들었다. 그 순간 그녀의 몸이 점점 작아져서, 그 옹이 구멍으로 빠져나갈 정도가 되었다. 그리고 밖으로 나온 그녀가 눈물을 흘리면서 작별인사를 고하고는, 그대로 숲으로 들어가버렸다.

현재 스몰란드는 스웨덴 남부에 있는 도시 이름으로, 유리나라Glasriket 또는 크리스털왕국Crystal of Kingdom이라 불릴 정도로 유명한 유리산업의 메카이다. 이곳에 유리산업이 성행하게 된 주요 요인 중 하나는 주변에 유리공예의 연료로 사용할 수 있는 삼림, 그 중에서도 소나무 목재가 풍부하다는 것이다.

참나무

참나무는 참나무과 참나무속의 낙엽수인 참나무류와 상록수인 가시나무류의 총칭이다.
아열대에서 아한대에 걸쳐 넓게 분포하는 수종으로, 세계적으로 수백 종이 자생하고 있
다. 그 중에 많은 종류가 낙엽수이며, 유럽에서는 유럽 오크(European oak 혹은
English oak)가 대표적인 품종이다. 또, 북아메리카가 원산인 레드 오크(Red oak)나
화이트 오크(White oak)와 지중해 지역에 널리 분포하는 코르크 가시나무(Cork oak)
등도 대표적인 참나무류이다. 우리나라에서는 낙엽수를 참나무, 상록수를 가시나무라고
부른다. 참나무류는 상수리나무 · 굴참나무 · 떡갈나무 · 신갈나무 · 갈참나무 · 졸참나무
등이 있으며, 가시나무류는 가시나무 · 종가시나무 · 참가시나무 · 개가시나무 · 졸가시나
무 등이 있다.

▷ 이름의 유래

잉글리시 오크English oak를 비롯한 참나무속 나무의 속명은 쿠에르쿠스
Quercus인데, 켈트어 quer양질의와 cuez재목의 합성어에서 유래된 것으로
라틴어로 '좋은 나무'라는 의미이다.

영어 이름 오크Oak는 앵글로색슨어로 가시를 의미하는 ac 혹은 aec가
변한 것이며, 오크의 열매인 도토리Acorn도 aec에서 유래하는 aecern이

변한 것이다.

떡갈나무 혹은 상수리나무를 뜻하는 한자 견欅 자는 '밥을 담는다.'는 뜻의 카시하ヵシハ, 炊葉의 줄인 말이라고 한다. 또, 재목이 단단하기 때문에 굳을 견堅 자에서 유래된 것이라고도 한다. 일본에서는 가시나무를 카시ヵシ라고 부르는데, 이것은 우리나라 가시나무의 '가시'가 전파되어 정착한 것으로 보고 있다.

임진왜란 때 의주로 피난 간 선조의 수라상에 도토리묵이 자주 올랐는데, 선조는 이것을 맛있게 먹었다. 이후 환궁하여서도 도토리묵을 좋아하여 늘 상 수라상에 올랐다 하여 '상수라'라 하였는데, 이것이 나중에 '상수리'가 되었다고 한다.

▷ 참나무의 용도

도토리는 참나무류와 가시나무류 열매의 총칭이지만, 가시나무류 중에는 결실하지 않는 품종도 있다. 도토리는 전분질을 많이 포함하고 있어서, 예로부터 인간뿐 아니라 동물에게도 소중한 양식이었다. 가을에 결실하면 대량으로 땅에 떨어지는데, 도토리가 많이 나고 적게 나는 것은 동물들이 겨울을 나는데 대단히 큰 영향을 미친다.

우리 속담에 '잿마루 도토리는 아랫마을 들판을 내려다보며 열린다.'라는 속담이 있다. 그 해의 농사를 도토리의 수로 짐작해볼 수 있다는 뜻이다. 즉, 참나무 꽃이 피는 5월에 비가 많이 오면 농사는 풍년이 들지만, 도토리는 그만큼 꽃가루받이가 이루어지지 않아서 열매가 적게 열린다는 뜻이다. 반대로 비가 적게 와서 흉년이 들면, 도토리가 많이 달려 구황식품 역할을 톡톡히 한다는 뜻이다.

도토리는 떫은 맛이 많아서 생으로 먹기에는 적합하지 않은 것도 있지만,

구실잣밤나무나 돌참나무의 도토리는 떫은 맛이 없어서 생으로도 먹을 수 있다. 물로 우려내거나 삶아서 떫은 맛을 빼내면 먹을 수 있기 때문에, 쌀이나 보리 등의 주식이 부족할 때는 좋은 먹거리가 되기도 한다.

참나무는 재목이 단단하고 무거워서, 건축재나 조선재 등으로 널리 사용되었다. 또, 나뭇결이 아름다워서 가구나 생활용품, 마루바닥재 등으로도 인기가 높다. 목탄의 원료로도 사용되며, 특히 졸가시나무를 탄재로 사용하여 만든 비장탄備長炭은 조리용 숯으로 널리 사용되고 있다. 냄새나 오염 물질을 흡착하는 작용이 강하기 때문에 냉장고 안이나 실내의 탈취제로 많이 사용되며, 숯을 재료로 한 비누나 샴푸도 인기가 있다. 참나무 재목은 물

▲ 비장탄

에 강하기 때문에 위스키나 와인 등의 양조용 나무통을 만드는데 사용되는데, 이것을 오크통이라 한다. 또, 나무를 자를 때 나오는 부스러기인 톱밥은 고기나 생선을 훈제할 때 사용된다.

▷ 천둥의 신과 오크나무

오크나무는 북유럽 신화에 등장하는 천둥의 신雷神 토르Thor를 상징하는 나무다. 큰 참나무에 번개가 떨어지는 것이 자주 목격되기 때문에, 어느새 천둥의 신을 상징하는 나무로 숭배를 받게 되었다. 또, 리투아니아Lithuania 신화의 천둥의 신 페르쿠나스Perkunas도 오크나무를 상징하는 신이며, 어원은 고대 인도·유럽어로 '오크'를 가리키는 말에서 온 것이다. 이 신을 찬양하기 위해 끊임없이 오크나무 장작을 태웠다고 한다.

라트비아Latvia에서도 천둥의 신 페르쿤이 가지고 있는 '금金의 오크'가 신앙의 대상이었다. 이곳에는 페르쿤과 태양신 사이의 언쟁이 전설로 남아 있다. 태양신은 자신의 딸을 페르쿤에게 준다는 약속을 헌신짝처럼 저버리고, 딸을 달의 신과 결혼시켜버렸다. 결혼식 날, 천둥의 신 페르쿤이 복수를 하기 위해 지팡이로 오크나무를 두드리자, 나무에서 나온 피가 신부의 옷에 튀었다고 한다. 여기에는 '9'라는 숫자가 많이 나오는데, 이는 우주수宇宙樹가 아홉 개의 세계와 연결되어 있다는 것을 암시하고 있다. 이 이야기로부터 오크가 우주수라는 설도 주창되고 있다.

리투아니아 북쪽의 에스토니아나 발트 해 건너편에 있는 핀란드에서도, 오크나무는 천둥의 신인 최고신 타아라Taara로 숭배를 받고 있다. 핀란드에서는 오크나무에 우주수의 성격이 많이 더해져서, 길게 뻗은 황금색 가지는 하늘을 덮고 있으며, 땅에서의 모든 풍요는 오크나무가 가져다주는 것으로 알려져 있다.

슬라브 민족에게도 오크나무는 천둥의 신 페룬Perun의 나무였다. 이 이름도 인도 · 유럽어 '오크'에서 온 것이며, 폴란드어 피오룬Piorun도 천둥을 의미한다. 고대 슬라브 민족은 오크나무를 '천둥의 창조자인 유일신이 모든 것에 군림한다.'는 상징으로 믿고 희생물을 바쳤으며, 그의 신전에는 절대 불을 꺼뜨리지 않았다. 만약 불이 꺼지면, 그 책임자는 죽임을 당하였다.

지역에 따라서는 천둥의 신 페룬에 바쳐진 오크나무 주위에 신전을 건설하고 울타리를 세우기도 했다. 그 속에 들어갈 수 있는 자는 공물을 바치는 사제와 의식과 관련된 사람들이며, 그 외의 사람들은 울타리 안으로 들어갈 수 없었다. 그러나 죽음의 위험에 처해 있는 자는 특별히 울타리 안으로 들어가는 것이 허락되었으며, 의식이 끝난 후에 재판관이 오크나무 아래에서 재판을 하고 판결을 내렸다.

이는 게르만 신화에 등장하는 우주수 위그드라실Yggdrasil 아래에서 신들이 회의하던 전설에 따른 것으로, 그리스도교가 보급되고 나서도 오랫동안 지속된 풍습이다. 6세기경에는, 동프로이센 지방을 제외한 모든 게르만족이 그리스도교로 개종하였음에도 불구하고, 사람들은 오크나무 숲에 성역을 설치하고 신들의 상像을 안치하였다. 그 때문에 그리스도교 선교사들이 포교할 때, 오크나무를 이교異敎의 상징으로 여겨 벌목했다고 한다.

오크나무는 그리스 신화에 천둥의 신 제우스Zeus와, 이와 동일시되는 로마의 주피터Jupiter를 상징하는 나무이기도 하다. 사람들은 제우스가 있는 곳이 비구름이 휘몰아치는 오크나무 옆이라고 믿었으며, 아테네 신전에는 대지의 신이 제우스에게 비를 내려달라고 기원하는 상像이 있었다.

로마 시대로 옮겨가면서, 오크나무가 무성한 언덕은 주피터를 숭배하는

▲ 〈천둥의 신 페룬〉, 막스 프리스냐코프

신성한 장소가 되었다. 로마의 시조인 로물루스Romulus는 전리품을 오크나무 가지에 걸어두었다고 한다. 전쟁에서 승리하고 개선하는 장군들은 오크나무가 무성한 언덕을 향해 행진하였으며, 황제도 그 행렬에 동참했다. 또, 언덕에 있는 신전에서 빌린 주피터의 의상을 노예에게 입히고, 오크나무로 만든 왕관을 머리에 씌워주었다고 한다.

▷ 혼례의 나무

제우스의 아내 헤라Hera는 결혼하기 전부터 제우스의 호색好色으로 인해 괴로워했으며, 때로는 심하게 싸우기까지 했다. 어느 날 헤라와 다툰 제우스는 그녀의 의심을 풀어주기 위해 "실은 아소포스Asopos강의 요정 아이기나Aegina와 결혼하기로 되어 있다."라고 말했다. 그리고는 질투심에 사로잡힌 헤라를 아랑곳하지 않고, 오크나무 한 그루를 베어 넘어뜨렸다. 그리고 그 나무에 아름다운 아가씨의 모습을 조각하고 신부의 옷을 입혀 소가 끄는 마차에 태웠다. 그것을 본 헤라는 마차 속에 있는 조각상에 맹렬히 달려들어 씌워져 있던 천을 벗겨버렸다. 조각상을 본 헤라는 그제서야 제우스가 한 말이 거짓이었다는 것을 알아차렸다.

둘은 다시 사이가 좋아져서, 성대한 혼례식을 올린다. 후에 제우스는 헤라의 감시가 느슨해진 틈을 타서 들불로 모습을 바꾸어 강의 신 아소포스의 딸 아이기나에게 접근한다. 아이기나가 제우스인 줄 모르고 불길을 잡으려 따라오자, 제우스는 그녀를 납치해서 오이노네Oenone 섬으로 데려간다. 거기서 아이기나는 제우스의 아들을 낳았는데, 그가 바로 아이아코스Aeacus이다. 아이아코스는 이 섬에서 왕좌에 오르자, 자기 어머니의 이름을 따서 섬이름을 '아이기나'로 바꾸었다.

이 사실을 안 헤라는 섬나라 아이기나를 파괴하려고 그 나라에 무서운 전염병을 내려 보내 엄청나게 많은 백성들을 죽게 만든다. 그러자 아이기나의 왕 아이아코스는 자기 아버지 제우스에게 섬의 주민의 수를 늘려달라고 간청한다.

그러자 머지않아, 천둥소리가 나고 번개가 치더니 오크나무가 흔들리기 시작했다. 아이아코스는 그 광경을 무서워하지 않고, 계속해서 나무줄기와 뿌리 부분에 입맞춤했다. 그날 밤, 아이아코스는 꿈을 꾸었다. 개미 무리가 오크나무에서 나와 땅에 떨어지면서 하나하나가 인간의 모습으로 변하는 꿈이었다. 아침에 눈을 뜨자, 그의 아들 테라몬이 달려와서 많은 사람들이 섬으로 몰려온다고 했다.

▲ 〈아이아코스와 텔라몬〉, 장 미셸 모로

그것은 급격하게 감소한 섬주민의 수를 늘리기 위해, 그가 제우스에게 "오크나무를 오르는 개미만큼의 신하가 필요하다."라고 간청한 것에 대한 응답이었다.

▷ 필레몬과 바우키스

올림푸스의 주신 제우스와 그의 아들 전령의 신 헤르메스Hermes가 인간의 모습을 하고, 소아시아를 여행하고 있었다. 프리지아Phrygia라는 곳에 도착했을 때 해가 져서, 하룻밤 묵을 곳을 찾아서 이집 저집 돌아다녔지만 누구도 그들을 맞아주지 않았다. 그러나, 연로한 부부 필레몬Philemon과 바우키스Baucis만은 그들을 따뜻하게 맞아주고, 마음 깊이 환대를 해주었다. 그런데 노부부가 식사를 하는 동안에 포도주를 마셔도 줄어들지 않자, 두 길손에게 두려움을 느꼈다. 겁에 질린 노부부는 이들이 예사롭지 않은 존재라는 것을 깨닫고, 자신들이 그들을 융숭하게 대접하지 못한 것에 대해 용서를 빌었다.

그러자 제우스는 "당신들이 원하는 것이 있으면 무엇이든 들어주겠다."라고 말했다. 이때 필레몬과 바우키스는 "우리 둘은 이때까지, 가난하지만 사이좋게 살아왔습니다. 만약 소원이 이루어진다면 죽을 때도 같이 죽기를 원합니다."라고 말했다. 마침내 노부부의 수명이 다하자, 소원대로 남편 필레몬은 오크나무로, 아내 바우키스는 보리수나무로 변했다. 이 두 그루의 나무는 바짝 붙어서 자랐으며, 오크나무는 '환대', 보리수나무는 '부부의 애정'을 상징하는 나무가 되었다.

▲ 〈바우키스와 필레몬 집의 제우스와 헤르메스〉, 페테르 파울 루벤스

▷ 오크나무의 복수

　로마 신화에서 에리시크톤Erisichthon은 신들을 경멸하는 불경한 자였다. 한번은 하인에게 농업의 신 케레스Ceres에게 바쳐진 숲에 있는 오크나무를 베어버리라고 했다. 하인이 그러한 행위가 신의 노여움을 살까 두려워 주저하자, 하인의 손에서 도끼를 빼앗아 "설령 여신이라 할지라도 내 길을 막는다면 베어 버리겠다."라고 외치며, 나무를 내려쳤다. 그러자 나무에 난 상처에서 피가 흘러내렸다. 보고 있던 사람들은 공포에 떨었으며, 그 중 한 사람이 용기를 내어 도끼질을 그만 하라고 간언하였다. 그럼에도 불구하고, 그는 나무를 찍어 쓰러뜨렸다. 그러자 "나는 이 속에 살고 있는 케레스Keres의 총애를 받는 요정이다. 지금은 너의 손에 죽지만 꼭 복수를 할 터이니 그리 알아라."라는 소리가 들려왔다.

　숲의 요정이 괴롭힘을 당하는 것을 본 케레스는 에리시크톤에게 천벌을 내렸다. 그것은 그가 아무리 많이 먹어도 항상 배고픔을 느끼게 하는 것이

▲ 〈에리시크톤과 그의 딸〉, 요한 빌헬름 바우어

었다. 그의 재산은 식욕으로 인해 점점 줄어들었으나, 그의 배고픔은 조금도 줄어들지 않았다. 결국 그는 자신의 딸인 메스트라Mestra까지 노예로 팔아서 먹을 것을 구했다. 메스트라는 포세이돈에게서 자유롭게 모습을 바꾸는 능력을 부여받아, 여러 번 마수에서 빠져나와 아버지의 식욕을 채워주었다. 하지만 어떻게 해서도 배고픔을 달랠 수 없었던 그는, 마침내는 자기 몸을 뜯어 먹으면서 죽어갔다.

▷ 오르페우스의 죽음

음유시인 오르페우스Orpeus는 사랑하는 그의 아내 에우리디케Eurydice를 잃은 후에, 다른 여성을 만나지 않고 리라lyre를 연주하고 노래를 부르며,

▲ 〈에우리디케의 죽음을 슬퍼하는 오르페우스〉, 아리 셰퍼

방랑의 나날을 보냈다. 트라키아Thrakia의 여자들은 오르페우스의 이런 모습을 좋지 않게 생각했다. 그들은 술과 풍요의 신 디오니소스를 열렬히 숭배하고, 축제 때에는 열광하여 난동을 부리기도 했다. 그리고 같이 디오니소스를 숭배하는 남자들과 난잡한 행동에 빠지기도 했다. 자신들이 신앙하는 진리에 반하는 내용을 노래하며 걸어가는 오르페우스에게 화를 내며, 맹렬히 덤벼들었다.

오르페우스는 광란에 빠진 그들에게 휩싸여 목숨을 잃게 되었으며, 그의 몸은 갈기갈기 찢어져 헤브로스Hebros 강에 던져졌다. 이 모습을 본 제우스는 오르페우스가 가지고 있던 리라를 건져내 밤하늘의 별자리로 만들어주었는데, 이것이 바로 '거문고자리Lyra'이다.

오르페우스가 디오니소스를 신앙하는 여자들에게 살해되었다는 사실을 안 올림푸스의 신들은, 그를 죽인 여자들의 수족을 오크나무 뿌리에 묶어서 나무로 변하게 했다.

▷ 사랑을 맹세하는 나무

데이비드 허버트 로렌스D. H. Lawrence의 ≪채털리 부인의 사랑Lady Chatterley's Lover≫은 과격한 성묘사로 인해, 작가의 조국인 영국에서는 저자 사후에 삭제판으로 출간될 수 있었으며, 무삭제 완역본은 프랑스에서 1929년, 미국에서 1959년, 영국에서도 1960년에 이르러서야 출판되었다.

소설의 여주인공인 콘스탄스 채털리는 생명력뿐 아니라 성욕도 왕성한 여성이다. 그녀는 전쟁에서 하반신이 마비된 남편 클리포드 경과의 성생활에 만족하지 못하고, 남편의 사냥터지기인 건장한 파킨과 정열적인 사랑에 빠져든다.

이 소설의 처음 원고에는 채털리 부인과 사랑에 빠진 파킨이 자택 가까이

▲ ≪채털리 부인의 사랑≫, 데이비드 허버트 로렌스

에 있는 오크나무에 못을 박고, 둘이서 사랑을 맹세하는 장면이 나온다. 이 장면에서 알 수 있는 것처럼, 당시 20세기 초의 영국인들은 오크나무를 신성한 나무로 여긴 것으로 보인다. 예전부터 잉글랜드나 스코틀랜드 등 서유럽 지방에서 숭배된 드루이드Druid의 관습과 그들이 숭배한 오크나무의 마력은, 그리스도교가 널리 전파된 20세기에도 영국인의 정신적인 부분을 지배하고 있는 것 같다.

자작나무

자작나무는 북반구의 냉온대에 분포하는 자작나무과 자작나무속 나무의 총칭이다. 우리나라에서는 금강산 이북의 높이 200~2,100m에서 자라는데, 산비탈 이하의 양지에서 군집을 형성하고 있다. 내한성이 강하지만 햇빛을 좋아하는 극양수이며, 해변에서는 잘 자라지 못한다.

자작나무는 한자로 화(樺) 또는 화(華)라 쓰며, 중국 이름은 화백(白樺)인데, 이는 모두 흰색의 아름다운 수피에서 유래한 것이다. 수피가 얇아서 잘 벗겨지며, 벗겨진 자리는 검은색으로 변한다. 잎은 달걀꼴 삼각형이며, 가장자리에 삐쭉삐쭉한 겹톱니가 있다. 가을에는 노란색으로 단풍 들기 때문에, 사계절의 변화를 잘 느낄 수 있는 나무다.

꽃은 암수한그루이며, 4~5월경에 꽃이 피면 꽃가루가 많이 날린다. 꽃가루를 날리는 수꽃차례는 황록색이고, 이삭처럼 아래로 처진다. 이에 대해 암꽃차례는 위를 향해 피고, 가을에 회색으로 익으면 아래로 드리워진다. 열매는 9~10월에 익으며, 원통형이고 밑으로 처져서 달린다. 종자에는 날개가 있어서 바람에 의해 멀리까지 운반되어 종족을 퍼트린다. 나무의 수명은 80년 정도로 길지 않다.

▷ 이름의 유래

자작나무의 속명 베툴라Betula는 '때리다to beat'에서 유래한 것이다. 영국 학교에서는 자작나무의 잔가지 다발을 '자작나무 막대기birch rod'라 하여, 학생을 벌하는 회초리로 사용했다.

자작나무의 영어 이름 버치birch는 '하얀' 또는 '빛나는'이라는 뜻이며, 켈트 신화에 나오는 봄의 여신 브리지트Brigit의 이름에서 유래한 것이다. 유럽자작나무Silver brich의 실버silver라는 단어에는 이 두 가지 의미가 모두 포함되어 있다.

켈트족의 신성한 달력인 나무 알파벳Tree Alphabet에서 태양년 최초의 달 12월 24일~1월 21일에 해당하는 나무가 자작나무인 것에서도, 이 나무가 빛과 연관이 있다는 것을 알 수 있다. 그리스도교에서는 태양이 다시 떠오르는 것을 축하하는 2월 2일을 캔들마스Candlemas, 聖燭祭라고 한다. 이때 브리지트Brigit와 동일시되는 아일랜드의 수호성인 성 브리지드Saint Brigid의 상징인 자작나무가 봉헌된다.

우리 이름 자작나무는 껍질에 기름기 성분이 많아서 수피가 불에 탈 때 '자작자작'하고 소리를 내며 탄다 하여 붙여진 것이며, 실제로 자작나무 껍질에 불을 붙여서 호롱불을 대신하기도 했다.

	Irish	English	Welsh
B	beith	birch	bedwen
L	luis	rowan	cerdinen
F	fearn	alder	gwernen
S	saille	willow	helygen
N	nuin	ash	onnen
H	huathe	hawthorn	draenen wen
D	duir	oak	derwen, dar
T	tinne	holly	celynnen
C	coll	hazel	collen
Q	quert	apple	afal
M	muinn	vine	gwinwydden
G	gort	ivy	eiddew, iorwg
NG	ngetal	broom/fern	eithin/rhedynen
STR	straif	blackthorn	draenen ddu
R	ruis	elder	ysgawen
A	ailm	fir/pine	ffynidwydden/pinwydden
O	onn	gorse	eithin
U	ur	heather	grug
E	edhadh	aspen	aethnen
I	ido	yew	ywen
EA	ebhadh	aspen	aethnen
OI	oir	spindle	piswydden
UI	uileand	honeysuckle	gwyddfid
IO	iphin	gooseberry	eirin Mair (plums of Mary)
(AE)	phagos	beech	ffawydden

▲ 나무 알파벳

▷ 자작나무의 용도

자작나무 목재의 주요 용도는 건축재다. 가공하지 않은 채로 통나무집을 짓는데 사용하거나, 카누를 만드는 재료로 이용되었다. 나무접시·나무통・바구니와 같은 민예품이나 피아노 햄머를 만드는데도 이용되었으며, 특히 나무의 혹癭은 고급가구에 사용되었다.

나무를 태우면 깨끗한 화염이 발생하기 때문에, 난로용 장작이나 실내의 화덕을 지피는 목탄으로 활용되기도 한다. 또, 수피에서 채취한 적갈색 염료를 태우면 방향이 나는데, 이것은 햄이나 마늘을 훈제할 때 사용된다. 물과 같이 맑은 자작나무 수액은 각종 아미노산이나 미네랄, 비타민 등을 풍부하게 함유하고 있어서, 이뇨작용을 돕고 스트레스나 피로회복에 효과가 있으며, 피부를 깨끗하게 하는 작용도 있다고 한다.

중국 흑룡강성에서는 이 수액을 생명수生命水라 하며, '백년의 지혜'라는 술을 만드는데 사용한다. 알콜 도수는 12도 보다 조금 낮고, 단맛이 나는 술이다. 또 시럽을 만드는데도 이용되는데, 일본 홋카이도에서는 '모리노 시즈쿠森の雫'라는 이름의 자작나무 시럽이 판매되고 있다.

자작나무 수액의 감미성분은 자당蔗糖이나 포도당이 아니고, 자일리톨 xylitol이다. 충치는 치아에서 당이 분해될 때 생기는 산에 의해 치아의 에나멜질이 녹는 것이 원인인데, 자일리톨은 이러한 작용을 억제시킨다고 한다. 최근에는 이외에도 여러 가지 식품에 활용되고 있다.

자작나무의 껍질 표면은 흰색의 지랍분脂蠟粉에 싸여 있으며, 안쪽 면은 갈색이고 종이처럼 가로로 엷게 벗겨진다. 불에 잘 타지만, 습기에는 매우 강한 특성을 나타낸다. 옛날에는 자작나무 껍질에 그림을 그리거나 불경을 적었다는 기록이 있다. 1996년 영국에서 발견된 세계에서 가장 오래된 불경도 자작나무 껍질에 쓰여진 것이라고 한다.

경주 천마총에서 출토된 말안장에 그려진 장니천마도障泥天馬圖의 채화판도 자작나무 껍질을 여러 겹 겹치고 맨 위에 고운 껍질을 입혀서 누빈 후, 가장자리에 가죽을 대어 만든 것이다.

자작나무는 한자로 화樺라고 하며, 결혼식은 흔히 화촉樺燭이라고 한다.

이는 촛불이 없던 시절에, 자작나무 껍질에 불을 붙여 촛불을 대신했기 때문이다. 소동파의 시에 '송객림중화촉향送客林中樺燭香'이라는 구절이 있는데, 풀이하자면 "그대를 보내는 숲에서 화촉 자작나무 껍질의 불을 밝히는데, 타는 불꽃향기 아름답구나." 라는 뜻이다. 또 백거이의 시에 나오는 '풍촉화연향風燭樺煙香'이라는 구절은 "바람 앞에서 불안하게 타고 있는 촛불화촉에서 그윽한 향기를 맛본다." 라는 뜻이다.

▲ 경주 천마총의 장니천마도, 국보 제207호   ⓒ 문화재청

▷ 러시아 사람과 자작나무

시베리아에서는 자작나무를 조상의 혼이 깃든 신성한 나무로 여기며, 주술사가 주술을 행할 때 이용하기도 했다. 남시베리아의 브랴트Buryat 족은 주술사가 되려는 사람의 등을 끓는 물에 담근 자작나무 가지로 때리는 정화 의식을 행했다. 자작나무는 '문門의 수호자'라고도 불리며, 예비 주술사가 있는 텐트 중앙에 달아 이곳이 새 주술사의 주거지라는 것을 나타내기도 했

다. 또, 자작나무는 하늘로 통하는 입구를 나타내며, 이것이 걸려 있는 주술사의 거처는 세계의 중심이 된다. 희고 빛나는 광채를 발산하는 자작나무는 시베리아 사람들에게 세계수인 것이다.

러시아인들은 자작나무에 신비한 힘이 있다고 여긴다. 숲의 정령을 만나기 위해서는, 어린 자작나무 몇 그루를 베어 끝이 안쪽으로 향하도록 둥글게 배치하고, 원의 중심에서 정령을 부른다. 그러면 숲의 정령이 나타나 소원을 들어주는데, 그 대가로 자신의 혼을 주어야 한다. 러시아 사람들은 자작나무 수액을 폐병의 치료약, 수피를 관솔불, 기름을 윤활유로 사용한다. 사우나탕에 들어가서 몸에 땀을 낸 후, 탕 밖으로 나와 자작나무 가지로 몸을 두드리면 류마티즘에 걸리지 않는다고 한다. 그래서 목욕탕에는 반드시 자작나무 가지를 걸어두는 풍습이 있다. 또, 그들이 즐겨 마시는 보드카를 정제할 때, 원주原酒를 여과한 후에 남아있는 잡맛을 없애는 데도 자작나무 숯을 이용한다.

▷ 행운을 부르는 나무

자작나무는 켈트인들 사이에서, 오딘Odin의 아내인 여신 프리그Frigg의 성수聖樹로 생명과 성장 그리고 행복을 관장하는 나무로 알려져 있었다. 그래서 사랑과 기쁨을 불러오기 위해, 어린 자작나무의 녹색 가지로 문과 창문을 장식했다고 한다. 독일에 전해오는 전설에 의하면, 들에 핀 꽃으로 화관을 만들어 쓰고 희고 빛나는 옷을 차려입은 자작나무의 요정이, 실을 잣고 있는 양치기 딸에게 춤을 신청했다. 요정의 아름다움에 온통 마음을 빼앗긴 양치기 딸은 흔쾌히 승낙하고, 함께 춤을 추며 즐거운 시간을 보냈다.

그리고 삼 일이 지나자, 자작나무의 요정은 양치기 딸의 주머니에 자작나무 잎을 가득 채워주고 떠났다. 양치기 딸이 집에 돌아와 보니 자작나무 잎은 모두 황금으로 변해 있었다.

▷ 고대 로마의 이용법

기원전 700년경, 고대 로마의 전설적인 왕 누마 폼필리우스Numa Pompilius는 자작나무 수피에 글을 썼다고 한다. 집정관의 권위를 나타내는 파스케스fasces, 속간(束桿)는 라틴어로 '묶음'이라는 의미를 가지고 있다. 파

스케스는 수피가 흰 자작나무 막대기를 붉은 가죽띠로 묶고, 막대기 사이에 옆으로 날이 선 청동 도끼를 끼워 넣어 만들었다. 로마 제국이 멸망한 후에도 많은 정부와 정치적 기관들이 파스케스의 이미지를 권력의 상징으로 사용하고 있다.

로마의 박물학자 플리니우스의 《박물지》에 의하면, 자작나무는 '갈리아Gallia의 나무'로 인식되어 있었다고 한다. 그래서 켈트인들은 삶은 자작나무에서 역청瀝靑을 채취하여, 결혼식의 관솔불로 사용했다고 한다.

▲ 파스케스를 든 로마 관리
ⓒ Cesare Vecellio

▷ 홀리 이노센트 데이와 부활제

자작나무의 영어 이름 버치birch는 회초리라는 의미를 포함하고 있다. 실제로 자작나무 회초리는 기독교권에서 남자아이를 벌하는데 사용되었다. 이 전통은 《구약성서》〈마태복음〉 2장 16절에 예수그리스도의 탄생을 두

려워한 유대왕 헤로데Herod가 베들레헴에 있는 두 살 이하의 유아를 대학
살했다는 이야기에서 유래한 것이다. 12월 28일은 이를 기리기 위한 홀리
이노센트 데이Holy Innocent's Day이며, 이 날의 슬픔을 추모하기 위해 어린
아이들을 자작나무 회초리로 때렸다고 한다. 이처럼 자작나무가 회초리로
사용되는 것은, 예수그리스도 본인도 이 회초리로 맞았다는 고사에 유래한
것이다. 자작나무 중에는 예수를 때린 것을 수치스럽게 여겨, 오그라든 종
류도 있다고 전해진다.

그리스도의 죽음과 부활을 기념하는 부활제Easter에서도 자작나무 채찍
이 사용된다. 독일에서는 슈메크오스테른Schmeckostern, 채찍의 부활제이라
하며, 싱싱하고 윤기나는 자작나무 가지로 때리면 행운을 불러온다고 한
다. 회초리로 맞은 사람은 여름 동안에 짐승의 피해를 입지 않으며, 일 년
내내 어깨나 다리, 허리 등이 아프지 않는다고 한다.

또, 자작나무의 어린 가지로 여자나 가축을 때리는 것은 다산多産을 약속

▲ 〈유아 대학살〉, 페테르 파울 루벤스

하는 것이라고 여겼다. 북부 독일에서는 젊은 사람이 자작나무 가지로 아가 씨를 때리고 그 가지를 선물하는 풍습이 있었다고 한다.

▷ 성 요한 축제

오순절 이후에 하지가 온다. 예로부터 하지는 태양이 가장 하늘 높이 올라있다고 생각하기 때문에, 태양의 힘을 받기 위해 불을 피우는 하지 불축제가 각지에서 행해졌다. 켈트족의 신성한 달력인 나무 알파벳 Tree Alphabet에 의하면, 하지 3일 후인 6월 24일이 '자작나무의 날'이다. 자작나무는 기본 사수호四守護 나무 중 하나이며, 켈트인에게는 눈부시게 빛나는 나무이다. 이 날 태어난 아이는 건강하고 인내심이 강할 뿐 아니라, 겸손하고 남을 도와주는 것을 좋아하기 때문에 성공한 사람이 많다고 한다.

이것이 기독교의 성 요한 축제 St. John's Day로 이어졌으며, 이때 자작나무가 불태워졌다. 소아시아에서는 농사를 짓는 아낙네가 자작나무 가지를 불 속에 던지면서, 그해 아마 농사의 풍년을 기원하였다.

19세기 영국 런던에서는 이 날을 축하하기 위해, 자작나무 가지가 수송되었다고 한다. 시골 농장에서는 자작나무 가지를 붉은색 또는 흰색 천으로 장식하여 마구간 문에 세워두면, 말이 마녀에게 가위 눌리는 것을 방지할 수 있다고 한다. 또, 한 쌍의 남녀가 집문 앞에 세워진 자작나무 빗자루를 뛰어넘으면, 실질적으로 결혼한 것으로 여긴다고 한다

딱총나무

딱총나무는 인동과 딱총나무속 소속의 낙엽관목으로, 북반구의 온대와 아열대에 널리 분포한다. 수고가 작은 것은 1~2m, 큰 것은 6m 정도까지 자란다. 나무는 생장이 빠르고 세력이 강한 줄기를 뻗는데 비해, 줄기의 중심부에는 가볍고 부드러운 골수(髓)가 있어 강인한 편이다.

5월경에 가지 끝에 흰색 또는 황록색의 작은 꽃이 핀다. 7월경에 적색 또는 흑적색의 둥근 열매가 열리는데, 야생 조류가 이것을 먹고 멀리까지 날아가서 종자를 퍼트린다. 종자는 독성을 가진 것도 있어서 잘못 먹으면 죽음에 이를 수도 있으므로, 식용할 경우에는 삶아먹는 등의 조치가 필요하다. 또, 열매에서 채취한 검은색 염료는 염색약의 원료로 사용된다. 수피는 평활하고 밝은 회갈색이며, 오래되어 굵어지면 표면에 코르크층이 발달하고 또렷한 세로줄이 생긴다. 잎은 길이 20cm 정도의 깃꼴겹잎(羽狀複葉)이며, 작은잎은 마주나고 가장자리에 톱니가 있다.

유럽에서는 옛날부터 약용이나 관상용으로 많이 식재되었다. 우리나라에서는 약용으로 식재되는 경우가 많으며, 가끔 정원수나 생울타리로 식재되기도 한다.

▷ 이름의 유래

속명 삼부쿠스Sambucus는 로마 시대의 수금竪琴, harp 삼부카sambuca를 의미하며, 주립상의 가지 모양이 이 악기와 비슷한 것에서 유래된 이름이다. 로마의 박물학자 플리니우스의 ≪박물지≫에 의하면 "숲 깊숙한 곳에 자생하는 딱총나무로 만든 나팔은 울림이 매우 좋다."고 하였다. 혹은 삼부카sambuca가 로마 시대의 수금 연주자를 의미하는 것에서 유래된 것이라고도 한다.

영어 이름 엘더elder는 독일 요정 프라우 홀레Frau Holle의 이름에서 온 것이다. 독일어로 홀레는 '새의 깃털'을 의미하며, 그녀는 온몸을 깃털로 장식한 부인이었다. 눈보라가 흩날리는 겨울철에 나타나며, 대지에 새로운 생명을 가져다주는 풍요의 여신 홀다Hulda 혹은 Holda로, 언제부터인가 '눈을 동반하는'이라는 이미지가 '깃털로 장식한'이라는 의미로 변한 것이다. 따라서 홀레 부인의 색은 흰색이며, 딱총나무의 꽃색과 잘 어울린다.

북유럽에서 홀레 부인의 정체는 죽음의 여신 헬Hel에 해당한다. 그녀의 이름은 영어 지옥hell의 어원이 되었으며, 덴마크어로 저승을 뜻하는 hölle 역시 홀레 부인과 관련이 있다. 이러한 이유로 인해, 딱총나무는 불사不死의 상징으로 여겨졌다. 북유럽에서 저승의 여왕 헬Hel의 나라는 빙설로 덮인 니플헤임Niflheim이기 때문에, 독일의 여신 홀다Hulda의 등장 이미지와 겹쳐진다. 또 홀다가 사는 샘이나 우물 밑바닥 같은 곳은 생자生者가 갈 수 없는 지하세계이므로, 이 둘은 예전부터 동일하거나 유사한 존재로 여겨졌다. 실제로 독일인이나 북유럽인은 게르만계 민족으로 같은 뿌리를 가지고 있기 때문에, 그들의 생활권에서 딱총나무가 중요시된 것은 수긍이 가는 이야기이다.

딱총나무라는 우리 이름은 손으로 잎을 비비면, 아이들이 가지고 노는 장난감 딱총에서 나는 화약 냄새가 난다고 하여 붙여진 것이다. 혹은 나무의 속이 푸석해서 꺾으면 '딱' 하는 소리가 난다고 해서 붙여진 이름이라고도 한다.

딱총나무의 중국 이름은 접골목接骨木인데, 이름에서 알 수 있듯이 뼈가

▲ 〈홀레 할머니〉, 그림 형제

부러지거나 삐었을 때 혹은 부딪혀서 멍들었을 때, 이 나무의 줄기를 달여 마시면 효과가 아주 좋다고 한다. 또 꾸준히 복용하면 골수를 채워주는 작용을 하여 골다공증의 치료와 예방에 효과가 있다고 하니, 이름값을 톡톡히 하는 것 같다.

▷ 딱총나무의 용도

플리니우스의 ≪박물지≫에 의하면, 서양딱총나무elder보다 독성이 더 강한 데인워트 딱총나무danewort가 잘만 사용하면 약효가 더 좋다고 한다. 뿌리 · 수피 · 잎 · 열매에는 이뇨 작용과 발한 작용이 있어, 포도주 등과 함께 달여 마시면 몸속에 고여 있는 수분이 빠진다고 한다. 잎에 기름과 소금을 넣어 먹으면 점액과 담즙을 체외로 빼낼 수 있지만, 그 양이 지나치면 설사를 일으키기도 한다.

또, 잎은 개나 뱀에 물린 상처, 수액은 뇌의 종기, 새싹은 통풍 치료에 이용되었다. 이외에도 새순을 절인 것은 벼룩, 잎을 달인 것은 파리를 퇴치하는데 사용되었다고 한다.

꽃은 발한 작용이 매우 강해서, 건조시킨 꽃으로 만든 딱총나무 차는 기관지의 상태를 좋게 하는 등, 모든 감기 증상에 효과가 있다고 한다. 최근에는 딱총나무에 포함된 후라보노이드flavonoid 성분이 세포벽에 구멍을 내어 인플루엔자 바이러스의 침입을 막아준다는 연구결과가 발표되었다.

비타민이 풍부한 열매는 생으로 먹거나 쥬스를 만들어 마시면, 신경통에 효과가 있다. 오래 전부터 딱총나무 와인은 '병이 달아난다'고 하여 즐겨마셨는데, 언제부터인지 이 관습은 사라졌다. 지금도 딱총나무 열매로 만든

이탈리아 특산의 삼부카SAMBUCA라는 리쿠어 liquor가 제조되고 있다. 꽃은 방향이 좋아서 와인이나 요리에 향을 내는데 사용되며, 증류수는 미백효과가 있어서 화장수로 이용되기도 한다.

딱총나무 줄기의 골수를 건조시킨 것을 피스pith라 하는데, 현미경으로 어떤 물질을 관찰하기 위한 프레파라트 preparat를 만드는 재료로 이용된다. 유연성이 있는 단단한 골수에 시료를 꽂으면, 필요한 부분만 얇게 자를 수 있다. 딱총나무로 만든 피스가 고가이기 때문에, 요즘은 스티로폼으로 된 것을 사용하는 경우가 많다.

▲ 삼부카

▷ 여름을 알리는 사랑의 꽃

〈흰 라일락꽃이 다시 필 무렵Quand Refleuriront Les Lilas Blancs〉이라는 프랑스 노래가 있다. 우리나라에는 〈하얀 리라꽃이 다시 필 때〉 혹은 <리라꽃 필 무렵>으로 번역되어 소개되었다. 원래 이 곡은 오스트리아의 프리츠 로터Fritz Rotter가 작사하고 독일의 프란츠 돌레Franz Doelle가 작곡하여, 1929년에 발표한 〈흰 딱총나무꽃이 다시 필 무렵Wenn der weiße Flieder wieder bluht〉라는 곡이다. 북유럽이나 독일어권의 사람들은 딱총나무꽃을 여름을 알리는 대표적인 꽃으로 꼽는다. 따라서 이 곡은 딱총나무꽃이 피는 사랑의 계절인 여름이 왔다는 것을 알리는 희망적인 곡이다.

그런데 이 곡이 일본에서는 〈제비꽃이 필 무렵すみれの花が咲く頃〉이라는

제목으로 번역되어 불리어지고 있다.

딱총나무꽃이 라일락꽃 또는 제비꽃으로 바뀌어 노래 불리는 것은, 이들 꽃이 그 나라에서는 어디에서나 흔하게 볼 수 있는 대표적인 꽃이기 때문이다.

△ 〈흰 라일락꽃이 다시 필 무렵〉 음반

▷ 마성을 가진 나무

그리스도교의 영향력이 강하던 중세 유럽에서는, 딱총나무가 예수를 배신한 유다Iudas Iskariotes가 목을 매 죽은 나무라 하여 불길한 나무로 여겼다. 또, 마녀가 딱총나무로 변신한다거나, 딱총나무 지팡이가 마법의 말馬로 변한다는 이야기도 전해진다.

딱총나무로 만든 요람에 어린 아이를 놓아두면, 요정이 아이를 꼬집어 멍들게 한다거나 아이가 점점 쇠약해진다는 속설도 전해진다. 어린 아이를 딱총나무 가지로 때리면 아이의 성장을 멈추어 버린다고도 한다. 또, 집을 지을 때 딱총나무를 사용하면 요정이 사람의 다리를 잡아당기며, 가구에 사용하면 나무가 기울어져서 삐걱삐걱 소리가 나게 된다고 하였다. 딱총나무를 난로에 태우면 가족이 죽임을 당한다고도 하였다. 이러한 마성魔性을 가진 나무이므로, 가능하면 집에는 가져오지 않았다고 한다.

한편 마귀를 쫓기 위해서 집 주위에 심는 경우도 있다. 웨일즈의 농가에서는 깨끗하게 갈아 만든 돌평상에 딱총나무의 찢은 잎 문양을 그려놓았다. 같은 이유로, 19세기에는 승마용 채찍의 자루 부분을 딱총나무로 만드는 것이 유행했다. 또 말을 탈 때, 딱총나무 가지를 주머니에 넣어두면, 채찍이 갈라지는 것을 막을 수 있다고 생각했다. 반대로 독일어권이나 북유럽에서는 여신에게 바쳐진 신성한 나무였다. 그래서 자른 머리카락은 주술의 재료가 되지 못하기 때문에 딱총나무 수풀 아래 묻었다고 한다.

딱총나무로 만든 지팡이가 마물을 불러오거나 일을 시키는데 사용된 경우도 있다. 홀다의 가호加護를 입은 지팡이가 지목한 마물은 명령을 따르지 않으면 안되기 때문에, 소환사召喚師는 이것을 사용해서 원하는 바를 이루기도 했다.

딱총나무 십자가를 묘지에 심어서, 나무에서 꽃이 피면 죽은 사람이 천국으로 가고, 피지 않으면 지옥으로 간다는 것을 알려준다고 생각했다. 또, 독일 바이에른Bayern 주에서는 사람이 발열하면 말을 하지 않고 가지로 지면을 찌르는데, 이렇게 하면 열이 가지로 옮겨가기 때문에 다음에 가지를 쥔 사람이 발열한다고 믿었다.

오스트레일리아 서부 포르알베르크Vorarlberg 주에서는 소의 백선병白癬病을 치료하기 위해, 일몰시에 딱총나무 가지 세 개를 잘라서 해당 가축의 이름을 부르며 기도했다. 이렇게 하고, 그 가지를 묶어서 난로에 걸어두면, 가지가 바짝 말라 버리는 대신에 소는 병이 낫는다고 한다. 이른바 교감요법交感療法으로, 지금도 독일의 남부 시골에서는 행해지고 있다.

▷ 〈딱총나무 엄마〉

덴마크의 동화작가 한스 크리스찬 안데르센Hans Christian Anderson이 쓴 〈딱총나무 엄마Hyldemoer〉라는 동화가 있다. 한 노인이 딱총나무 차가 든 주전자를 두드리자, 그 속에서 향기롭고 아름다운 딱총나무가 나왔다. 나무 위에는 '딱총나무 엄마'라 불리는 요정이 딱총나무 잎과 흰 꽃으로 만든 옷을 입고 있었다.

딱총나무 엄마는 노인의 옛날이야기를 들은 후 소년을 껴안았다. 그리고 자신은 소녀로 변신하여 딱총나무 화환을 머리에 쓰고 소년과 함께 사계절을 여행하며, 노인이 이야기한 것을 그대로 경험한다. 소년은 점점 나이가 들어가지만, 딱총나무 엄마는 소녀인 채로 남아있다. 노인이 된 소년이 동행한 노파와 함께 딱총나무 아래에 앉자, 딱총나무 엄마는 화환을 금관으로 변화시켜 노부부에게 선물한다. 그리고 자신의 이름은 '추억'이라고 하며, 소년이 예전에 간직하고 있던 딱총나무를 보여주었다.

소년이 눈을 떴을 때, 그는 침대 위에 있었다. 옆에는 노인과 어머니가 아무 일도 없었던 것처럼 딱총나무 차를 마시고 있었고, 딱총나무 엄마는

▲ 〈딱총나무 엄마〉

보이지 않았다. 따뜻한 딱총나무 차를 두 잔 마시자, 온몸이 따스해지면서 깊은 잠에 빠져 들었다. 편안한 잠과 꿈은 아름다운 딱총나무의 선물인 것이다.

나무 스토리텔링
나무의 신화와 전설

01 무화과나무 _이름의 유래 · 무화과의 용도 · 꽃 없이 열리는 열매 · 지혜의 열매 · 역사적인 국면에 등장하는 열매 · 성스러운 나무, 부정의 나무 · 악어와 원숭이

02 뽕나무 _이름의 유래 · 뽕나무의 용도 · 상전벽해 · 양잠 · 신성구 · 마두낭과 누에고치 · 뽕나무에서 태어난 아이 · 이상한 송아지와 뽕나무 열매 · 피라모스와 티스베

03 버드나무 _이름의 유래 · 유씨 부인과 버드나무 · 유록화홍 · 개자추와 버드나무 · 양류의 신 · 버드나무를 사랑한 시인 · 아스피린과 버드나무 ·
바빌론 강가의 수양버들 · 이난나의 성수 · 신성한 나무 · 나폴레옹과 수양버들

04 보리수 _이름의 유래 · 보리수의 용도 · 깨달음과 죽음의 나무 · 신이 거처하는 나무 · 케이론의 어머니 필리라

05 포도 _이름의 유래 · 포도의 용도 · 포도와 포도주 · 우리나라의 포도 · 진숙달의 포도 · 이솝 우화와 포도 · 뉴욕의 리턴매치 · 성서의 포도 · 디오니소스의 신화 ·
포도를 전파한 아버지와 딸

PART 04:
경전 속의 나무

무화과나무

무화과나무는 뽕나무과 무화과나무속 소속의 낙엽소교목 또는 관목으로, 2~6m(산지에서는 5~10m) 정도 자란다. 원산지는 서부 아시아와 지중해 연안이며, 4,000년 전부터 재배해온 역사가 오랜 과일나무다.

봄이 되면 잎겨드랑이에 둥근 주머니 모양의 화낭(花囊)이 생기고, 내부의 수많은 수꽃과 암꽃이 커져서 열매가 된다. 마치 꽃이 피지 않고 열매가 열리는 것처럼 보이기 때문에 한자로 무화과(無花果) 또는 은화과(隱花果)라고 한다. 식용하는 부분은 엄밀히 말하면 열매가 아니고, 꽃턱(花托)이라 불리는 부분이다.

재배품종은 카프리형(carpri) · 스미루나형(smyruna) · 산페드로형(sanpedro) · 보통형(common)의 네 계통으로 나뉜다. 암수딴그루이지만 우리나라에서는 대게 수분없이 과낭(果囊)이 성숙하는 암그루를 심는다.

▷ 이름의 유래

속명 피쿠스*Ficus*는 고대 지중해 크레타 섬의 언어 fik 혹은 suk이 변한 것이다. 프랑스어로 즙汁 또는 액液을 의미하는 suk이나 라틴어로 수액樹液을 의미하는 sucum의 어원은 모두 무화과의 과즙에서 유래된 것이다. 종소명 카리카*carica*는 라틴어로 무화과라는 뜻이다.

무화과의 영어 이름 fig는 라틴어로 옷 또는 의복이라는 뜻이며, 에덴동산에서 지혜의 열매를 먹은 아담과 이브가 무화과 잎으로 두렁이를 만들어 입은 것과 관련이 있다. 프랑스 이름 figure도 어원은 동일하다.

한자 무화과 無花果는 페르시아어로 무화과를 가리키는 anjir 혹은 enjir가 중국에 전해져서, 그 음에 해당하는 영일과 映日果로 변하고, 이것이 다시 무화과로 불리게 된 것이다. 일본에서는 일숙 一熟이라는 별명으로도 불리는데, 이것은 '1개월 만에 익는다.' 또는 '하루에 하나씩 익는다.'라는 말에서 유래된 이름이다. 근연종인 천선과 天仙果나무는 천상의 선녀들이 따 먹는 맛있는 과일이라는 의미에서 붙여진 이름이다.

▷ 무화과의 용도

무화과는 생으로 먹기도 하지만, 잼이나 감로자 甘露煮, 물엿이나 설탕에 간장을 치고 조리는 요리를 만들어 먹기도 한다. 또, 디저트 등의 제과 재료나 드라이 후르츠, 과실주 등으로 가공하여 먹기도 한다. 무화과를 사용한 리쿠어 liquor로는 튀니지산 부카 오아시스 Boukha Oasis와 독일산 피그 보카 Fig Votka가 널리 알려져 있다.

영국에서는 무화과와 마늘을 넣어 달인 요리가 연인들 사이에 인기가 있다고 한다. 일본의 ≪기주민간요법 紀州民間療法≫에는 "무화과의 지엽을 달이면 차와 같은 적갈색이 되는데, 몸을 따뜻하게 할 때 조금 넣으면 곧바로 온몸에서 땀이 난다. 여기에 입욕하면 치질이 낫는다."고 하였다.

무화과는 펙틴 pectin을 많이 함유하고 있어서, 지방을 분해하여 감소시키는 효과가 있다. 따라서 비만을 예방할 수 있기 때문에 지방분이 많은 식사를 한 후에 무화과를 먹으면 좋다고 한다. 무화과로 만든 레드와인은 세포의 노화를 방지하며, 혈관을 튼튼하게 하는 것으로 알려져 있다.

잘 익은 무화과 열매와 잎, 줄기를 건조시킨 것은 지사제나 습포제를 만드는데 사용된다. 또, 줄기에 상처를 냈을 때 나오는 흰 액체는 민간요법에서 구충제나 종기의 치료약으로 많이 이용된다.

▷ 꽃 없이 열리는 열매

무화과의 우리 이름은 무화과, 중국 이름은 우후아궈 wúhuāguǒ, 일본 이름은 이찌지꾸 イチジク인데 모두 같은 한자 무화과無花果로 표기한다. 즉 '꽃 없이 열리는 열매'라는 뜻인데, 왜 이런 이름이 붙여진 것일까?

우리가 흔히 무화과 열매라고 부르며, 과일로 먹는 부분은 비대해져 다육질화한 꽃턱花托을 말한다. 꽃턱은 위가 넓고 밑이 좁은 타원형이며, 위쪽 끝에는 작은 구멍이 뚫려 있고 그 안쪽 벽에 자잘한 꽃이 많이 붙어 있다.

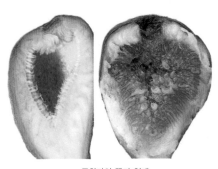

▲ 무화과의 꽃과 열매

따라서 꽃이 꽃턱 안에 숨어 있어서 보이지 않기 때문에 무화과無花果라 하며, 은화과隱花果라 부르기도 한다. 무화과 열매를 먹어 보면 모래알 같이 잘게 씹히는 것이 있는데, 이것이 진짜 열매다.

▷ 지혜의 열매

《구약성서》〈창세기〉에 아담과 이브가 뱀의 유혹에 빠져 선과 악을 알게 하는 '지혜의 열매'를 따먹음으로서, 하느님으로부터 낙원에서 추방당한다. 일반적으로 이 지혜의 열매가 사과라고 알려져 있지만, 무화과라고 주장하는 사람도 있다.

그 이유로 〈창세기〉 3장 7절에 "그 둘은 눈이 열려 자기들이 알몸인 것을 알고, 무화과나무 잎을 엮어서 두렁이를 만들어 입었다."라는 구절이 나오는데, 이들이 부끄러움을 느끼고 급하게 치부를 감추었다고 한다면, 옆에 흔하게 있는 나무의 잎을 땄을 것으로 생각하기 때문이다.

에덴동산에 많이 자라는 나무가 무화과나무이므로, 지혜의 열매가 무화과라고 주장하는 것도 어느 정도 이치에 맞는 이야기다. 사과는 중앙아시아 등 서늘한 지방에서 많이 나며, 무화과는 성서의 땅인 팔레스타인 지역이 원산지이다. 또, 무화과가 자양강장의 효과가 있다고 하는 것을 미루어 볼 때, 지혜의 열매가 무화과를 가리킨다는 의견도 어느 정도 설득력이 있다.

▲ 〈아담과 이브〉, 티치아노 베첼리오

기독교 신앙에서는 사과가 지식 또는 생명, 아름다움 등의 정신적인 가치를 상징하는 것인데 비해, 무화과는 생활의 풍요 또는 사치를 상징한다. 지혜의 열매를 먹은 아담과 이브는 제일 먼저 '부끄러움'이라는 감정을 느낀다. 벌거벗었다는 것을 부끄러워한 두 사람이 무화과잎으로 치부를 가렸다는 것은 '풍요'를 의미하는 생식기를 감추었다는 의미이기도 하다. 지혜의 열매가 사과이든 무화과이든 간에, 아담과 이브는 '지성'을 가지게 됨으로서 신의 영역조차 위협하는 위험한 존재가 되어버린 것이다.

▷ 역사적인 국면에 등장하는 열매

무화과는 국가의 존망을 좌우하는 역사적인 국면에 등장하는 열매이기도 하다. 로마의 역사가 헤로도토스가 쓴 ≪역사Historiae≫에 보면, 페르시아로 출병하려는 리디아Lydia의 왕 크로이소스Kroisos에게 산다니스라는 리디아인이 찾아와 간언한다.

"왕이시여, 지금 왕께서 공격하려는 대상이 누구인지 알고 계십니까? 그들은 동물의 가죽으로 옷을 만들어 입고, 이곳저곳을 떠도는 야만족입니다. 그들의 땅은 척박하기 그지없어 곡식도 재배할 수 없거니와 포도와 무화과도 생산하지 못합니다. 만약 이번 전쟁에서 패하기라도 하면, 그들은 계속해서 우리를 침공해 올 것입니다." 그러나 크로이소스가 그의 말을 무시하고 페르시아를 침공한 것이, 리디아가 멸망하는 원인이 되었다.

이집트 태생의 그리스 산문 작가 아테나이오스가 쓴 ≪현자들의 식탁Deipnosophists≫에 의하면, 크세르크세스Xerxes 1세가 페르시아를 통치할 때, 궁정의 환관이 아티카산 건무화과를 식탁에 가지고 왔다. 그것을 본 크세르크세스는 "이것은 어디에서 가져온 것인가?" 하고 묻자, "아테네에서 가져온 것입니다."라고 대답했다. 이 말을 들은 크세르크세스는 무화과를 아테네 시장에서 사오는 것을 금지시켰다. 그것은 아테네를 정복한 뒤에 아티카의 무화과를 맛보겠다는 뜻이었다. 실제로 크세르크세스는 군사를 이끌고 그리스를 침공하여 페르시아 전쟁을 일으켰다.

로마의 역사가 플루타르코스의 ≪영웅전Vitae Parallelae≫ 중에 로마의 정치가 〈카토Cato 편〉에 이런 이야기가 나온다. 카토는 원로원에 가서 리비아에서 가져온 무화과를 일부러 떨어뜨리는 꾀를 부렸다. 실수인척 하며, 옷깃 사이에 숨겨두었던 무화과를 떨어뜨린 것이다. 의원들이 무화과의 크고 아름다운 모습에 감탄하자, 그는 이렇게 좋은 무화과가 자라는 곳이 로마에서 배로 사흘도 채 걸리지 않는 곳에 있다고 했다.

▲ ≪현자들의 식탁≫, 아테나이오스

카토가 말한 배로 사흘이면 갈 수 있는 그곳은 바로 카르타고Carthago였다. 로마 제국이 보다 오랫동안 번성하기 위해서는, 오랜 숙적 카르타고를 로마의 지배하에 둘 필요가 있다고 생각한 것이다. 배로 사흘이면 갈 수 있는 곳을 공격하기 위해, 무화과를 예로 들어 사람들의 사기를 높이려 한 것이었다. 이렇게 해서 카르타고가 멸망하게 되는, 제3차 포에니전쟁이 시작되었다.

▷ 성스러운 나무, 부정의 나무

그리스 · 로마 시대에 무화과라는 말은 외설스러운 의미를 내포하고 있었다. 열매의 형상이 남성의 음낭을, 익어서 갈라진 모양은 여성의 음부를 연상시키기 때문이다. 프랑스어로 faire la figure라는 말은 '사람을 업신여

기다'라는 의미이며, fig라는 철자에서 알 수 있는 것처럼 무화과에서 온 것이다. 중국이나 일본, 터키 등에서는 주먹을 쥐고 인지와 중지 사이에 엄지를 끼워 넣는 동작을 fig라고 한다.

그리스어 밀고자sykophantēs는 '무화과sykon의 비밀을 밝히는 자'라는 뜻이다. 무화과나무는 잎이 크고 무성한 편인데 비해 열매는 작아서 그냥 보면 열매가 잘 보이지 않고, 나무를 흔들거나 잎을 젖히면 열매가 잘 보인다. 마찬가지로 그냥 놔두면 아무렇지도 않은 사람을, 죄상을 들먹여 고발하는 사람을 무화과에 비유하여 밀고자라 불렀다. 실제로 그리스에서는 '무화과나무를 몰래 해외로 가지고 나가는 사람' 혹은 '무화과나무에서 열매를 훔쳐서 고발당한 사람'을 밀고자라 불렀다. 그만큼 무화과를 귀한 열매로 여겨, 무화과 열매를 모독하는 행위를 비난했다는 것을 알 수 있다.

아테네의 사법조직은 사람들에게 고발을 권장하여, 범인에게 부과한 벌금의 사분의 삼을 고발자에게 보상금으로 주기도 했다. 그래서 밀고가 끊이지 않았으며, 피고인이 무죄가 된 경우에는 배심원의 표결의 수에 따라서 고발자에게 죄를 묻기도 했다.

그리스에서는 디오니소스 축제의 봉헌물 행렬에 포도주 항아리 · 포도나무 · 숫산양 · 무화과 바구니 · 남근상 등이 포함되어 있었다. 이들은 풍요를 위해 비밀리에 행하는 의식에 사용되기도 하였으므로, 거기서부터 "말 못하는 비밀이나 개인의 속마음을 드러내는 행위"라는 의미를 가지게 되었다. 이러한 사실로 미루어 볼 때, 무화과나무는 부정不淨의 나무로 여겨지기도 한 것이다.

로마에서는 풍요의 여신 디아Dia의 신전에 무화과나무가 나오면 뿌리째 뽑아낼 뿐 아니라, 부정함을 완전히 몰아내기 위해 신전조차 파괴해버리기도 했다. 또 괴물을 화형시키거나 모독적인 내용의 책을 불태울 때에는 무화과나무를 장작으로 사용했다.

플루타르코스Plutarchos가 쓴 〈남과 어울리기 싫어하는 아테네의 티몬〉에는 이런 이야기가 나온다. 티몬은 사람을 몹시 싫어하여 사람들 앞에 모습을 드러내지 않았다. 그러나 어느 날, 사람들이 많이 모인 광장에 모습을 나타낸 티몬이 연단 위로 올라가 이렇게 말했다.

"친애하는 아테네 시민 여러분, 나의 정원에는 무화과나무가 한 그루 있는데, 이미 여러 명이 그 나무에 목을 매었습니다. 나는 이 나무를 잘라버릴 생각입니다. 여러분들 중에서 목을 매고 싶은 사람이 있다면 서두르십시오."

무화과나무에 목을 매는 행위는 《신약성서》 〈마태오 복음〉에도 나온다. 예수의 12제자 중 한 명인 유다는 은화 서른 닢에 예수를 팔아넘긴 후, 예수가 십자가에 처형당하는 것을 보고 몹시 후회하게 된다. 그래서 사례금으로 받은 돈을 수석사제들과 장로에게 돌려주려했으나 거절당하자, 그 은화를 성전 안에 내던지고 물러가서 나무에 목을 매어 죽는다. 이때 유다가 목을 매달아 죽은 나무가 무화과나무였다고 한다.

그러나 한편으로, 무화과나무는 신성한 나무로 숭배되기도 했다. 기원전 362년에 로마의 중앙광장 한가운데 부분이 꺼지면서 갑자기 큰 균열이 생겼다. 이 균열을 없애기 위해서는 그들이 가진 것 가운데 가장 소중한 것을 여기에 던져 넣으면, 구멍이 메워지고 로마제국의 영광도 영원히 지속될 것이라는 신탁이 내려졌다.

이때 쿠르티우스Curtius라는 청년이 무기와 용기를 갖춘 젊은 군인이야말로 로마가 지닌 가장 소중한 것이라고 생각하여, 스스로 무장을 하고 말에 올라 그 구멍으로 뛰어들었다. 그러자 땅이 메워지고, 쿠르티우스가 날아 들어간 장소에서 무화과나무가 나왔다고 한다.

무화과나무는 로마의 군신軍神 마르스Mars와 그의 자식들, 로물루스Romulus와 레무스Remus를 상징하는 나무이기도 하다. 마르스는 그리스의 전쟁과 파괴의 신 아레스Ares와 동일시되는 신이지만, 원래는 꽃과 자연을 상징하는 신이었다. 마르스와 레아 실비아Rhea Silvia 사이에서 태어난 쌍둥이가 로물루스와 레무스다. 레아 실비아가 쌍둥이 아들을 낳자 아물리우스 Amulius는 두 아이를 티베리스 강에 내다 버리게 하였다. 그러나 쌍둥이를 태운 바구니는 무화과나무 뿌리에 걸려 암늑대에게 발견되어 살아날 수 있었다. 그 후, 로물루스는 로마 건국의 영웅이 되었으며, 무화과나무는 '로물루스의 나무'로 불리게 되었다.

농경의 신 사투르누스Saturnus의 신전에는 무화과나무가 심어져 있었다. 그의 이름은 '씨를 뿌리는 자'라는 뜻으로 그리스의 크로노스Kronos와 동일시되며, 무화과나무를 만들었다는 전설에 영향을 받았다는 것을 나타내고 있다.

그리스 신화의 풍요와 생산력의 신 프리아포스Priapus는 무화과나무를 상징하는 신이며, 디오니소스 축제를 따르는 행렬의 일원이었다. 앞에서

▲ 〈쿠르티우스의 위업〉, 시몬 데 보스

언급한 디오니소스 축제에 봉헌된 남근상은 무화과나무로 조각한 것이다. 또, 아폴론과 아르테미스의 축제에서는 의식을 방해하려는 이교도들을 무화과나무 가지로 내쫓았다. 이러한 사실에 비추어 볼 때, 그리스인과 로마인들은 무화과나무를 성스러운 나무로 숭배했다는 것을 알 수 있다.

북아프리카에서는 무화과 열매가 풍요를 의미하며, 현세와 조상을 연결해주는 신성한 물건으로 여겨졌다. 이곳에서는 토지를 경작할 때, 처음 만든 밭고랑에 무화과를 놓아두는 관습이 있었으며, 묘지나 제단에도 무화과 열매를 봉헌했다.

▷ 악어와 원숭이

옛날 히말라야 산 기슭에 원숭이로 환생한 보살이 있었는데, 해가 지남에 따라 몸집이 커지고 힘도 세졌다. 원숭이가 있는 바로 옆 겐지스강 속에는 악어 부부가 살고 있었다. 어느 날, 아내 악어가 남편 악어에게 원숭이의 심장을 먹고 싶다고 말했다. 남편은 "우리는 물속에 살고 있고, 원숭이는 지상에 살고 있다. 어떻게 저 원숭이를 잡을 수 있겠어?"라고 달랬지만, "어떻게 해서든지 잡아주세요. 저 원숭이를 볼 때마다 원숭이의 심장이 먹고 싶어서 죽을 지경이에요."라고 말했다. 계속해서 조르자, 남편 악어는 아내 악어에게 "내게 좋은 생각이 있다. 반드시 당신에게 원숭이의 심장을 먹게 해줄테다."라고 말했다.

한참 지나서 원숭이가 겐지스강까지 물을 마시려 왔다. 그 모습을 본 악어는 원숭이에게 다가가서 말을 걸었다.

"왜 당신은 항상 같은 장소에만 있느냐? 겐지스강 저쪽 언덕에는 망고나무와 빵나무가 많이 자라고 있다. 가끔은 저쪽에 가서 여러 가지 맛있는 것을 먹어보는 것이 어떻겠는가?"

원숭이는 "하지만 생각해 보세요. 만약 우리가 나무 위를 날아다닐 때, 가슴 속에 심장이 있다면 엉망진창이 되었을 겁니다."라고 악어에게 대답했다. "그럼 심장은 어디에 두었는가?"라고 악어가 묻자, 원숭이는 자기가 있는 곳에서 그다지 멀지 않은 곳에 있는 무화과나무의 열매를 가리키며, "저기를 보세요. 우리 원숭이들의 심장은 저기 보이는 무화과나무에 걸려 있습니다."라고 말했다.

"그 심장을 나에게 준다고 하면 생명은 살려주겠다." 갑자기 악어의 태도가 돌변하였다. 그러자 원숭이는 "나를 저 무화과나무까지 데려다 주면, 나의 심장을 주겠습니다."라고 말했다. 악어는 원숭이를 등에 태우고 무화과나무가 있는 곳으로 데리고 갔다. 그러자 원숭이는 악어의 등에서 내려 무화과나무 위로 뛰어 올라갔다.

"생물이 자신의 심장을 나무에 걸어둔다는 것은 불가능한 일이다. 그런 것을 믿다니 당신은 바보다. 나는 이 무화과만으로 충분하다."

원숭이는 웃으며 노래를 부르기 시작했다.

"강 저쪽에 있다고 하는 망고도 빵나무 열매도 싫어.
나에게는 무화과만 있으면 충분해.
당신은 덩치는 크지만, 지혜는 모자라."

그제야 악어는 자신이 속았다는 것에 알아차리고, 힘없이 집으로 돌아갔다.

나무 스토리텔링

뽕나무

뽕나무는 뽕나무과 뽕나무속 소속의 낙엽교목 또는 관목으로, 24종 1아속이 동아시아를 중심으로 유라시아 대륙에 분포한다. 우리나라에 자라는 야생종은 산뽕나무 · 돌뽕나무 · 몽고뽕나무 등이 있다. 또 누에를 키우기 위해 재배하는 뽕나무 품종으로는 산상(山桑)계 · 백상(白桑)계 · 노상(魯桑)계의 3종류가 있는데, 그 중에서 백상계가 가장 많이 재배되고 있다.

중국에서는 이미 4,500~5,000년 전부터 양잠이 시작되었으며, 뽕나무 재배도 거의 같은 시기에 시작된 것으로 여겨진다. 누에가 없는 유럽에서는 열매를 식용하는 과수인 검은뽕나무(Morus nigra)가 널리 재배되었다. 플리니우스의 《박물지》에도 "접목이나 삽목 등의 방법도, 뽕나무에 대해서는 연구되어 있지 않다."라고 쓰여 있는 것으로 보아, 뽕나무를 재배한 것은 아니고 산딸기처럼 자연에서 나는 열매를 즐겼던 것 같다.

4~5월에 1mm 정도의 작은 꽃이 이삭처럼 모여 피는데, 꽃잎이 옅은 황록색이어서 눈에 잘 띄지 않는다. 6~7월에 오디라 불리는 나무딸기와 비슷한 열매가 열린다. 완숙한 열매는 검은색에 가까운 진한 적자색을 띠며, 강한 단맛과 약간의 신맛이 난다.

▷ 이름의 유래

뽕나무의 속명 모루스 *Morus*는 켈트어 mor 검다에서 온 것으로, 열매가 검은 mulberry의 옛 라틴어 이름이다. 영어 이름 멀베리 mulberry는 라틴어로 뽕을 의미하는 morus에 '식용 가능하며, 작고 수분이 많은 열매'라는 의미의 berry가 붙어서 된 말이다.

한자 뽕나무 상桑 자는 '부드러운 잎이 무성한 나무'를 나타내는 글자이다. 일본 이름 쿠와クワ, 桑는 누에의 유충을 의미하는 자子와 잎葉의 합성어이다. 처음에 발음이 koha이던 것이 kuha로 변하고, ha와 wa가 혼용되는 일본어의 특성으로 인해 쿠와クワ가 된 것이다.

뽕나무라는 우리 이름은 오디와 관련이 있다. 오디는 영양분이 풍부할 뿐 아니라 소화도 잘 되게 하므로, 많이 먹으면 방귀가 '뽕' 하고 나온다 하여 뽕나무라 불리게 되었다. 전북 부안 지방에서 전하는 나무이름에 관한 노래가 있다.

참나무허구 뽕나무허구 대나무가 살았는데/ 뽕나무가 방구를 뽕뽕 뀡게/
참나무가 참으시오 참으시오 형게/ 대나무가 대께놈 대께놈 허드라네.

▷ 뽕나무의 용도

먹을 것이 부족하던 시절에, 뽕나무는 귀중한 구황식량이었다. 봄에 나오는 어린 잎은 나물로 먹기도 하고, 여름에 따서 말려 가루로 만들어 곡식 가루와 섞어서 먹기도 했다. 중국 위나라의 무제는 군사들의 식량이 모자랄 때, 마른 오디를 얻어서 굶주림을 면했다고 한다. 또, 금나라 말엽에 대기근이 왔을 때, 오디를 먹고 살아난 자가 이루 헤아릴 수 없었다는 기록이 있다.

뽕나무의 열매 오디를 상실桑實 · 상심 桑椹 · 상심자 桑椹子라고도 하는데, 이뇨 · 진해 · 강장 작용이 있어서 당나라 때부터 약재로 사용되었다. 또, 생으로 먹는 이외에 상심주桑椹酒를 빚어 마시기도 한다.

뽕나무의 속껍질桑白皮은 이뇨제 · 진해제 · 소염제로, 가지는 경기驚氣나부종浮腫에, 꽃은 대하증에, 뿌리는 빈혈에, 잎은 습진이나 월경통에 효과가 있다고 한다. 뽕나무 재목은 궁간목弓幹木으로 상궁桑弓을 만드는 재료로 쓰였다. 우리나라는 오랜 전란을 겪으면서 많은 뽕나무가 궁간목으로 벌채

▲ 뽕나무 잎

되어, 지금까지 남아있는 뽕나무 노거수는 그리 많지 않다.

옛날 중국에서는 아들을 낳으면 뽕나무 활에 쑥대 살을 매어 천지사방을 쏘아, 아이의 장래 입신출세를 기원했다고 한다. ≪예기禮記≫에는 이를 상봉육지桑蓬六志라 하였다.

▷ 상전벽해

상전벽해桑田碧海는 뽕나무 밭이 변해서 푸른 바다가 된다는 뜻으로, 세상이 몰라볼 정도로 변한 것을 비유하거나 덧없이 변해가는 세상 모습을 가리키는 말이다. 이 말은 당나라 시인 유정지劉廷芝가 백발을 슬퍼하는 노인을 대신하여 쓴 시 〈대비백두옹代悲白頭翁〉에서 "뽕나무 밭도 푸른 바다가 된다는 것은 정말 옳은 말이다 實聞桑田變成海."라는 구절에서 온 고사성어이다.

원래 이 말은 ≪신선전神仙傳≫ 〈마

▲ 〈마고선녀〉

고선녀 麻姑仙女〉에서 유래된 것이다. 어느 날, 마고가 도를 통한 왕방평 王方平에게 "제가 신선님을 모신 뒤로 동해바다가 세 번이나 뽕나무 밭으로 변하는 것을 보았습니다 桑田碧海. 이번에 봉래 蓬萊로 오는 도중에 바다가 다시 얕아지기 시작해서 이전의 반 정도로 줄어 있었습니다. 또 육지가 되는 것일까요?"

비슷한 말로 상전변성해 桑田變成海, 창해상전 滄海桑田, 창상지변 滄桑之變, 상창지변 桑滄之變, 능곡지변 陵谷之變, 고안심곡 高岸深谷 등이 있다.

▷ 양잠

≪후한서 後漢書≫에 황제의 원비 서릉씨 西陵氏가 최초로 누에를 치기 시작했다고 한다. 그래서 그녀를 양잠 養蠶의 신으로 받들어 모시는 제사인 선잠의 先蠶儀를 행했다. 우리나라에서는 고려시대 초기부터 선잠의가 시작되었다. 조선시대에는 왕비가 친히 누에를 치고 고치를 거두었으며, 백성들에게 양잠의 중요성을 알리고 장려하는 의식인 친잠례 親蠶禮는 왕비의 중요한

▲ 선잠단, 사적 제83호　　　　　　　　　　　　　ⓒ 문화재청

소임 중 하나였다.

서울 성북동에 있던 선잠단先蠶壇은 정종 2년에 세워졌으며, 잠신 서릉씨에게 매년 제사를 올리고 누에농사가 풍년이 되기를 기원하던 곳이었다. 지금은 터만 남아있고, 잠신의 신위는 1908년 사직단社稷壇으로 옮겼다.

우리나라에서는 삼한시대부터 잠상蠶桑과 길쌈이 활발했다고 하며, 신라의 시조 박혁거세가 농경과 뽕나무 심기를 권장했다는 기록이 있다. 조선 태종 때에는 중국 주나라 성왕의 공상제도公桑制度를 본따서 궁원에 뽕나무를 심도록 명했다는 기록이 있다. 또, 궁의 후원에 뽕나무를 심고 가꾸어 일반인들에게도 양잠을 권장했다고 한다. 창덕궁 내에는 여러 그루의 뽕나무 노거수가 있는데, 그 중에 천연기념물 제471호로 지정된 창덕궁 관람지 입구의 뽕나무가 가장 규모가 크고 수형이 아름답다.

▷ 신상구

신상구愼桑龜는 ≪장자≫ 〈좌우명편〉의 '좌중담소 신상구座中談笑 愼桑龜'에서 유래된 말이다. 공연히 자신을 자랑하는 말 몇 마디 하다 죽음을 맞이한 뽕나무와 거북을 생각하여, 늘 말조심하라는 뜻의 고사성어이다.

중국 오나라 때에 한 효자가 있었는데, 아버지가 병이 나고 말았다. 좋다고 하는 약은 무엇이든지 구해다 써보았지만 아버지의 병은 점점 더 심해져 갔다. 그러던 어느 날, 꿈에 도사가 나타나 100년 이상 묵은 거북을 고아 드리면 병이 나을 것이라고 했다. 이 말을 들은 효자는 바닷가로 나가 몇 날 며칠을 헤매고 다녔지만, 도무지 오래된 거북을 찾을 수 없었다. 하늘에서 이 모습을 내려다보던 상제가 그를 기특하게 여겨 오래된 거북 한 마리를 물 밖으로 내보냈다. 그는 얼른 거북을 잡아서 지게에 지고 가다가, 힘이 들어 도중에 뽕나무 그늘에서 쉬게 되었다.

이때 거북이 "젊은이, 자네의 효성은 지극하네만 나는 오래되고 힘센 거북이라 백년을 삶아도 죽지 않을 거네."라고 제 자랑을 늘어놓았다. 그러자 그늘을 만들어 주던 뽕나무가 코웃음 치며 "큰소리치지 말게나, 아무리 힘센 거북이라도 천 년을 살아온 나를 불로 지피면, 네깟 놈은 한식경도 안돼 뼈도 없이 고아질 걸."이라고 말했다.

효자는 이 말을 대수롭지 않게 흘려듣고, 집으로 돌아와 큰 솥에 거북을 넣고 불을 지폈으나 거북은 도무지 삶아지지 않았다. 그때 효자는 뽕나무의 말이 생각나 그 뽕나무를 베어 장작불로 피우니 거북은 곧바로 죽어 그 약으로 아버지를 살릴 수 있었다. 결국 뽕나무와 거북은 서로 자기자랑을 하다가 죽임을 당했다.

▷ 마두낭과 누에고치

중국 진晉나라 때, 간보干寶가 쓴 괴기소설 ≪수신기搜神記≫에 누에에 관한 이야기가 나온다.

옛날 어느 곳에 아버지는 전쟁에 동원되고, 딸과 수말만이 남아 집을 지키고 있었다. 딸은 아버지를 그리워한 나머지 수말에게 농담으로 "만약 네가 아버지를 데리고 온다면, 나는 너의 아내가 되어 줄게."라고 말했다. 그러자 수말은 바로 갈기를 휘날리며 달려가서, 아버지를 데리고 집으로 돌아왔다. 그런데 딸을 보는 수말의 눈빛을 수상하게 여긴 아버지가 딸에게 사정을 묻자, 딸이 자초지종을 털어놓았다. 이를 들은 아버지는 노발대발하며, 수말을 죽여 껍질을 벗겨서 햇빛에 널어두었다.

그 뒤 딸이 수말의 껍질이 널려 있는 곳에서 놀고 있는데, 갑자기 말의 껍질이 뛰어올라 딸을 휘감더니 집밖으로 뛰쳐나갔다. 며칠 후에 딸은 말가죽에 싸인 채 큰 나뭇가지 사이에서 발견되었는데, 누에로 변해 실을 토해내

▲ 마두낭

고 있었다. 그래서 사람들은 그 나무를 상喪과 같은 음의 상桑이라 부르고, 그때부터 누에를 기르기 시작했다고 한다.

누에를 치는 집에서는 그 딸을 마두낭馬頭娘이라 하였으며, 제사를 지낼 적에는 말가죽을 곁에 두었다고 한다. 또, 누에를 치는 방에 말가죽을 걸어두면 누에가 잘 된다고 믿었다.

▷ 뽕나무에서 태어난 아이

위인의 탄생에 관한 불가사의한 이야기는 동서양을 막론하고 흔하게 전해진다. 기원전 3세기에 쓰여진 ≪여씨춘추呂氏春秋≫에도 뽕나무에 얽힌 위인의 이야기가 나온다.

고대 하夏왕조 무렵, 어떤 여인이 임신했는데, 꿈에 여신이 나타나 "절구나 부뚜막에서 개구리가 나오면, 그것은 홍수의 징조다. 빨리 마을을 떠나 멀리 도망쳐라. 그리고 절대로 뒤를 돌아봐서는 안된다."라고 하였다. 한참 지나서 여인이 부엌을 나오는데, 절구와 부뚜막에서 개구리가 기어 나왔다. 그녀는 그길로 바로 집을 뛰쳐나왔다. 하지

▲ 이윤

만 자신이 살던 마을이 마음에 걸렸던지, 그만 뒤를 돌아보고 말았다. 그러자 여인은 큰 구멍이 나있는 뽕나무로 변해버렸다.

후에 이 나무의 구멍에서 아이가 발견되었는데, 이 아이가 바로 하夏왕조를 멸하고 상商왕조를 건국하는데 큰 공을 세운 명재상 이윤伊尹이었다.

▷ 이상한 송아지와 뽕나무 열매

크레타섬 미노스Minos 왕의 어린 자식 글라우코스Glaukos는 쥐를 쫓아가다가 커다란 꿀항아리에 빠졌다. 미노스는 오랫동안 아들을 찾지 못하다가, 아폴론의 도움으로 마침내 아들의 시체를 찾을 수 있었다. 이때 쿠레테스Kuretes는 미노스에게 글라우코스의 생명을 되찾아 줄 수 있는 사람이 있다고 알려주었다. 그는 "미노스의 가축 중에 이상한 송아지가 있는데, 그 송아지가 무엇을 닮았는지 맞히는 자가 글라우코스를 찾아 산 채로 데려올 것이다."라는 답을 주었다.

과연 얼마 뒤 송아지 한 마리가 태어났는데, 이 송아지의 색깔이 하루 동안에 흰색에서 붉은색, 그리고 다시 검은색으로 변하는 것이었다. 미노스는 온 나라의 모든 예언자를 불러 모았지만, 그 답을 얻을 수 없었다. 그때

▲ 〈무덤에 갇힌 폴리에이도스와 글라우코스〉

마침 섬에 건너온 예언자 폴리에이도스Polyeidos가 말했다. "이 송아지는 처음에는 희고 점점 붉게 변해서 마지막에는 검게 되므로 뽕나무 열매를 닮았습니다." 마침내 그는 글라우코스를 찾아서 산 채로 데려 올 수 있었다.

▷ 피라모스와 티스베

고대 로마의 시인 오비디우스의 ≪변신 이야기Metamorphoses≫는 신화를 서사시 형식으로 집대성한 작품이다. 여기에 왜 뽕이 검붉은 색으로 변했는지에 대한 유래가 나온다.

바빌론에 피라모스Pyramus라는 청년과 디스베Thisbe라는 처녀가 앞뒷집에 살고 있었다. 둘은 서로 사랑했지만 양가의 부모가 반대했기 때문에, 남몰래 만나서 사랑을 나누고 있었다. 앞집과 뒷집을 나누는 벽 사이에 갈라진 틈이 있었는데, 두 사람은 그 틈을 통해 목소리만으로 사랑을 나누다가 드디어 성 밖에 있는 샘에서 만나기로 약속했다.

샘 옆에는 하얀 뽕이 주렁주렁 열린 뽕나무가 있었다. 티스베는 아무도 모르게 너울로 얼굴을 가리고, 흰 열매가 가득 열린 뽕나무 아래에서 사랑하는 사람이 오기를 기다리고 있었다. 그때 사냥감을 잡아먹어서 입이 피로 붉게 물든 사자가 목을 축이려고 샘가로 왔다. 놀란 티스베는 얼굴을 가린 너울이 땅에 떨어지는 것도 모르고 급하게 도망쳤다. 샘물을 마신 사자는 이 너울을 발견하고 갈가리 찢어버린 뒤 사라졌다.

얼마 뒤 피라모스가 샘에 도착해서, 피로 물든 찢어진 티스베의 너울을 발견했다. 그는 자신이 늦게 오는 바람에 그녀가 사자에게 먹히게 되었다고 생각하며, 깊이 후회한다. 그리고는 너울에 입맞춤을 하고, 그녀의 뒤를 따라가기 위해 차고 있던 단검을 뽑아 자신의 옆구리를 찔렀다. 몸에서 칼을 뽑는 순간 피가 사방으로 솟구쳐서, 흰 뽕나무 열매는 순식간에 검붉은 색으로 물들었다.

그때 두려움에 떨며 동굴에 숨어있던 티스베가 돌아와 피라모스를 찾기 시작했다. 그녀는 갑자기 검붉게 변한 뽕나무 열매 아래 쓰러져 있는 사랑하는 연인의 모습을 보고, 달려가서 끌어안고 그의 얼굴에 하염없이 눈물을 떨구었다. 갈가리 찢기고 피가 묻은 자신의 너울을 보고 피라모스가 자살한 것이라 생각하고, 그의 뒤를 따라가기로 결심한다. 그리고 뽕나무에게 그들의 슬픈 죽음에 어울리는 검은 열매를 달아달라고 부탁하고, 단검을 자신의 가슴에 꽂아 숨을 거두고 만다. 그래서 이후로는 흰색이던 뽕나무 열매가 피처럼 붉은색으로 물들게 되었다고 한다.

피라모스와 티스베의 비극적인 사랑이야기를 모티브로 셰익스피어의 ≪로미오와 줄리엣Romeo and Juliet≫이 나왔다고 한다.

▲ 〈피라모스와 티스베〉, 그레고리오 파가니

03

버드나무

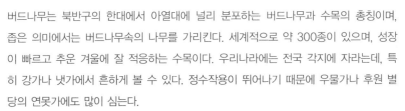

버드나무는 북반구의 한대에서 아열대에 널리 분포하는 버드나무과 수목의 총칭이며, 좁은 의미에서는 버드나무속의 나무를 가리킨다. 세계적으로 약 300종이 있으며, 성장이 빠르고 추운 겨울에 잘 적응하는 수목이다. 우리나라에는 전국 각지에 자라는데, 특히 강가나 냇가에서 흔하게 볼 수 있다. 정수작용이 뛰어나기 때문에 우물가나 후원 별당의 연못가에도 많이 심는다.

버드나무과에는 버드나무속(Salix), 사시나무속(Populus), 새양버들속(Chosenia)이 있다. 그 중에서 사시나무속은 보통 포플러라고 하여 버드나무와 구별한다. 중국에서는 버드나무는 유(柳), 포플러는 양(楊)으로 표기하며, 때에 따라서는 합쳐서 양류(楊柳)라도 한다. 시가에서는 음률을 맞추기 위해 자유로이 바꿔 말하기도 한다. 일본에서는 유(柳)와 양(楊)을 모두 야나기(ヤナギ, 柳)라고 한다.

이 두 종은 자연교배가 쉽게 일어나기 때문에 구별하기가 대단히 까다롭다. 일반적으로 가지가 하늘을 향하는 뻗어있으면 포플라(楊), 가지가 아래로 처져있으면 수양버들로 대표되는 버드나무(柳)라고 생각하면 이해가 쉽다.

우리나라에는 이외에도 개수양버들 · 광버들 · 눈갯버들 · 갯버들 · 떡버들 · 호랑버들 · 섬버들 · 용버들 · 콩버들 · 키버들 · 능수버들 등 다양한 종류의 버드나무가 있다.

▷ 이름의 유래

속명 살릭스*Salix*는 켈트어 sal가까이과 lis물의 합성어로 '물가에서 잘 자라는'이라는 뜻에서 유래한 것이다. 또는 라틴어 salire도약하다가 어원으로 '생장이 빠르다'라는 의미에서 유래한 것이라는 설도 있다. 영어 이름 윌로우willow는 고대 영어인 앵글로색슨어로 '낭창낭창한'이라는 의미의 wilig에서 온 것이다.

예로부터 강가 · 연못가 · 우물가 · 포구 등 물가에 많이 심었으며, 물을 좋아하는 나무라 하여 수향목水鄕木이라는 별명도 가지고 있다.

수양버들의 종소명 바빌로니카*babylonica*는 유프라테스 강 근처의 고대 도시 바빌론을 뜻하는데, 이곳이 원산지인 것을 나타낸다. 이는 ≪구약성서≫ 〈시편〉에 바빌론에 연행되어 고향의 노래를 부를 것을 강요당한 이스라엘 사람들이 버드나무에 수금을 걸어두었던 고사에서 유래한 것이다. 그러나 수양버들은 중국이 원산지이며, 유럽에 수입된 것은 17세기에서 18세기 무렵이다. 그 때문에 이 바빌론 원산의 이 나무가 포플라의 일종인 버들잎사시나무*Populus euphratica*라는 주장도 있다.

▷ 유씨 부인과 버드나무

버드나무와 관련된 이야기로는 고려 태조 왕건과 유씨柳氏 부인의 우물가 로맨스가 유명하다.

태조 왕건이 왕위에 오르기 전에, 궁예와 싸우고 있을 때이다. 왕건이 말을 달리다 목이 말라, 정주경기도 덕풍의 어느 우물가에서 한 여인에게 물을 청했다. 그 여인은 우물에서 물 한 바가지를 떠서 옆에 있던 버들잎을 한줌 훑어 띄워서 건넸다. 물을 마신 후에 왕건은 물에 버들잎을 띄운 연유를 물었다. 여인은 "급하게 물을 마시면 체할 수 있으므로 버들잎을 불면서 천천히 마시라고 한 것입니다."라고 대답했다. 나중에 왕건은 이 지혜로운 여인을 왕비로 삼았는데, 이 여인이 바로 유씨柳氏 부인이다.

▷ 유록화홍

북송의 시인 소동파蘇東坡의 시에 유록화홍진면목柳綠花紅眞面目이라는 구절이 나온다. 여기서 유록화홍柳綠花紅은 '유柳는 록綠, 화花는 홍紅'이라는 의미로, '자연의 있는 그대로의 모습'을 뜻하는 말이다.

버드나무는 다른 식물보다 먼저 새순이 나오기 때문에, 고래로부터 새순의 색은 녹색의 대명사로 불리기도 했다. 그 때문에 녹색을 나타내는 유색柳色이라는 말이 생겨났다. 또, 우아하고 단아한 버드나무는 미녀를 지칭하는 말로도 사용되었다. 여성의 호리호리한 허리를 낭창낭창한 버드나무 가지에 비유하여 유요柳腰라 하며, 여리고 가녀린 체질을 포류蒲柳의 체질이라 한다. 여기서 포류는 가늘고 잘 휘는 갯버들을 의미한다. 길고 단아한 여성의 머리카락이 바람에 나부끼는 모습을 버드나무의 가지나 잎에 견주어 유발柳髮이라 한다. 미녀의 눈은 유안柳眼이라 하는데, 버드나무의 새순이 나온 모습을 표현한 것이다. 또, 버들잎과 같이 가는 눈썹을 유미柳眉라 하며, 이는 나중에는 미인을 지칭하는 단어로도 사용되었다.

화류花柳란 꽃의 붉음과 버들잎의 푸름을 나타내는 말이다. 원래 미녀를 표현하는 말로 사용되었지만, 점차 유곽에 있는 창녀를 가리키는 말로 변하였다. 나중에는 그녀들이 모여 있는 유곽이나 유흥가를 의미하는 말로 바뀌었으며, 이 세계를 화류계花柳界, 성병을 화류병花柳病이라 부르기도 한다.

일본에서는 공인된 유곽의 입구에 수양버들을 식재했는데, 늘어진 버들가지가 나부끼는 모습이 마치 손님을 부르는 것처럼 보이기 때문이다. 돌아

가던 손님이 이것을 보고 방금 이별한 유녀遊女를 떠올리며 뒤돌아본다고
하여, 이 버드나무를 견반류見返柳라 불렀다.

▲ 견반류   ⓒ 토오에다(遠枝)

▷ 개자추와 버드나무

중국 진晉나라의 문공文公이 국란을 당하여 개자추介子推를 비롯한 여러
신하들과 함께 국외로 탈출하여 망명생활을 한 적이 있었다. 이때 하도 배
가 고파서 거의 죽을 지경에 이른 문공에게, 개자추는 자기 넓적다리 살을
베어 구워 먹여 살린 일도 있었다.

뒤에 왕위에 오른 문공이 자기를 돕던 개자추에게 벼슬을 주지 않자, 이
를 노여워한 개자추는 면산綿山으로 들어가 숨어버렸다. 문공은 뒤늦게 이
를 뉘우치며 개자추를 불렀으나 그는 나오지 않았다. 문공은 그를 나오게
하려고 산에 불을 질렀으나, 끝내 나오지 않고 홀어머니와 서로 껴안고 버
드나무 밑에서 타 죽고 말았다.

그 뒤 그가 죽은 날을 애도하는 뜻에서, 불에 타 죽은 그에게 더운 밥을

주는 것은 도의에 어긋난다 하여 불을 금하고 찬 음식을 먹는 풍속이 생겼다. 이 날이 바로 한식寒食으로, 금연일禁烟日 · 숙식熟食 · 냉절冷節이라고도 한다. 중국에서는 이날 버드나무 가지를 문에 꽂기도 하고, 들에서 잡신제雜神祭인 야제野祭를 지내 그의 영혼을 위로하기도 한다. 또, 이 날 비가 오면 개자추의 넋을 위로하기 위해 비가 내린다고 생각했다. 그리고 이런 한식을 물한식이라고 하며, 물한식인 해에는 풍년이 든다는 속설이 있다고 한다.

▲ 개자추

▷ 양류의 신

중국 명나라 때 포송령蒲松齡이 쓴 괴기소설 ≪요재지이聊齋志異≫에 〈양류楊柳와 메뚜기〉라는 이야기가 나온다. 명나라 말기에 기주沂州에 대량의 메뚜기 떼가 출현했다. 어느 날 지사가 메뚜기 떼로 인해 논밭이 황폐해져서 고통을 받는 백성들을 걱정하면서 잠이 들었다. 꿈속에 녹색 옷을 차려입은 한 남자가 나타나서, "서남쪽에서 배腹가 큰 암당나귀를 타고 오는 부인에게 부탁해보라, 그러면 메뚜기 떼를 쫓을 수 있을 것이다."라고 알려주었다. 잠에서 깬 지사는 꿈에 나타난 남자가 말한 것과 같은 모습의 부인을 정중히 맞아서, 기주를 구해달라고 눈물을 흘리면서 애원했다.

실은 이 부인은 메뚜기의 신이었다. 그녀는 자신의 정체를 누설한 남자에게는 벌을 주겠지만, 더 이상 이 땅을 황폐하게 만들지 않겠다는 약속을 지사에게 해주었다. 얼마 지나지 않아, 메뚜기 떼는 버드나무 잎만 먹고 날아가 버렸다. 지사의 꿈에 나타난 인물은 양류楊柳의 신이었는데, 백성을 사랑하는 지사의 마음에 감동해서 스스로를 희생한 것이었다.

▷ 버드나무를 사랑한 시인

동진東晉의 시인 도연명陶淵明은 오류선생五柳先生이라 불린 전원 시인이었다. 오류선생이란 그가 전원에 은거할 때, 집문 앞에 버드나무 다섯 그루를 심은 것에서 유래한 것이다. 후세의 은둔시인들도 그를 따라서 은둔처의 문앞에 버드나무를 심었다고 한다.

당나라 시인 백거이白居易도 버드나무에 각별한 애정을 보인 시인이었다.

▲ 도연명

그의 시 〈수제류隋堤柳〉는 수나라 양제煬帝의 명으로 남북을 연결하는 대운하를 따라 심은 양류楊柳가, 200년이 지난 백거이 시대에는 겨우 두세 그루만 남아 있음을 안타깝게 생각하여 읊은 시이다. 훗날 그곳의 버드나무를 수제류隋堤柳라 하였으며, 수제류는 곧 망국의 상징이기도 하다.

▷ 아스피린과 버드나무

버드나무 껍질이 통증이나 염증을 없애는데 효과가 있다는 사실은 히포크라테스 시대에는 물론이고, 기원전 1550년에 만들어진 파피루스에도 기록되어 있다고 한다. 버드나무껍질 속에 들어 있는 살리실 산salicylic acid이라는 물질이 해열·진통·소염뿐 아니라 장티푸스와 류마티즘에도 효과가 있다는 사실은, 1830년대에 와서야 비로소 과학적으로 밝혀졌다. 그렇지만 살리실 산은 맛이 좋지 않고 먹으면 구역질이 나기 때문에 먹기가 무척 어려웠다. 그 후 독일의 제약회사 바이엘Bayer에 근무하던 화학자 펠릭스 호

프만Felix Hoffmann은 류머티즘으로 이 약을 먹느라 고생하는 아버지를 위해, 살리실 산에 아세트 산acetic acid을 섞어 보았는데 먹기가 훨씬 수월했다고 한다. 이렇게 해서 인류 최초의 합성의약품인 아스피린이 개발되었다. 현재 아스피린은 전 세계에서 매년 600억 알 이상이 소비되고 있을 만큼 인기가 있는 약이다.

▲ 펠릭스 호프만

▷ 바벨론 강가의 수양버들

≪구약성서≫ 〈시편〉 137편에 나오는 구절이다. "우리가 바벨론 강가에 앉아 시온을 생각하며 울었도다. 거기 버드나무에 우리 수금竪琴, 오늘날 하프에 해당하는 악기을 걸었나니. 우리를 포로로 잡아간 자들이 노래를 부르라, 우리의 압제자들이 흥을 돋우라 하는구나. "자, 시온의 노래를 한 가락 우리에게 불러 보아라." 우리 어찌 주님의 노래를 남의 나라 땅에서 부를 수 있으랴?"

이스라엘 자손들은 바빌론에 유배되어 오랫동안 포로생활을 했다. 그들은 깊은 비애에 잠겨 유대민족의 신앙중심지인 시온을 생각하며, 바빌론 강가에서 울었다. 버드나무에 수금을 걸었다는 것은 그들을 사로잡은 자들이 기쁨을 청하여 노래하라 한 것인데, 그들을 기쁘게 할 수 없다며 여호와의

노래를 부르지 않겠다는 뜻을 나타낸 것이다. 이 대목에 나오는 버드나무는
수양버들을 가리킨다.

수양버들의 종소명 바빌로니카*babylonica*는 '바빌론의'라는 뜻인데, 여
기에서 유래된 이름이다. 그러나 여기에 나오는 버드나무가 버드나무과의
미루나무라는 주장을 하는 학자도 있다. 그들은 버드나무가 주로 북쪽의 담
수가 흐르는 곳에서 잘 자라는데 비해, 미루나무는 남쪽의 염분이 있는 강
유역에서 잘 자라며 땅 속의 염분농도가 높은 곳에서도 잘 견딘다는 이유를
들고 있다.

▷ 이난나의 성수

수메르 판 〈길가메시 서사시Gilgamesh Epoth〉에 의하면, 유프라테스 강
주위에 하루뿌Haluppu 나무 한 그루가 있었다고 한다. 이 나무가 어떤 나무
인지 확실하지는 않지만, 강가에 있는 것으로 보아 버드나무의 일종일 가능

▲ 이난나

성이 높다. 남풍에 의해 홍수가
나서 뿌리째 뽑혀 떠내려가는 하
루뿌를, 사랑과 풍요의 여신 이난
나Inanna가 보았다. 그녀는 그 나
무로 의자와 침대를 만들 생각으
로 자신의 신전이 있는 우르쿠로
가져가서, '성스러운 정원'에 심
고 소중하게 키웠다.

몇 년이 지나서 하루뿌는 거목
이 되었지만 뿌리에는 뱀이, 나무
가운데에는 폭풍우의 정령인 릴

리투Lilitu가 살았으며, 햇가지에는 사자의 얼굴을 한 거대한 독수리 주Zu가 새끼들을 키우고 있었다. 이난나는 어떻게 손을 쓸 수가 없어서 하염없이 눈물만 흘리고 있었다. 이 소식을 들은 우르쿠Uruk의 왕 길가메시가, 큰 도끼를 가지고 나타나서 뱀을 찍어 죽였다. 그것을 보고 공포에 질린 주는 새끼들을 데리고 산으로 올라가고, 릴리투는 사막으로 도망가 버렸다.

이난나는 몹시 기뻐하며 하루뿔를 베어서 자기가 원하던 것을 만들고, 그 뿌리로는 푸쿠pukku와 메쿠mekku를 만들어 길가메시에게 선물로 주었다. 학자들은 이것이 마법의 북과 북채인 것으로 추측하고 있다.

▷ 신성한 나무

▲ 〈데메테르〉

그리스에서 버드나무는 풍요의 여신 데메테르Demeter와 그의 딸인 죽음의 여왕 페르세포네Persephone에게 봉헌된 나무이다. 버드나무는 가지를 잘라도 바로 새순이 나오고, 삽목에 의해 빠르게 증식되는 강한 생명력을 가지고 있다. 하지만 나무의 속심이 연해서 오래되면 썩어서 서서히 넘어가는 버드나무의 이면성 때문에 부모자식의 나무라고도 한다.

켈트인에게 버드나무는 생사를 담당하는 신목神木이었다. 영국의 사회인류학자 조지 프레이저의 ≪황금가지The Golden Bough≫에 의하면, 버드나무는 겨우살이와 함께 중요한 나무로 여겨졌다고 한다. 곡물의 풍작을 기원하는 하지 제사에는, 버드나무로 엮은 거인을 만들고 그 속에 사람을 희생물로 넣어 불태웠다고 한다. 사람 대신에 고양이와 같은 동물을 희생물로 불태우던 시대도 있었다. 지금도 유럽의 축제에서는 버드나무로 엮은 거인을 끌고 돌아다니다가 마지막에 불태우는데, 이때 타고 남은 것을 가지고 있으면 행운이 찾아온다고 믿는다.

▷ 나폴레옹과 수양버들

프랑스의 영웅 나폴레옹Napoleon은 수양버들을 매우 사랑한 것으로 알려져 있다. 나폴레옹이 다시 돌아갈 희망을 잃고 센트 헬레나Saint Helena 섬에 유배되어 있을 때, 수양버들 그늘 아래서 특별히 만든 의자에 앉아 몇 시간씩이나 시간을 보내곤 했다. 6년의 유배 생활 후에 그가 사망하자, 밤에 폭풍우가 몰아쳐 하룻밤 사이에 수양버들이 모두 쓰러졌다고 한다.

그 후 나폴레옹의 무덤가에 수양버들을 심었는데, 그 중 한 그루가 싹을 틔웠다. 그리고 수 년 후, 센트 헬레나 섬을 찾은 사람들은 이 수양버들의

▲ 〈나폴레옹과 수양버들〉

가지를 꺾어, 물병에 넣어 집으로 가져가곤 했다. 그들이 고향에 도착할 무렵에는 수양버들은 뿌리를 내려 땅에 심을 수 있는 상태가 되었다고 한다.

　지금도 유럽에서는 수변의 경관수 또는 지반을 안정시키기 위한 수목으로 버드나무를 많이 활용하고 있다.

보리수

흔히 보리수라 불리는 나무에는 몇 가지 종류가 있다. 인도 원산의 뽕나무과 무화과나
무속의 상록교목인 인도보리수와 벵갈보리수가 있으며, 피나무과 피나무속의 낙엽교목
으로 유럽 또는 중국 일대가 원산지인 서양보리수와 보리자나무가 있다.

인도보리수와 벵갈보리수는 열대와 아열대 지역에 분포하는 나무로, 온대 지역에서는
그다지 볼 수 없다. 잎은 폭이 넓은 달걀형이고 꽃색은 희며, 가지는 조금 아래로 드리
워져 자란다. 열매가 익으면 종자를 싼 포(苞)와 함께 떨어진다.

한국이나 중국에서 보리수라고 심는 나무는 석가모니 부처가 깨달음을 얻은 인도보리수
와는 전혀 다른 종류이다. 인도보리수는 추위에 약해서 동아시아 지역에서는 생육할 수
없기 때문에, 잎 모양이 비슷한 나무를 심어 보리수로 대용하는 것이다. 우리나라 사찰
에서 보리수라고 부르는 나무는 대게 피나무 종류의 찰피나무를 말한다.

부처가 입적할 때, 몸을 눕힌 사라쌍수(沙羅雙樹)는 사라수(沙羅樹)라고도 한다. 이 나
무는 이엽시과(二葉柿科)의 상록교목으로, 원산지는 히말라야 지방이며 인도 전역에
걸쳐 널리 분포한다. 잎의 형태가 말의 귀를 닮아서 산스크리트어로 아슈바가르나(馬耳
樹)라고도 부른다.

그리스 신화에서는 필레몬(Philemon)과 바우키스(Baucis) 노부부가 죽은 후에 남편은
참나무, 아내는 보리수로 변했다는 이야기가 있다.

우리나라에서 보리수나무라고 하면 보리수나무과 보리수나무속의 낙엽관목을 말하는데,
봄에 은백색 꽃이 피고 가을에 약간 떫은 듯한 단맛이 나는 열매가 열린다.

▷ 이름의 유래

인도보리수의 속명 피쿠스*Ficus*는 라틴어로 '무화과'를 뜻한다. 또, 종소명 레리기오사*religiosa*는 라틴어로 '수도녀' 또는 '종교적인'이라는 뜻으로, 이 나무가 사원 경내에 많이 식재된 것에서 유래한 것이다. 벵갈보리수의 학명은 피쿠스 벵가렌시스*Ficus benghalensis*이며, 종소명 벵가렌시스*benghalensis*는 '벵갈의'라는 뜻의 라틴어이다.

서양보리수의 속명 틸리아*Tilia*는 라틴어로 '보리수'라는 뜻이며, 피나무속을 가리키는 고어에서 온 것이다. 또, 종소명 에우로파에아*europaea*는 '유럽의'라는 의미이다. 보리자나무의 학명은 틸리아 미쿠에리아나*Tilia miqueliana*이며, 종소명 미쿠에리아나*miqueliana*는 네델란드의 식물분류학자 미켈Miquel에서 유래한 것이다.

일반적으로 보리수나무를 영어로는 Linden, 독일어로는 Linde 복수형은 Lindenbaum이라 부르는데, 이는 서양보리수를 가리키는 게르만어로 linta가

▲ 인도보리수나무

변한 것이다. 또, 영어로 라임lime이라 부르기도 하는데, 이는 고영어 lynde 혹은 lind가 변한 것이다. 유명한 식물분류학자 린네Linne의 이름은 그의 생가에 있던 이 나무의 스웨덴 이름 린트Lind에서 따온 것이라고 한다.

보리수菩提樹의 보리菩提는 산스크리트어 Bodhi의 음역에 해당하는 글자로 '깨달음을 얻어 열반에 들어간다.' 라는 의미이다. 따라서 보리수란 불교의 개조인 붓다가 이 나무 아래에서 깨달음을 얻었기 때문에 '부처가 깨달음을 얻은 나무' 라는 의미이다. 각수覺樹 또는 도수道樹라는 별명으로도 불리는데, 이것 역시 부처와 보리수의 설화를 바탕으로 하고 있다.

흔히 보리수나무라고 하는데, 이것은 고목과 나무를 합친 '고목나무' 혹은 역전과 앞을 합친 '역전앞'처럼 동어반복同語反覆이지만, 이제는 함께 불러야 말하는 맛이 나고 정감이 묻어나는 이름이 되었다.

▷ 보리수의 용도

보리수는 주로 관상용 정원수 혹은 가로수 심는다. 종자는 보리자菩提子라 하며, 건조시킨 것에 구멍을 뚫고 실을 꿰어 염주를 만드는데 사용한다. 또 옛날에는 수피에서 섬유를 채취하여, 베실 등의 대용품으로 사용하기도 했다. 양봉가들은 보리수나무로 꿀벌을 유도하여 한 곳에서 많은 벌꿀을 채취할 수 있었다. 유럽에서는 서양보리수의 수피를 달인 즙을 부스럼이나 뾰루지에 발랐으며, 잎이나 꽃은 허브티의 재료로 사용하였다.

사라수나무의 줄기를 태우면, 방향이 나는 다마르damar라는 수지樹脂를 채취할 수 있다. 이 수지의 연기에는 강력한 살균작용이 있어서 제단이나 가옥 등의 정화제로 사용되었으며, 힌두교의 제례에서는 빠질 수 없는 품목 중 하나였다. 또, 재목은 단단하고 습기에 강하기 때문에, 건축용재나 선로 침목으로도 사용되었다.

▲ 운터 덴 린덴 거리　　　　　　　　　　　　　　　　　　© Jess & Peter

　　서양보리수는 잎의 형태가 아름답고 방향이 좋은 꽃을 피울 뿐 아니라, 생육도 빠르기 때문에 가로수로 많이 식재된다. 독일 베를린의 메인스트리트는 운터 덴 린덴Unter den Linden 거리이다. 이름에서 알 수 있듯이, 서양보리수가 아치를 이루는 아름다운 가로수 길로, 세계적으로 널리 알려진 명소이기도 하다. 제2차 세계대전 때는 많은 나무가 화재의 피해를 입거나 연료로 벌채되어 사라졌지만, 전후의 부흥정책으로 인해 다시 지난날의 모습을 되찾게 되었다.

▷ 깨달음과 죽음의 나무

　　고다마 싯다르타는 한 나라 왕위 계승자로서의 신분을 버리고, 진리를 찾아 고행의 길을 나선다. 이름난 스승을 찾아가서 가르침을 받기도 하지만, 어느 곳에서도 그가 원하는 답을 얻지는 못했다. 어느 날 그는 마가다Magadha 국의 네란자라Neranjara 강 주변에 있는 우르베라 마을에 도착했다. 그 강 옆에는 우주수宇宙樹 인도보리수나무가 무성하게 자라고 있었는데, 싯다르타는 그 나무 아래에서 명상에 들어갔다. 그때 죽음의 신 마라Māra가 그를 엄습해왔다. 마라는 독사를 이용하여 독을 퍼부었으며, 강한 바람과 폭풍우를 일으키고 땅속의 용암과 뜨거운 진흙을 용출시켜 싯다르타를 공격했다.

또, 마라의 천인千人의 자식인 마물魔物들은 바윗덩어리와 큰 나무를 던지면서, 싯다르타를 무자비하게 공격했다. 그러나 그는 스스로 "나는 강한 자이다."라고 말하며, 마라의 공격을 막아내고 점차 깨달음을 얻게 되었다. 드디어 싯다르타는 마음이 맑아져서 사람의 지혜를 초월한 천안天眼을 얻고, 무한의 시간과 공간을 한눈에 볼 수 있는 능력을 가지게 되었다.

패배를 감지한 마라는 싯다르타에게서 물러나면서, "성자 고다마는 나의 제국을 파괴할 것이다."라는 말을 땅에 써서 남겼다. 그 후 싯다르타는 불타佛陀, 붓다, 깨달음을 얻은 자로 이름을 바꾸고, 이 세상의 진리를 터득하기 위한 수행을 계속한다.

▲ 〈마라의 공격〉

몇 십 년이 지나서, 그는 살날이 얼마 남지 않았다는 것을 깨닫고 제자들에게 이렇게 말한다. "아난다여! 히라니야바티 강 건너편에 있는 쿠시나가라 마을의 사라수나무沙羅雙樹 숲으로 가자."

사라수나무 숲에 도착하자 붓다는 피곤한 몸을 사라수나무 아래 눕히고 말했다. "이 두 그루의 사라수나무 사이에, 내 얼굴을 북쪽으로 향하게 침상을 놓아다오" 이 말에 따라 제자들이 준비한 침상에 길게 누운 붓다는, 그날 밤에 조용히 숨을 거두었다. 그때, 갑자기 사라수나무의 꽃이 만개하더니, 꽃잎이 차례로 붓다의 유해 가까이에 떨어졌다고 전한다. 불교에서 사자를 북침北寢으로 안치하는 것은 이 전승에 의한 것이다.

붓다가 깨달음을 얻은 인도보리수나무와 입적의 순간을 지켜본 사라수나무는 다른 나무다. 그가 이생에서의 생을 받기 전에 존재한 과거 7불 중에서 제3불인 비사부불毘舍浮佛이 수행할 때, 깨달음을 얻은 나무도 사라수나무이다. 그러나 이 나무가 인도보리수였다고도 하며, 이 둘은 종종 동일시되기도 한다. 이 두 나무는 모두 생과 사를 상징하는 나무이기 때문에, 불교뿐 아니라 힌두교에서도 성스러운 나무로 숭배하고 있다. 붓다가 깨달음을 얻은 인도보리수나무는 불교를 박해한 벵갈 왕 샤샨카에 의해 베어져서 불태워지고, 뿌리에 사탕수수 액을 부었음에도 불구하고 다시 새순이 힘차게 돋아났다고 한다.

불교의 경전을 구하기 위해 인도에 온 삼장법사 현장玄奘도 이 나무에 기도를 바쳤으며, 1811년 영국인 학자 부캐넌 해밀턴Buchanan Hamilton이 이곳을 방문했을 때에도 볼 수 있었다고 한다. 현재 이 나무의 종자로 번식된 후계목이 세계 각처에서 자라고 있다.

▷ 신이 거처하는 나무

락슈미Lakshmi는 부와 행운을 가져다 주는 인도의 여신으로, 힌두교의 최고신 비슈누Vishnu의 아내이기도 하다. 원래는 힌두교의 여신이었지만, 불교에서도 받아들여 길상천吉祥天이라 불리게 되었다. 그리고 사람들은 오래 전부터, 락슈미가 거처하는 나무가 인도보리수라고 믿어왔다.

착한 신들과 악한 신들이 불사약 암리타生命水를 얻기 위해 유해교반乳海

▲ 〈락슈미〉　　　　ⓒ Biswarup Ganguly

攪拌, 우유바다 젓기을 할 때, 떠 있던 거품에서 아리아인 락슈미가 태어났다. 신들은 비슈누에게 이 여신을 아내로 맞이하게 해달라고 사정을 했지만, 그녀는 이렇게 말했다. "나에게는 아리아인이 아닌 언니 락슈미가 있는데, 그 언니가 결혼하지 않으면 나도 결혼하지 않겠다."

비슈누는 처음에는 언니 락슈미와 결혼했으나 그녀와 헤어지고, 동생인 아리아인 락슈미를 아내로 맞았다. 비슈누가 자신을 버리고 동생을 아내로 맞이한 것을 알고, 언니 락슈미는 아슈밧타나무Asvattha, 인도보리수 아래에서 울면서 살았다. 이 사실을 안 비슈누는 언니 락슈미가 있는 아슈밧타나무로 가서 위로하며 이렇게 말했다. "이 나무는 나의 몸에서 태어난 것이다. 그래서 당신은 이 나무를 나처럼 생각하고 여기서 살아도 좋다."

여신 락슈미는 사람들에게 행운을 주면서, 동시에 불운을 가져다주는 여신이기도 하다. 후에 불운을 가져다주는 여신은 락슈미의 언니 아락슈미Alakshmi로 구현되었다. 그러나 락슈미는 쌍둥이였다고도 하며, 이는 행운과 부 그리고 불행과 빈곤이 표리일체라는 것을 나타낸다. 또 비슈누는 인도보리수의 화신이며, 태풍의 신 루드라Rudra는 벵갈보리수의 화신이라는 전승도 전해진다.

▷ 케이론의 어머니 필리라

필리라Philyra는 해양신 오케아노스Okeanos의 딸로 흑해의 떠있는 작은 섬에 살고 있었다. 어느 날, 숙부인 시간의 신 크로노스Kronos가 그녀를 방문하여, 둘은 밀회를 즐기고 있었다. 그런데 그 장면을 크로노스의 딸 헤라 Hera에게 들키자, 그는 놀라서 어찌할 줄을 몰라 하며 말로 변신하여 그 곳에서 빠져나왔다. 그 후에 필리라는 크로노스의 아들을 임신한 사실을 알게 되었다. 달이 차서 태어난 아이는 상반신은 인간이고, 하반신은 말인 괴물이었다. 그녀는 자신이 지은 죄를 뉘우치며, 아버지 오케아노스에게 자신을 보리수로 바꿔달라고 사정했다.

훗날, 필리라의 아들 케이론Chiron이 유명한 의사로 이름을 떨친 것도, 그의 어머니가 모습을 바꾼 '기적을 부르는 나무' 보리수에서 힘을 받은 것이라고 한다. 보리수는 고대 그리스 시대부터 병을 낫게 하며, 미래를 예언하는 나무로 알려져 왔다.

▲ 〈케이론에게 교육을 받는 아킬레우스〉, 장 밥티스트 레뇨

포도

포도는 포도과 포도속 소속의 덩굴성 과수로, 변형된 덩굴손이 다른 나무나 물체를 휘감고 올라가며 자란다. 야생종은 암수딴그루이지만, 재배종은 양성화이므로 자가수분(自家受粉)이 가능하다. 세계에서 가장 품종이 많은 과수로, 그 수가 1만 종 이상에 이른다고 한다.

포도의 원산지는 서부아시아의 반사막지대이며, 야생종은 신석기시대까지 거슬러 올라갈 정도로 역사가 오랜 과일이다. 스위스나 이탈리아 북부의 신석기시대 유적에서도 포도씨가 발굴되어 이를 증명하고 있다. 청동기시대부터 온대 아시아에서 셈족과 아리아족에 의해 처음 포도재배가 시작된 것으로 추측된다.

포도는 세계 과일 생산량의 20% 정도를 차지할 정도로 많이 생산되고 있다. 그 중에 80%는 양조용이며, 12%는 생식용이고, 나머지는 가공용으로 사용된다. 포도의 주산지는 프랑스 · 이탈리아 · 스페인 등 남부 유럽 3국이며, 이곳에서 세계 생산량의 40%를 생산하고 있다. 미국 · 러시아 · 터키 · 아르헨티나 등에서도 많이 생산되고 있다.

▷ 이름의 유래

포도는 중앙아시아와 소아시아가 원산지인 유럽종과 북아메리카가 원산지인 아메리카종으로 대별된다. 유럽종European grape의 학명은 비스타 비네페라 *Vitis vinefera*이며, 아메리카종Fox grape의 학명은 비스타 라브라스카

*Vitis labrusca*이다. 속명 *Vitis*는 '덩굴', 종소명 *labrusca*와 *vinefera*는 각각 '향기가 있는', '포도주에 적합한 품종'이라는 의미의 라틴어이다.

영어 이름 그레이프grape는 이탈리아어 grappolo꽃과 열매송이에서 유래된 것이다. 원래 포도를 가리키는 말이 아니었지만, 영어권에서는 포도라는 의미로 정착된 것으로 보인다. 아메리카종 포도의 영어 이름 폭스 그레이프 Fox grape는, 이 품종이 가진 특유한 향을 폭시foxy라 한 것에서 붙인 이름이지만, 이솝 우화 〈여우와 포도〉를 참고 한 것으로 여겨진다.

한자 이름 포도葡萄는 페르시아어 budaw를 음역한 것으로, 처음에는 포도浦挑 또는 국도菊挑라고 부르다가 나중에 포도葡萄가 되었다. ≪도경圖經≫에 의하면, 한무제가 이민족을 토벌하기 위해 장건을 총사령관으로 서역에 파견했는데, 그가 귀국할 때 포도 묘목을 가져왔다고 한다. 따라서 적어도 한나라 때에는 포도라는 이름이 있었던 것으로 보인다.

▷ 포도의 용도

포도는 생식하는 외에 쥬스 · 잼 · 건포도 · 과자 · 후르츠 소스 등의 재료로 사용된다. 또, 와인이나 브랜디 등의 술을 제조할 때 원료가 되기도 한다. 생식용 또는 와인 제조용으로 재배되는 품종은 거봉巨峰 · 코슈甲州 · 피오네 · 델라웨아 · 마스카트 · 콘코드 · 레드그로브 등이 있다. 또, 주로 와인 제조용으로 재배되는 것으로는 까베르네 쏘비뇽 · 삐노 누아르 · 메를로 · 진판델 등이 널리 알려져 있다.

포도 덩굴과 잎은 약제로 사용되었다. 로마 시대의 박물학자 플리니우스의 ≪박물지≫에 의하면, 포도 잎과 보리 가루를 반죽한 것은 습포제濕布劑로, 포도 덩굴을 태운 재는 치마분齒磨粉으로 사용된다고 하였다. 또 봄에 전정한 포도 가지에서 떨어진 액체를 시럽이 될 때까지 달인 것은 여성용

약이나 비뇨기 약으로 효과가 있다고 하였다.

포도는 현존하는 가장 오래된 약초서 ≪신농본초神農本草≫에 나오는 365 종의 약제 중 하나이다. 약효는 "근골을 튼튼하게 하여 기를 더하고, 힘을 배증하여 지志를 강하게 하며, 습비濕痺를 없애고, 풍한風寒을 견디게 한다. 장복하면 몸이 가벼워지고, 늙어서 장생한다."라고 나와 있다. 또, 포도주는 이뇨 효과가 탁월한 것으로 알려져 있으며, 한방에서는 허약체질이나 폐기능저하 · 침한寢汗 · 부종浮腫 · 류마티스 · 임질 등의 약으로 처방된다.

▷ 포도와 포도주

포도주는 인간과 아주 오랜 역사를 함께 해온 술이다. 인간이 야생종 포도를 처음 재배하기 시작한 것은 신석기시대까지 거슬러 올라간다. 포도주는 수메르Sumer 인에 의해 처음 제조되어, 맥주 제조법과 함께 고대 이집트에 전파되었다. 그 후 페니키아Phoenicia 인에 의해 그리스로 전해지고, 다시 지중해 연안으로 널리 퍼지게 되었다. 포도주를 제조하는 기술은 로마시대에 비약적으로 발전하여, 현재 제조법의 기초를 확립하였다.

또, 포도주는 기독교가 전파됨에 따라 유럽 각지에 널리 보급되었으며, 현재까지도 포도주를 양조하는 수도원이 많이 있다. 예수는 자신의 피를 포도주에 비유하였으며, 포도주는 기독교 의식에 빠져서는 안 될 필수품 중하나이다. 이슬람교에서는 교리에 의해 음주가 엄격하게 금지되어 있다. 따라서 포도의 발상지인 중동 제국에서도 포도주가 생산되는 지역은 이슬람 계율이 매우 느슨한 터키와 비교적 종교적으로 자유스러운 분위기의 이슬람교도와 그리스도교도가 살고 있는 레바논 · 요르단 · 팔레스타인 등에 국한되어 있다.

포도주는 술의 색에 따라 적포도주red wine · 백포도주white wine · 핑크포도주rose wine로 나뉜다. 포도의 열매껍질에는 천연 효모균이 붙어있는데, 이 효모균이 열매껍질에서 밖으로 새어나와 자연발효가 시작된다. 그 때문에 효모를 첨가하지 않고도 발효시킬 수도 있지만, 일반적으로 다른 효모를 첨가하여 발효시킨다. 또 적포도주에는 말로락틱 발효malo-lactic fermentation, 유산균을 첨가하여 신맛이 강한 링고산을 부드러운 젖산으로 변화시키는 방법를 2차 발효로 이용하기도 한다.

적포도주는 적포도나 흑포도를 그대로 분쇄하여 발효시킨 것이고, 백포도주는 열매껍질이 얇은 것이나 백포도 껍질로 과즙을 짜서 발효시킨 것이다. 적포도주는 백포도주보다 떫으며, 단맛과 풍미가 풍부해서 고기요리에 적합하다고 한다. 이에 비해 백포도주는 적포도주보다 발효기간이 길고 산뜻한 풍미를 내는 종류가 많으며, 신맛이 강해서 생선요리에 적합하다고 한다. 핑크 포도주는 붉은 장미색을 띠기 때문에, 로제 포도주rose wine라 부르기도 한다. 제조법은 열매껍질의 색이 옅은 포도를 적포도주처럼 양조하거나, 적포도주를 사용하여 백포도주와 같은 양조법으로 발효시키거나, 적포도주와 백포도주를 혼합하여 양조하는 등 다양한 방법이 있다.

이외에도 제조과정에서 탄산가스를 포함시킨 것을 스파클링 와인sparkling wine이라 하는데, 프랑스의 샹파뉴 Champagne 지방에서 제조되는 샴페인 champagne이 대표적인 종류이다. 또, 와인을 증류시킨 후, 술통으로 옮겨서 일정기간 숙성시킨 것을 블랜디brandy라 하는데, 프랑스 코냑Cognac 지방에서 생산되는 포도를 사용하여 제조한 코냑 cognac이 세계적으로 유명하다.

▲ 로제포도주, 백포도주, 적포도주

▷ 우리나라의 포도

　포도가 우리나라에 들어 온 것은 고려시대로 추정하고 있다. ≪고려사≫
에 보면, 고려 충렬왕 때 원나라의 원제元帝가 고려 왕에게 포도주를 보내왔
다는 기록이 있다. 또, 이색의 ≪목은집牧隱集≫과 이숭인의 ≪도은집陶隱集≫
에 포도가 나오는 것을 미루어볼 때, 고려 말기에는 이미 재배되었던 것으로
보인다. 조선 중기의 문신 신속申洬이 지은 농업서적인 ≪농가집성農家集成≫
〈특용작물편〉에 포도 재배법에 관한 기록이 있으며, 유중림의 ≪증보산림
경제增補山林經濟≫에도 포도에 대한 자세한 기록이 나온다. 고려청자와 조
선백자에도 포도 무늬가 종종 등장하는데, 이는 자손번성과 다산을 기원하
는 의미를 지니고 있다.

　우리나라에서 원예작물로서 식용 및 양조용 포도를 재배한 역사는, 1901년
에 안성 천주교회의 콩베르Combert 신부가 20여 그루의 마스캇함브르그,
블랙함브르그 등의 포도나무 묘목을 성당 뜰에 심으면서 시작되었다. 콩베
르 신부는 포도의 품종선별법과 재배법을 연구하여 농가에 보급하였으며,
경제적으로 궁핍한 마을사람들에게 포도재배를 부업으로 권장하였다. 이
런 내력으로 인해 안성군에서는 포도박
물관을 개설하였으며, 매년 '안성맞춤
포도축제'를 개최하고 있다.

ⓒ 문화재청

▲ 백자 철화포도문 항아리, 국보 제107호

▷ 진숙달의 포도

▲ 진숙달

당나라 고조 때 이야기이다. 어느 날, 왕이 신하들을 불러들여 큰 잔치를 열었다. 식탁 위에는 탐스러운 포도송이가 놓여 있었다. 포도를 먹어본 신하들은 모두 맛있다고 포도 맛을 칭찬하였다. 그러나 유독 나라의 정사를 총괄하는 시중 진숙달陳叔達만은 포도에 손도 대지 않고 그저 바라만 보고 있었다. 그 광경을 보고 있던 왕이 이상히 여겨 포도를 먹지 않고 바라만 보는 이유를 물어보았다. 그는 "노모가 병석에 계시는데 구갈口渴을 호소하나, 그것을 고칠 포도를 구하려 해도 지금은 포도 철도 아닌 겨울이어서 얻지 못했는데, 병든 어미를 두고 어찌 자식이 그것을 입에 넣을 수 있겠습니까?"라고 답하였다.

이에 왕은 "대단한 효심이로구나. 여기에 있는 모든 포도를 어머니께 가져다 드리게."라고 하였다. 진숙달은 고마운 마음에 포도를 안고 한달음에 집으로 달려갔다.

▷ 이솝 우화와 포도

《이솝 우화》는 고대 그리스의 노예이자 이야기꾼이었던 이솝Aesop이 지은 우화 모음집이다. 이 우화집에는 포도에 얽힌 이야기가 여러 개 나온다.

• 꼬리에 불붙은 여우

심술궂은 여우가 포도원을 온통 헤집고 다녔다. 이를 참다못한 농부가 여우를 붙잡아 꼬리에 불을 붙이고 내쫓으며 말했다. "이 못된 여우야, 너

때문에 내가 얼마나 속상했는지 아느냐. 이제 불에 타는 고통을 실컷 맛보아라."

하지만 신은 농부의 이 잔혹한 복수를 보고 화가 났다. "복수를 한답시고 생명까지 해치려 하다니, 있을 수 없는 일이다." 그리고는 농부를 혼내 주어야겠다고 생각하고, 꼬리에 불붙은 여우를 농부의 밭으로 유도했다. 당황한 농부는 급히 여우의 뒤를 쫓아갔지만, 이미 밭은 불길에 휩싸이고 말았다. 결국 수확을 앞둔 소중한 농작물이 모두 불에 타 버리고 말았다. 농부는 크게 후회했지만 소용이 없었다.

• 여우와 포도

어느 날, 배가 고픈 여우가 높은 가지에 달려 있는 포도송이를 발견했다.

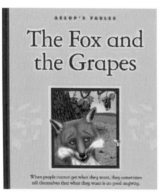

▲ 〈여우와 포도〉, 이솝

포도송이는 가지가 휠 정도로 많이 열려서 금방이라도 가지에서 떨어질 것 같았다. 여우는 포도를 향해 높이 뛰어보았지만, 높이 달린 포도를 도저히 딸 수 없었다. 그러자 여우는 잠시 생각하더니 "저 포도는 엄청 시어서 맛이 없을 거야"라고 하며 길을 떠났다.

• 염소와 포도넝쿨

신록이 나오기 시작하는 계절에, 염소 한 마리가 새로 나온 포도넝쿨을 맛있게 먹고 있었다. 그러자 포도나무가 염소에게 말했다. "염소야, 너는 어째서 나를 이렇게 못살게 구느냐? 이러면 네가 제물로 바쳐질 때 필요한 포도주보다 적은 양의 포도주가 생산될 거라고 믿는 거니?"

• 사슴과 포도 잎

　사슴 한 마리가 사냥꾼에게 쫓기고 있었다. 거의 붙잡힐 지경에 이르렀을 때, 사슴은 포도밭을 발견하고 포도넝쿨 속으로 숨었다. 포도 잎이 우거져 사슴이 바로 옆에 숨었는데도, 사냥꾼은 사슴을 발견하지 못하고 그냥 지나쳐버렸다. 사슴이 안도의 한숨을 쉬고 있자니, 갑자기 시장기가 몰려왔다. 그래서 바로 코앞에 있는 보드라운 포도 잎을 따먹기 시작했다.

　한편 사냥꾼은 사슴의 행방을 찾지 못하자 가던 길을 돌려 다시 되돌아오고 있었다. 그런데 멀리서 보니, 잎이 훵한 포도나무 아래 방금 전에 자신이 놓친 사슴이 보였다. 사냥꾼은 얼른 화살을 쏘아 사슴을 잡았다. 사슴은 밧줄에 묶여 잡혀가면서 후회를 했지만 소용이 없었다.

▷ 뉴욕의 리턴매치

　포도 생산지에서는 거의 대부분 와인을 양조하고 있다. 유럽에서 온 이민자들이 많은 미국에도 여러 가지 유명한 브랜드의 와인이 있다. 하지만, 미국종 포도Fox grape는 독특한 방향을 가지고 있기 때문에 와인에도 향이 남아있어, 유럽의 와인 전문가들은 그 향을 폭시foxy라 하며 싫어하는 사람도 있을 정도이다.

　1976년 미국 건국 200주년을 기념하여, 어느 와인 전문점이 캘리포니아 와인과 프랑스 와인의 품질을 겨뤄보기로 했다. 9명의 포도주 전문가를 초대하여, 라벨을 감추고 시음하는 이른바 블라인드 테이스팅blind tasting 방식을 채택하여, 파리 인터컨티넨탈 호텔에서 행사를 가졌다. 프랑스에서 8병, 캘리포니아에서 12병의 적포도주와 백포도가 심사에 출품되었다. 테이스팅 결과, 적포도주 1위는 캘리포니아산 스탁스 리브 칵스 23Stag's Leap Cask 23, 백포도주 1위도 캘리포니아산 샤토 몬텔리나Chateau

Montelena가 차지했다. 이 사실은 심사위원은 말할 것도 없고, 전 세계의 포도주 마니아들에게 충격을 주었다. '코카콜라 맛이 난다.'라고 캘리포니아 포도주를 호되게 폄하하던 프랑스측으로는 할 말이 없게 된 것이다.

프랑스측은 어떻게든 우위를 지키고자 같은 와인을 10년 숙성시켜, 다시 한번 테스트해보기로 했다. 이것이 소위 말하는 '뉴욕의 리턴매치'이다.

이번에는 심사 장소를 뉴욕으로 옮기고, 전과 마찬가지로 브라인드 테이스팅 방식을 채택했다. 결과는 다시 캘리포니아 포도주의 승리였다. 적포도주 1위에 끌로 뒤 발Clos Du Val, 2위에 릿지 몬테 벨로Ridge Monte Bello가 차지하였으며, 프랑스산 샤또 몽로즈Chateau Montrose가 겨우 3위를 차지했다. 10년 숙성시킨 와인도 프랑스측이 이기지 못했기 때문에, 캘리포니아 와인의 위상은 크게 올라가게 되었다. 따라서, 1위와 2위를 차지한 미국 캘리포니아의 포도 산지인 나파 밸리Napa Valley는 토지와 기후, 풍토 모두 포도 재배의 최적지라는 사실이 증명된 셈이다. 현재 이곳에는 250곳의 와이너리Winery가 번성하고 있다.

▲ 나파 밸리　　　　　　　　　　　　　　　　　　© Stan Shebs

▷ 성서의 포도

기독교의 초기 신앙에서 포도는 사과의 해독제 역할을 담당했다. 사과가 아담과 이브를 낙원에서 쫓아내는 죄악의 열매인 것과는 반대로, 포도는 그리스도의 피와 몸, 선행의 상징으로 여겨졌다. 포도에서 만들어진 포도주는 신의 나라로 유혹하는 귀중한 음료였으며, 밀과 함께 생명의 상징으로 여겨졌다. 또, 인간이 빵과 포도주를 먹음으로서 그리스도의 힘을 받을 수 있다고 믿었으며, 후에 이것은 영성체領聖體 의식으로 연결되었다.

≪구약성서≫ 〈창세기〉 9장 20절에 "농부인 노아는 포도밭을 가꾸는 첫 사람이 되었다. 그가 포도주를 마시고 취하여 벌거벗은 채 자기 천막 안에 누워 있었다."라는 구절이 있다.

이는 노아의 방주에 포도가 실려 있어서 대홍수로 세상이 멸망한 후에, 노아가 방주에서 나와 농사를 시작하면서 포도나무도 심었다는 것을 나타낸다. 또 포도를 수확하여 만든 포도주를 마시고 취했다는 내용도 알 수 있

▲ 〈술 취한 노아〉, 조반니 벨리니

다. 인류가 쾌락에 빠져 타락한 가운데, 신앙을 고수하며 살아남은 노아의 모습을 포도와 함께 묘사한 것이 〈창세기〉의 내용이다.

〈레위기〉 19장 9절에 나오는 내용이다. "너희 땅의 수확을 거두어들일 때, 밭 구석까지 모조리 거두어들여서는 안 된다. 거두고 남은 이삭을 주워서도 안 된다. 너희 포도를 남김없이 따 들여서는 안 되고, 포도밭에 떨어진 포도를 주워서도 안 된다. 그것들을 가난한 이와 이방인을 위하여 남겨 두어야 한다."

모세는 포도원에 열린 포도를 다 따지 말고 가난한 사람이나 타국인들을 위해 조금은 남겨두라고 하였다. 이것은 우리나라에서 감을 수확할 때 맨 꼭대기에 있는 감은 까치의 몫으로 남겨두는 것과 같은 이유이다.

또, 성서 속에서 자신이 심은 포도나무와 무화과나무 아래에 산다는 것은 가정의 행복과 평화, 풍요의 상징이었다. 〈미카서〉 4장 4절에는 "사람마다 아무런 위협도 받지 않고 제 포도나무와 무화과나무 아래에 앉아 지내리라."라는 구절이 나온다.

▶ 디오니소스의 신화

그리스 신화를 소재로 한 작품에 디오니소스Dionysos는 포도송이와 가지로 만든 관을 쓰고, 포도주 잔을 들고 있는 모습으로 묘사되어 있다. 그는 포도와 포도주의 신이자 다산과 풍요의 신이며, 로마 신화에서 동식물의 번식과 성장을 주관하는 전원의 신 리베르Liber와 동일시된다. 그는 이외에도 디메토르Dimetor, 어머니가 둘인 자, 트리고노스Trigonos, 세 번 태어난 자, 폴리고노스Polygonos, 거듭 태어난 자, 브로미오스Bromios, 소란스러운 자, 리아에수스Lyaus, 근심을 덜어주는 자, 바코스Bacchos, 부르짖는 자, 자그레우스Zagreus, 위대한 사냥꾼 등의 여러 가지 별칭으로 불리기도 한다.

▲ 〈디오니소스〉

그는 그리스 신화에서 최고의 신 제우스Zeus와 세멜레Semele 사이에서 태어난 아들이다. 세멜레가 제우스의 아이를 임신한 사실을 알게 된 제우스의 아내 헤라Hela는 세멜레를 죽이기로 마음을 먹는다. 그래서 세멜레의 늙은 유모 베로에Beroe로 변장하고 세멜레를 찾아가서, 아이의 아버지가 정말 제우스인지 그의 모습을 확인해 보라고 그녀를 부추긴다. 세멜레가 이 말에 속아 넘어가 제우스의 참모습을 확인하는 순간, 세멜레는 제우스의 광휘를 감내하지 못하고 불에 타 재가 되고 말았다. 제우스는 재가 된 세멜레의 뱃속에서 아기를 꺼내어 자신의 허벅지에 넣고 키웠다. 그리고 석 달 후에 제우스의 허벅지에서 디오니소스가 태어났다.

이전에 디오니소스는 농경의 신이었다. 그는 원래 트라키아Thrakia, 고대 그리스 북부 혹은 프리지아Phrygia, 소아시아의 중서부에서 도래한 신으로, 처음에는 올림푸스 신들의 반열에 오르지 못했다. 그를 신앙하는 자들은 축제 때 동물을 희생물로 잡았으며, 남녀가 섞여 술을 마시며 소란을 피웠다. 그리스의 지배계급은 그들의 이러한 야만적인 행동 때문에 디오니소스를 배척했다.

그러나 기원전 7세기 말에 디오니소스의 신앙이 인정되고, 그를 숭배하는 축제도 생겨났다. 그의 신화를 박해하던 자들이 응보의 벌을 받는 에피소드가 전해 내려오고 있는 것도, 이러한 정치적 배경이 깔려 있는 것으로 여겨진다. 또, 디오니소스의 출생과 수난, 그리고 올림푸스에 이르기까지의 이력을 말해주는 신화는, 포도나무가 그리스에서 시작하여 아시아·유럽·북아메리카 일대에 널리 퍼진 과정을 나타내는 것이라 할 수 있다. 후에 디오니소스는 긴 방랑의 여행을 끝내고, 어머니 세멜레를 저승에서 데려온 다음, 떳떳하게 올림푸스의 신들과 나란히 추앙을 받게 되었다.

▷ 포도를 전파한 아버지와 딸

디오니소스가 여행 도중 아테네에 들렀을 때, 그를 환대해준 아티카의 농부 이카리오스Icarios와 그의 딸 에리고네Erigone에게 답례의 뜻으로 포도 재배법과 포도주 제조법을 가르쳐주었다. 포도주 만드는 법을 배운 이카리

▲ 〈에리고네〉, 카를 반 로오

오스는 포도주를 빚어 이웃에게 나누어 주었다. 처음 술을 마신 마을사람들이 취해서 쓰러지자, 이카리오스가 이들을 독살하려 한 것으로 착각하고 그를 죽인 뒤 몰래 땅에 묻어버렸다.

이 사실을 모르는 에리고네는 아버지를 찾기 위해 온 아테네를 돌아다녔다. 마침내 충견 마이라Maera에 의해 아버지의 시신을 확인한 에리고네는 슬픔을 이기지 못하고 목을 매어 자살한다. 그리고 주인을 잃은 마이라도 절벽에서 뛰어내려 죽는다.

이 이야기를 전해들은 디오니소스는 이들 셋을 모두 하늘로 데려가 별자리로 만들어 주었다. 아버지 이카리오스는 목동자리Bootes가 되었고, 딸 에리고네는 처녀자리Virgo, 충견 마이라는 큰개자리Canis Major가 되었다. 그리고 크게 화가 난 디오니소스는 벌로 아테네 사람들을 발광시켜 서로 죽이도록 하였으며, 또 역병을 내려 아테네를 죽음의 도가니로 만들었다. 얼마 가지 않아, 아테네 사람들은 이러한 일들이 디오니소스에 의해 일어난다는 것을 아폴론의 신탁에 의해 알게 되었다. 그리고 그때부터 디오니소스를 신앙하는 축제를 하기 시작하였다. 이 축제에서 이카리오스와 에리고네 모양의 인형을 나뭇가지에 매달아, 이들 부녀의 사후 명복을 빌어주었다.

01 담쟁이덩굴 _이름의 유래·처녀 덩굴·아이비 리그·바쿠스와 디오니소스·피렌체의 아이비 전설·《마지막 잎새》·트리스탄과 이졸데·담쟁이덩굴이 나오는 작품

02 포플러 _이름의 유래·포플러의 용도·파에톤과 흰포플러·레우케의 은백양나무·헤라클레스의 나무·거짓말쟁이 나무·포플러가 흔들리는 이유

03 주목 _이름의 유래·주목의 용도·니셰와 데어드레이

04 편백 _이름의 유래·피톤치드와 편백·보생수·키프러스와 사이프러스·사이프러스를 사랑한 화가·죽음과 영원의 나무

05 삼나무 _이름의 유래·야쿠시마 섬의 삼나무·연리삼·불사의 상징 레바논삼나무·길가메시와 훔바바

PART 05:
그 외의 나무

담쟁이덩굴

담쟁이덩굴은 일반적으로 포도과 담쟁이덩굴속의 낙엽성 덩굴식물을 가리키며, 넓게는 송악이나 덩굴옻나무 등의 덩굴성 목본류를 통틀어 이르는 이름이다. 특히 낙엽성인 것을 담쟁이덩굴, 낙엽이지지 않는 상록성인 것을 아이비(ivy)라 한다.

담쟁이덩굴이나 아이비는 모두 담이나 바위를 타고 올라가기 좋은 구조의 흡착근(吸着根)을 가지고 있어서, 건물의 벽면이나 담장, 옹벽 등의 인공구조물을 감고 올라가도록 심는 경우가 많다. 주위에 감고 올라갈만한 물건이 없으면, 자중에 의해 아래로 내려가면서 자란다.

담쟁이덩굴은 우리나라와 일본열도가 원산지이고, 중국에도 널리 분포한다. 원예용으로는 유럽이나 북아프리카 원산의 상록성 아이비를 주로 이용한다.

▷ 이름의 유래

영어로 표기할 때는 담쟁이덩굴과 아이비를 구별하지 않고 아이비ivy라 하며, 영국에서는 서양담쟁이English ivy를, 미국에서는 미국담쟁이로 불리는 보스톤담쟁이Boston ivy를 가리키는 경우가 많다. 낙엽성 담쟁이는 여름담쟁이, 상록성 아이비는 겨울담쟁이라는 별명으로 불리기도 한다.

담쟁이덩굴의 속명 파르테노치수스Parthenocissus는 라틴어 parthenos처녀와 cissus덩굴의 합성어 '처녀 덩굴vigne vierge' 혹은 영어 'Virginia creeper엘리자베스 1세 Virgin Queen의 덩굴식물'에서 유래된 것이다.

우리나라 이름 담쟁이덩굴은 '담장'과 물건을 차곡차곡 쌓아올린다는 뜻의 '쟁이다'를 합친 말로, 줄기가 담장을 올라가면서 잎이 아래에서 위로 차곡차곡 쟁이듯이 올라가는 모습을 나타내는 이름이다.

중국 이름 지금地錦은 '땅을 덮는 비단'이라는 뜻인데, 이는 담쟁이덩굴의 아름다운 가을단풍을 보고 붙인 이름이다. 일본 이름 쯔타ッタ, 蔦는 '전하다'라는 말에서 온 것으로, 한자를 빌려서 '새鳥와 같이 전해傳주는 식물'이라는 뜻이다.

▷ 처녀 덩굴

옛날 그리스에 히스톤이라는 처녀가 살았다. 그녀는 부모의 말씀을 목숨보다도 소중하게 여기는 착하고 아름다운 아가씨였다. 결혼할 시기가 되자, 그녀는 부모가 정해준 청년과 얼굴도 보지 않고 약혼을 하게 되었다. 다만 먼발치에서 그의 키 큰 그림자만 보았을 뿐이었다.

그런데 결혼식을 얼마 남기지 않고 갑자기 전쟁이 나서, 약혼자는 전쟁터로 나가게 되었다. 그리고 전쟁이 끝나고 몇 해가 지나갔지만 약혼자는 돌아오지 않았고, 그녀의 부모도 늙어서 죽고 말았다. 전쟁을 끝내고 돌아온 장병들은 아름다운 히스톤에게 반해서 그녀에게 청혼을 했지만, 히스톤은 기약없이 약혼자만을 기다렸다. 히스톤이 기억하는 약혼자의 모습이라곤 그의 긴 그림자뿐이었다.

기다림에 지친 히스톤은 약혼자의 그림자가 지나간 바로 그 자리에 자신을 묻어 달라는 유언을 남기고 죽었다. 다음해 봄에, 히스톤의 무덤에서 덩굴이 돋아나더니 점점 높은 곳으로 타고 올라가는 것이었다. 그래서 사람들은 그녀의 넋이 이 덩굴에 깃들어있다고 생각하고 '처녀 덩굴'이라는 이름을 붙여주었다. 담쟁이덩굴의 속명 파르테노치수스*Parthenocissus*는 라틴어 parthenos처녀와 cissus덩굴의 합성어로, '처녀 덩굴'을 의미한다.

▷ 아이비 리그

서양에서 담쟁이덩굴은 오랜 전통을 상징한다. 아이비리그Ivy League는 미국 북동부에 있는 8개의 명문 사립대학으로 구성된 스포츠연맹을 가리키는 말이다. 1954년에 이들 대학이 스포츠 리그를 결성하여 리그League라는 별칭이 붙었고, 미국대학체육협회NCAA에 컨퍼런스 이름으로 등록하면서 시작되었다.

아이비Ivy는 이들 대학이 담쟁이덩굴로 덮인 교사가 많은 데서 유래한 이름으로, 코넬대를 제외하고 모두 영국 식민지시대에 세워진 유서 깊은 대학

이며, 아이비스Ivies라 불리기도 한다. 다른 설에 의하면, 원래는 '대학 간'이라는 의미의 Inter-Varsity를 줄여서 I-V-Y라 불렀는데, 1930년대에 뉴욕의 한 신문기자가 이것을 IVY담쟁이덩굴로 스펠링을 잘못 써서 보도함으로서 아이비리그라는 명칭이 생겼다고도 한다.

▲ 코넬 대학교　　　　ⓒ Jeffrey M. Vinocur

▷ 바쿠스와 디오니소스

그리스 신화에서는 술의 신 디오니소스가 아이비에서 태어났다고 한다. 요정 키소스Kissos는 디오니소스의 열렬한 숭배자였다. 신들의 잔치에 초대받은 키소스는 있는 힘을 다하여 춤을 추다가, 디오니소스의 발아래에 쓰러져 죽고 말았다. 이에 감동한 디오니소스는 키소스의 우아한 무용을 칭송였으며, 죽은 키소스를 아이비로 변하게 했다.

이처럼 아이비는 술의 신 디오니소스와 관계가 깊기 때문에, 예로부터 나쁜 술버릇을 예방하는 식물로, 또 술버릇이 나쁜 아버지나 연인을 고치는 '바쿠스의 비법'의 재료로 사용되었다.

▲ 〈바쿠스〉, 얀 반 달렌

바쿠스Bacchus는 디오니소스에 해당하며, 로마 신화에 등장하는 술의 신이다. 그 역시 아이비와 관련이 있으며, 그가 쓰고 있는 관도 아이비로 만든 것이었다. 로마인들은 바쿠스에게 아이비를 바치고, 새 술이 나오면 양조장이나 술집의 처마를 아이비로 장식했다. 또 아이비는 영원한 우정과 사랑, 불멸의 영혼을 상징하기도 하며, 결혼식이나 장례식, 농신제 등에 사용되었다.

▷ 피렌체의 아이비 전설

피렌체에서는 집에 아이비가 무성한 것을 유복함의 상징으로 여겼으며, 아이비가 급하게 말라죽는 것은 재난의 징조라 하여 꺼려했다. 12세기경, 피렌체의 한 수도원 근처에 큰 아이비가 있었는데, 옆에 있는 큰 나무와 수도원의 벽을 덮고 있었다. 당시 수도원에는 "이 아이비가 말라죽으면 수도원도 위험하다."라는 말이 전해지고 있었다.

한번은 피렌체에 전염병이 크게 유행해서, 많은 시민들이 수도원에 도움을 청했다. 그러나 수도원 원장은 수도사들이 속계로 나가는 것을 금지하는 규칙에 따라, 그 부탁을 냉정하게 거절했다. 음식도 약도 없고 치료도 받지 못한 사람들 중에는 불안해하며, 수도원 담장을 덮고 있는 아이비 뿌리를 자르는 사람도 있었다.

숙고 끝에 마침내 수도원 원장은 "수도사는 신에게 봉사해야 할 뿐 아니라, 인간에게도 봉사해야 한다."라고 생각을 바꾸어, 수도사들을 밖으로 보내 봉사하도록 명했다. 그러나 그때는 이미 수도원 벽을 덮고 있던 아이비가 말라죽은 후였다. 그 후 수도사들은 차례로 죽어갔으며, 수도원도 폐허가 되고 말았다.

▲ 담쟁이덩굴

▷ 〈마지막 잎새〉

▲ 오 헨리

담쟁이덩굴이 나오는 이야기라면, 미국의 소설가 오헨리O. Henry의 단편소설 〈마지막 잎새The Last Leaf〉가 유명하다. 작가 자신의 경험과 견문을 기초로 한 이 작품은 독자들에게 많은 용기와 희망을 주었다.

미국 뉴욕의 워싱턴 네거리에서 멀지 않은 그리니치 빌리지에 화가들이 모여 사는 동네가 있었다. 그 동네의 한 작은 벽돌집 꼭대기 방에 존시Johnsy와 슈Sue의 공동 화실이 있다. 그해 11월 찬바람이 부는 어느 날, 존시가 갑자기 폐렴에 걸려 병석에 눕고 말았다. 의사가 슈를 복도로 불러서 존시가 살아날 가망은 거의 없다는 말을 전한다. 그러나 존시는 생과 사의 갈림길에서 살아야겠다는 희망을 잃지 않고, 침대에서 보이는 건너편 벽에 붙은 몇 개 남지 않은 담쟁이 잎을 세고 있었다. 존시는 저 담쟁이 잎이 다 떨어지면 자기도 죽는다는 생각을 하고 있었던 것이다.

슈는 아래층에 살고 있는 노화가 베어먼Behrman을 만나 존시에 대해 이야기한다. 그날 밤 진눈깨비가 섞인 큰 비가 내렸지만, 다음날 아침에 존시가 창밖을 보니 마지막 잎새 하나는 그대로 달려있었다. 그 다음날도 그 잎은 그대로 달려있었다. 그것을 본 존시는 살아야겠다는 희망을 되살렸고, 점차 몸상태도 회복되어갔다.

그러던 어느 날, 베이먼 노인이 급성폐렴으로 죽었다는 소식이 들려왔다. 비바람이 몰아치던 그날 밤, 존시가 봐오던 그 마지막 담쟁이 잎을 벽에 그리고, 그 자신은 폐렴에 걸려 죽은 것이다.

▷ 트리스탄과 이졸데

켈트 신화 속에 나오는 담쟁이덩굴은 강한 애정의 표시로 묘사되어 있다. 널리 알려진 것으로는, 아더왕King Arthur의 전설에 등장하는 콘월Cornwall 의 왕을 섬기는 트리스탄Tristan과 주군의 아름다운 왕비 이졸데Isolde에 관한 이야기이다. 마리 드 프랑스Marie de France의 ≪단시短詩≫에 나오는 〈인동덩굴Chevrefoil〉이 바로 이들의 처절한 사랑을 노래한 단편시이다.

마크Mark 왕은 두 사람의 관계를 의심하여, 트리스탄을 국외로 추방한다. 그러나 트리스탄은 몰래 국내로 돌아와, 콘월의 숲에서 개암나무를 타고 올라가는 인동덩굴을 발견한다. 그리고 인동덩굴에게 두 사람의 굳은 사랑을 맹세한다.

그리고 그는 그 개암나무를 베어 지팡이를 만들고, 거기에 자신의 이름을 새겨서 이졸데가 발견하기 쉬운 곳에 놓아두었다. 트리스탄은 "우리 두 사람의 결합은 이 개암나무를 타고 올라가는 인동덩굴과 같다. 이들을 억지로 떼어놓으려 한다면 말라죽는 것처럼, 우리도 서로가 없어서는 누구도 살지 못한다."라고 서로가 떨어져 있는 상황을 두 식물에 빗대어 표현하였다. 한참 후에 이졸데가 그 지팡이를 발견하고 트리스탄이 말하고자 하는 것을 한번에 알아차린다. 그리고는 숲속의 깊은 곳으로 들어가 그곳에서 기다리고 있던 트리스탄과 만나 행복한 한때를 보낸다.

리하르트 바그너W. R. Wagner의 오페라 ≪트리스탄과 이졸데Tristan & Isolde≫에서도 마지막 장면에서 아이비가 중요한 역할을 한다. 콘월을 떠난 트리스탄은 바다와 멀리 떨어진 부르타뉴에서 새 삶을 시작한다. 그리고 거기에서 만난 이졸데와 같은 이름의, 희고 아름다운 손을 가진 '흰 손의 이졸데'를 만나 결혼한다. 그러나 트리스탄은 과거의 사랑을 잊지 못하고, 현재의 아내를 사랑해주지 못하는 자신을 보고 괴로워한다.

어느 날, 트리스탄은 처형이 신청한 결투에서 독이 묻은 칼에 찔려 거의 죽음의 상태에 이르게 된다. 이때 그는 "죽기 전에 다시 한번 아름다운 이졸데를 보고 싶다."라고 처형에게 애원한다. 그 이야기를 들은 이졸데는 급히 달려왔지만, 트리스탄은 그녀를 기다려 주지 않고 숨이 끊어지고 만다. 이졸데는 트리스탄의 죽음을 보고 너무나 충격을 받아, 그녀도 그의 곁에서 숨을 거두고 만다.

이 이야기를 들은 이졸데의 남편 마크 왕은 진노하여, 둘을 따로 장례를 치르게 한다. 그러나 트리스탄의 가슴에서 나온 아이비 덩굴이 이졸데의 묘지에서 나온 아이비와 연결되어, 마치 서로가 영원한 사랑을 나누는 것처럼 얽혔다. 이것을 본 마크 왕은 두 사람의 사랑이 비록 부정한 것이라 할지라

▲ 〈트리스탄과 이졸데〉, 에드먼드 레이턴

도 순수한 사랑이었음을 인정하고, 자신의 교회에서 두 사람의 장례식을 다시 치러주었다.

▷ 담쟁이덩굴이 나오는 작품

버로스E. R. Burroughs의 ≪타잔Tarzan≫ 시리즈에 등장하는 야생에 버려진 아이 타잔은 담쟁이덩굴을 잡고 '아~아~아~'라고 외치면서, 이 나무에서 저 나무로 이동하는 것으로 묘사되어 있다. 그러나 실제로는 담쟁이덩굴이 아니라 나뭇가지를 잡고 날아서 다른 곳으로 옮겨간다. 이 시리즈가 영화화되었을 때, 타잔이 나뭇가지에 매달려 옆 나무로 옮겨가는 것을 보고, 이 식물이 담쟁이덩굴이라고 생각하는 관객들이 많았다. 이러한 착각이 널리 퍼지면서, 활차滑車에 연결된 로프를 타고 미끄러져 가는 '타잔 로프'라는 놀이기구가 생기기도 했다. 공원이나 놀이터에서는 담쟁이덩굴을 로프 삼아 타잔 흉내를 즐기는 어린아이의 모습도 볼 수 있었다.

캐나다의 프린스 에드워드 섬을 무대로 한 몽고메리L. M. Montgomery의 ≪빨간머리 앤Anne of Green Gables≫ 시리즈에는 담쟁이덩굴을 벽면에 올린 집이 많이 나온다. 앤과 숙명의 친구인 다이아나의 집 부엌벽을 담쟁이덩굴이 타고 올라가는데, 이 덩굴이 지붕 위에서 떨어진 앤을 그물처럼 받아내어 목숨을 구할 수 있었다. 제2권 〈앤의 청춘〉에 등장하는 미스 라벤다의 집 역시 멋진 담쟁이덩굴로 덮여 있어서, 앤은 가을에 포도주 빛으로 물든 아름다운 단풍잎을 보고 "동화 속에서인지, 꿈 속에서인지 어디선가 본 것 같은 아름다운 모습이다."라고 감격하였다. 앤이 뛰어난 상상력을 발휘하여 만든 이상의 집에도, 담쟁이덩굴은 빠질 수 없는 존재였다.

또, 앤이 소녀시절을 보낸 집 앞마당에 담쟁이덩굴vine/creeper이라는 표시가 있는데, 이것은 '6월 전에 붉은 꽃봉오리가 맺힌다.'라고 한 것과 인동넝굴의 영어 이름이 우드바인woodbine인 것을 감안한다면, 붉은인동 Trumpet Honeysuckle인 것으로 보인다.

판타지의 세계에서는 움직이는 덩굴식물류를 통칭하여 탱글 트리tangle tree라고 부른다. 조앤 K.로링J. K. Rowling의 ≪해리포터Harry Potter≫ 시리즈에는 가까이 다가오는 것을 긴 덩굴로 휘감아, 벗어나려 하면 더 심하게 조으는 '악마의 덫Devil's Snare', 긴 촉수와 날카로운 이빨을 가진 '독식수초Vernomous Tentacula', 다가오는 것은 무엇이든 굵고 작은 가지로 때려 부수는 '난폭한 버드나무Whomping Willow'가 등장한다.

프랭크 바움L. Frank Baum의 동화 ≪위대한 오즈의 마법사The Wonderful Wizard of Oz≫에는 다가오는 것은 모두 던져버리는 '난폭자의 나무Fighting Tree', 녹색의 담쟁이덩굴에 닿는 것은 모두 뭉개어 양분을 먹어버리는 '크라이밍 바인Clinging Vines', 나무로 착각할 정도로 큰 풀인 '식인 나무Deadly Plants', 자신의 의사나 감정을 가지고 말하는 것이 가능한 '장미왕국Rose Kingdom의 장미' 등이 등장한다.

미국 만화 ≪배트맨Batman≫ 시리즈에는 악녀 포이즌 아이비Poison Ivy가 등장한다. 그녀는 식물을 학대하는 인간에게 복수하는 환경 테러리스트로, 엽록소로 물든 에메랄드 빛 눈동자와 담쟁이덩굴 같이 길고 붉은 머리카락을 가지고 있다. 또, 식물의 잎으로 만든 바디슈트가 전신을 덮고 있어서 남성들의 눈길을 끈다. 만화에서는 초능력으로 식물을 조종하거나, 자신의 피를 흘려서 진화시킨 식물로 적을 포획하거나, 파리지옥으로 배트맨에게 덫을 놓는다.

영화에서는 '러브 더스트lovedust'라는 페로몬 같은 가루를 남성의 얼굴에 불어서 사랑의 포로가 되게 하고, 전갈이나 독거미 등에서 채취한 맹독을 머금었다가 상대의 입에 넣어 달콤한 키스의 대가로 죽음에 이르게 한다. 미모와 간드러지는 듯한 말씨로 남자를 유혹해서, 독사의 이빨로 쓰러뜨리는 모습은 이름 그대로 포이즌 아이비이다. 그러나 포이즌 아이비는 아이비가 아니고, 옻나무과의 덩굴옻나무*Rhus ambigua*를 가리킨다. 덩굴옻나무는 옻나무과 붉나무속의 낙엽성의 덩굴식물로 옻나무보다는 독성은 약하지만, 독이 있으므로 피부가 약하고 알레르기성이 있는 사람은 주의해야 한다.

▲ ≪배트맨≫ 포이즌 아이비

담쟁이덩굴의 긴 덩굴이 기어 올라가는 듯한 이미지는 작가와 독자의 상상력을 자극하여 판타지의 세계에서 재탄생된다.

포플러

포플러는 버드나무과 사시나무속 수목의 총칭으로, 어떤 특정한 나무를 지칭하는 것은 아니다. 서양에서 들어온 버드나무 정도의 의미를 가지는데, 이 안에는 미류(美柳)나무와 양버들이라 부르는 양류(楊柳)나무가 있다. 미루나무는 미국에서 들어왔다 하여 붙여진 이름으로, 원래는 미류나무이던 것이 모음이 단순화하는 형태로 표준어가 정해지면서 미루나무가 된 것이다. 또, 양버들은 서양 혹은 유럽에서 들어왔다 하여 붙여진 이름이다. 미루나무와 양버들의 잡종이 이태리포플러이다.

포플러는 해가 많이 비치는 곳에서 잘 자라는 양수이며, 습지를 좋아한다. 주로 꺾꽂이로 번식시키며, 가지를 꺾어 땅에 꽂기만 해도 잘 자란다고 할 정도이다. 이처럼 생육이 매우 빠르기 때문에, 다른 수목이 산불로 소실된 곳에서도 흔하게 볼 수 있다. 나무의 수명은 수목 중에서 매우 짧은 편이어서 약60~70년 정도이며, 다 자란 것은 키가 30m, 둘레는 1m 정도이다.

암나무와 수나무가 따로 있는 자웅이주(雌雄異株)이다. 3~4월에 고양이 꼬리 모양의 꽃이삭(尾狀花序)을 피우는데, 수꽃은 적갈색이고 암꽃은 황록색을 띤다. 5~6월경에 열매를 맺고, 종자는 바람에 실려 사방으로 퍼진다.

꽃이 핀 후에, 달걀 모양의 잎이 나온다. 잎과 줄기를 잇는 잎자루가 길기 때문에, 조금만 바람이 불어도 사락사락하는 소리를 내면서 흔들린다. 가을에 황색 혹은 적색으로 물드는 단풍이 아름답다.

▷ 이름의 유래

속명 포풀루스*Populus*는 라틴어로 인민人民을 뜻하는데, 이는 이 나무 아래에서 로마 사람들이 집회를 가진 데서 유래한 것이다. 포풀루스 자체는 그리스어 papeln에서 온 것으로, 이는 포플러 잎의 '웅성거리는 소리'를 의미한다. 포플러의 한자 이름은 양楊이다. 그러나 중국에서는 포플러와 버드나무를 뭉뚱그려 양류楊柳라고 하는데, 특히 시의 세계에서는 운율 관계로 양류楊柳, 양楊, 류柳를 구별하지 않고 자유롭게 사용하였다. 그 때문에 우리나라에서도 양류楊柳라 하며, 사시나무류와 버드나무류를 구분하지 않는 경향이 있다.

포플러는 수피의 색에 따라 두 종류로 대별된다. 수피가 희고 감촉이 매끄러운 종류를 흰포플러white poplar라고 하는데, 잎 뒷면이 은빛으로 빛나는 은백양*Populus alba*과 사시나무*Populus davidiana*가 여기에 속한다. 이에 대해 수피에 마름모꼴의 껍질눈이 뚜렷하고 시간이 지남에 따라 흰 수피가 검은색으로 변하는 종류를 검은포플러black poplar라고 하는데, 양버들 *Populus nigra var. italica*이 대표적인 종류이다.

양버들은 이탈리아 북부 롬바디Lombardy가 원산지이며, 서양의 버드나무라는 뜻에서 양洋버들이란 이름이 붙여졌다. 양버들의 일본 이름 세이요하코야나기西洋箱柳에서 힌트를 얻어 붙인 이름이다. 수형이 하늘을 찌르는 듯하여, 중국 이름은 '하늘을 뚫는 버들'이라는 뜻의 찬천양鑽天楊이다. 하지만 양버들은 버드나무 종류*Salix*가 아니라 포플러 종류*Populus*이다.

▷ 포플러의 용도

포플러는 재질이 가볍고 유연해서 켈트인들은 나무신발의 재료로 사용하였으며, 표면에 가죽을 붙여서 방패로도 썼다고 한다. 또, 겉모양이 좋아서

예로부터 포장상자나 조각용 나무로 많이 사용되었다. 예전에 포플러는 성냥개비의 재료로 많이 사용되었지만, 지금은 소비량이 완전히 감소하여 대부분 펄프의 재료로 쓰인다. 요즘도 이쑤시개를 일본말로 요지ようじ, 楊枝라고 하는 사람이 간혹 있는데, 이는 예전에 포플러 또는 버드나무 가지를 이쑤시개로 사용했기 때문이다. 근래에는 대부분 값싼 외국산 자작나무로 이쑤시개를 만든다. 일제강점기 말에 우리나라에 수입되어 재배하기 시작하였으며, 이쑤시게 · 나무젓가락 · 성냥 등을 만드는 용재수用材樹로 많이 활용되었다.

예전에 신작로新作路 양옆으로 줄기가 곧게 직립하고 잔가지는 위를 향하여, 마치 빗자루를 거꾸로 세워둔 것 같은 모양의 포플러 가로수를 많이 볼 수 있었다. 이러한 전통은 나폴레옹 군대가 지나가는 길에 포플러를 식재한 이후에 생긴 것이다. 고대 로마의 식물학자 플리니우스의 ≪박물지≫에 의하면, 포플러는 포도덩굴이 감고 올라가기 위한 지주로 사용되었으며, 이때는 잎이 작은 검은포플라가 더 유리하다고 하였다.

검은포플라의 종자를 식초와 섞은 것은 간질에, 잎을 식초에 넣어 달인 것은 통풍에 효과가 있으며, 수지는 천에 싸서 염증 부위에 발랐다고 한다. 또, 은백양 꽃은 향유로 사용되었으며, 수피는 좌골신경통이나 통증을 동반하는 배뇨에, 잎의 액즙을 따뜻하게 한 것은 귀에 좋다고 한다.

독일에서는 포플러의 새순이 연고의 원료로 사용되었는데, 화상이나 치질 치료에 효과가 있다고 한다. 새순으로 만든 차는 류마티스나 통풍에 효과가 있으며, 방광이나 전립선에도 좋다고 한다.

▷ 파에톤과 흰포플러

고대 로마의 시인 오비디우스의 ≪변신 이야기Metamorphoses≫에 파에톤

Phaethon에 관한 이야기가 나온다. 파에톤은 태양의 신 헬리오스Helios와 바다의 님프 클리메네 Clymene 사이에 태어난 아들이다. 그는 '빛나는 자' 라는 뜻의 이름 때문에 친구들로부터 네가 정말 태양 신의 아들이라도 되느냐는 놀림을 받자, 이를 증명하기 위해 아버지 헬리오스를 찾아간다.

그리고는 아버지에게 날개 달린 네 마리의 말이 이끄는 태양마차를 하루만 몰게 해달라고 사정한다. 헬리오스가 어쩔 수 없이 태양마차를 내어주자, 파에톤은 마차를 타고 궤도를 이탈하여 마음대로 날뛰며 다녔다. 그런데 태양마차는 대지와 일정한 거리를 유지하고 달려야 한다. 대지에서 너무 멀어지게 되면 세상은 햇볕이 없어져서 모든 것이 생명을 잃게 되고, 대지와 너무 가까이 가면 태양별 때문에 세상의 모든 것이 타버리게 된다.

태양마차가 궤도를 이탈하여 대지 가까이에서 달리자, 세상은 온통 불바다가 되어버렸다. 불타는 세상을 구하기 위해, 결국 신들의 신 제우스는 파에톤에게 번개를 내려서 그를 땅에 떨어져서 죽게 만든다.

파에톤이 불에 타 죽자 그의 다섯 누이들이 매일같이 눈물을 흘리면서,

▲ 〈태양마차를 몰고 있는 파에톤〉, 니콜라 베르탱

오빠의 죽음을 슬퍼하였다. 그러한 밤이 세 달 이상 지속되었으며, 마침내 누이들은 흰포플러 나무로 변하였고, 그녀들의 눈물은 호박이 되었다.

▷ 레우케의 은백양나무

지하세계의 신 하데스Hades는 요정 레우케Leuke의 미모에 반해 그녀를 지하세계로 납치해온다. 그러나 레우케는 불멸의 존재가 아니었기 때문에 시간이 지나자 죽어버렸다. 하데스는 그녀를 불멸의 존재로 만들기 위해 엘리시온Elysion 평원의 은백양나무로 변하게 하였다. 은백양 나뭇잎의 앞면은 짙은 녹색이고, 뒷면은 솜털이 많아서 은빛을 띤 흰색인데, 고대인들은 이 색이 각각 저승과 이승을 상징한다고 믿었다. 이로 인해 고대 그리스·로마 신화에서는 이승과 저승 모두에서 공을 세운 영웅들이 은백양나무의 잎으로 만든 관을 썼다고 한다.

다른 전승에 따르면, 레우케는 하데스의 마수로부터 달아나기 위해, 스스로 은백양나무가 되었다고도 한다. 그 곳이 바로 기억의 여신 므네모시네Mnemosyne의 이름을 딴 강으로, 지상세계와 지하세계의 경계에 해당한다. 죽어서 저승에 간 망자가 환생할 때 레테Lethe의 강물을 마시면 전생의 기억을 모두 잃어버리지만, 므네모시네의 강물을 마시면 전생의 기억이 되살아난다고 한다.

▲〈하데스와 페르세포네〉

또, 하데스의 비妃인 지하세계의 여왕 페르세포네Persephone가 남편이 사랑한 레우케를 질투하여, 그녀를 은백양나무로 변신시켰다는 이야기도 있다.

▷ 헤라클레스의 나무

헤라클레스Herakles와 관련된 은백양나무 이야기가 있다. 그리스 신화의 영웅 헤라클레스가 로마 팔라티노 Palatino 언덕의 동굴에 사는 불을 내뿜는 식인 거인 카쿠스Cacus를 퇴치하고, 승리의 기념으로 근처에 있는 포플러나무의 잎으로 관을 만들어 썼다고 한다. 그 후, 헤라클레스가 지옥을 지키는 개 케르베로스Kerberos를 잡기 위해 지하세계로 내려갔을 때, 그곳의 불길과 연기로 인해 잎 앞면은 검게 변했지만,

▲ 〈헤라클레스와 카쿠스〉, 바치오 반디넬리

이마에 닿은 잎 뒷면은 그의 땀으로 인해 은백색으로 변했다. 이후 은백양나무는 헤라클레스의 나무라 불리게 되었으며, 영웅들에게 바쳐졌다.

▷ 거짓말쟁이 나무

신들의 왕 제우스Zeus도 포플러와 관련이 있다. 어느 날, 제우스가 은스푼을 지상의 숲속에 떨어뜨렸다. 미소년 가니메데스Ganymedes는 제우스로부터 은스푼을 찾아오라는 명을 받고, 숲속의 모든 나무를 찾아다니며 물어보았다.

그가 포플러나무에게 물어보자, 포플러는 "나는 은스푼을 가지고 있지 않다."라고 말하며, 그 증거로 나뭇가지를 흔들어 보였다. 그런데 거기에서 찾고 있던 은스푼이 떨어졌다.

거짓말한 것을 부끄럽게 여긴 포플러나무는 잎 뒷면이 하얗게 변했다. 또, 가니메데스의 보고를 받은 제우스는 포플러가 두 번 다시 물건을 감추지 못하도록, 나뭇가지를 하늘로 향해 뻗게 하였다.

▷ 포플러가 흔들리는 이유

그리스도교의 일화에 의하면, 성모마리아와 그의 남편 요셉이 유대왕 헤로데의 유아 대학살로부터 예수를 지키기 위해 도망 다닐 때, 포플러나무가 무성한 곳을 통과한 적이 있었다. 그때 다른 모든 나무들은 예수와 그 가족에게 경의를 표하며 가지를 아래로 늘어뜨렸지만, 포플러만은 고집을 부리며 하늘을 향해 가지를 뻗은 채로 있었다. 그러나 어린 예수가 포플러를 가만히 쳐다보자, 포플러나무는 겁에 질려 떨기 시작했다.

이런 일이 있었음에도 불구하고, 포플러는 예수가 처형당할 때 십자가의 나무로 선택되었다. 그리고 예수의 성스러운 피를 적셨기 때문에 신성한 나무가 되었으며, 그 후로 그리스도교에서는 이 나무로 십자가를 만들었다고 한다.

다른 전승에 의하면, 배신자 유다가 포플러나무에 목을 매 자살하였기 때문에 그 굴욕으로 인해 흔들린다고 한다.

주목

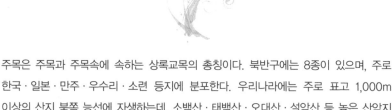

주목은 주목과 주목속에 속하는 상록교목의 총칭이다. 북반구에는 8종이 있으며, 주로 한국 · 일본 · 만주 · 우수리 · 소련 등지에 분포한다. 우리나라에는 주로 표고 1,000m 이상의 산지 북쪽 능선에 자생하는데, 소백산 · 태백산 · 오대산 · 설악산 등 높은 산악지대나 추운 지방에서 자라는 생장이 매우 느린 음수(陰樹)다. 설악산에는 흔히 가라목(伽羅木)이라 불리는 눈주목이 자생하고 있다. 또, 유럽과 미국에는 서양주목 · 캐나다주목 · 아일랜드주목 등이 분포한다.

수피는 적갈색을 띠며, 오래되면 얇게 갈라지고 띠처럼 벗겨진다. 잎은 긴 선 모양이고, 꽃은 대부분 암수딴그루이지만 드물게 암수한그루인 것도 있다. 열매는 8~9월에 빨간색으로 익는데, 가종피에 싸여 있는 열매는 가히 창조주의 걸작이라 할 정도로 아름답다. 동물들은 이 열매를 아주 좋아한다.

충북 단양의 소백산 주목 군락은 천연기념물 제244호로 지정되어 있다. 소백산 비로봉의 정상부 서쪽에 100여 그루의 오래된 주목이 자라는데, 줄기가 꼬이고 곁가지는 아래위로 굴곡을 만들어 신기한 모습을 하고 있다.

▷ 이름의 유래

주목朱木이라는 이름은 이 나무의 껍질과 심재가 붉은색을 띠는 데서 유래한 것이며, 강원도에서는 같은 의미로 적목赤木이라고도 부른다. 경기도에서는 경목慶木, 제주도에서는 노가리낭 또는 저목이라 한다. 중국에서도 붉은색을 띤다 하여, 적백송赤柏松 혹은 자백송紫柏松으로 불린다.

　주목의 속명은 탁수스Taxus인데, 이는 라틴어 주목에서 유래한 것이다. 예전에는 주목으로 활을 만들었기 때문에, 그리스어 Taxon활이 그 어원이다. 주목의 잎과 종자는 독성이 강한 알칼로이드계의 탁신taxine 성분을 많이 함유하고 있어서, 탁수스Taxus는 영어로 독소를 의미하는 toxine의 어원이기도 하다.

　주목의 일본 이름은 이찌이イチイ, 一位이다. 이 나무가 귀족이 가진 홀笏을 만드는 재료로 사용되었으므로, 귀족의 위位인 정일위正一位에서 유래한 것이다. 상수리나무를 뜻하는 한자 역櫟, イチイ 역시 주목을 가리키는 말이다. 영어 이름 yew는 주목을 뜻하는 켈트어 ihwaz가 변한 것이다.

▷ 주목의 용도

　홀笏은 옥이나 상아, 나무 등으로 얄팍하고 길쭉하게 만들어, 문무백관이 왕을 조알할 때 두 손으로 쥐던 물건이다. 당나라에서는 오위 이상의 고관은 상아로 만든 홀을 사용했지만, 상아가 없던 우리나라나 일본에서는 주목이나 향나무로 만들었다.

　영국에서는 주목으로 활을 만들었다. 주목의 영어 이름 유yew도 활이라는 뜻이며, 속명 탁수스Taxus도 활taxon에서 유래한 것이다. 영국과 프랑스의 백년전쟁에서 영국을 승리로 이끈 것은, 치밀하고 탄력성 있는 주목으로 만든 활 덕분이었다고 할 정도였다. 영국의 전설적인 의적 로빈 후드Robin Hood가 죽음을 맞이하여, 자신이 애용하던 활을 쏘았는데 그 화살이 서양 주목 근처에 떨어졌다고 한다. 그래서 동료들은 '화살이 떨어진 곳에 자신을 묻어달라'는 그의 유언에 따라 로빈 후드의 유해를 그 나무 밑에 매장했다고 한다.

주목은 가을에 빨간 열매가 열리는데, 관상가치가 있으며 먹을 수도 있다. 그러나 그 안에 있는 씨는 마비와 경련을 일으키는 탁신taxine이라는 유독성분이 들어 있으므로 주의해야 한다. 옛날에도 주목 씨에는 독성분이 있다는 것을 알고 있었던 것 같다. 윌리엄 셰익스피어의 4대 비극 중 하나인 ≪햄릿Hamlet≫에서 왕의 동생 클로디어스Claudius가 잠자는 왕의 귀에 독약을 넣어 죽이는데, 이때 사용한 독이 주목의 씨에서 추출한 것이다.

미국국립암연구소NCI는 여러 가지 식물을 분석하여 항암성분을 조사하던 중에, 파클리탁셀paclitaxel이라는 항암물질이 주목의 줄기껍질에 많이 포함되어 있다는 것을 밝혀냈다. 그 후 미국의 한 제약회사가 이 물질로 택솔taxol이라는 약품명으로 항암제를 만들어 시판하였다. 택솔은 암세포에 영양분을 공급하는 혈관을 막아 암을 치료하기 때문에 강력한 효과가 있는 것으로 알려져 있다.

주목은 재질이 치밀하고 탄력이 풍부하며 향기도 있어, 향나무와 함께 상류층의 관재官材로 많이 사용되었다. ≪성지盛志≫에 의하면 "주목은 향기가 좋아 관을 만드는데 쓰며, 값이 무척 비싸다. 마를 때 쪼개지는 성질이 있으나 땅에 들어가면 도로 아물어 붙어서 굳기가 돌 같다."고 하였다. 불교계에서는 주목으로 불상을 만들었으며, 일상생활에서도 문갑·담뱃갑·장기판·바둑판·얼레빗·단장 등을 만들었다.

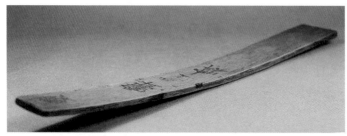

▲ 홀

▷ 니셰와 데어드레이

코놀 왕이 아일랜드 얼스터Ulster 지방을 통치할 무렵, 도루이드Druid 사제인 카스바즈가 이렇게 예언하였다. "이야기꾼 페리미의 처가 곧 여자 아이를 낳을 것이다. 그러나 이 아이 때문에 많은 전사가 목숨을 잃게 될 것이다."

예언대로 페리미의 처는 여자아이를 낳았으며, 그 아이는 데어드레이 Deirdre라 이름 지어졌다. 전사들은 도루이드 사제의 예언을 두려워하여, 왕 에게 데어드레이를 죽이는 것이 좋겠다고 진언하였다. 그러나 왕은 "이 아 기가 비록 불길한 운명을 가지고 태어났다 하더라도, 내가 키워서 어른이 되면 나의 아내로 삼겠다."라고 선언하고 데어드레이를 죽이지 않았다.

그리고 그녀는 궁전 가까이에 있는 숲속의 성채에서 유모 라바간에 의해 양육되었다. 얼마가지 않아, 아름다운 아가씨로 성장한 데어드레이는 "만 약 소원이 이루어진다면, 나는 새처럼 검은 머리와 피처럼 붉은 뺨, 눈같이 하얀 피부를 가진 사람과 결혼하겠다."라고 말했다.

이때 라바간은 "붉은 가지 기사단의 니셰Naoise야말로 검은 머리와 피같 이 붉은 뺨, 눈같이 흰 피부를 가진 남자입니다."라고 대답했다. 그날부터 데어드레이는 한번도 보지 못한 니셰를 사모하며, 코놀 왕과의 약속을 져버 리겠다고 생각하기 시작했다.

이윽고 라바간의 주선으로 데어드레이는 니셰를 만났으며, 둘은 서로 사 랑에 빠지게 되었다. 이후 데어드레이의 희망대로, 두 사람은 아일랜드를 도망쳐서 바다를 건너 스코틀랜드에서 살기 시작했다. 그러나 그 소문은 곧 나라 전체로 퍼져서, 왕은 니셰를 죽이고 데어드레이를 뺏아오기로 마음먹 는다. 이 사실을 안 두 사람은 다시 더 먼 곳으로 도망쳐서, 목적지 없이 여 기저기를 떠돌아다녔다.

이러한 니셰와 데어드레이의 이야기를 들은 코놀 왕은 니셰의 친구인 붉은 가지 기사단의 파가스를 불러서 그를 데려오라고 명령하였다. 파가스와 함께 돌아온 니셰는 왕의 부하인 이간에게 죽임을 당하고, 데어드레이는 코놀 왕에게 끌려왔다.

니셰가 죽임을 당하자, 비탄의 나날을 보내던 데어드레이는 코놀 왕으로부터 이간과 결혼하라는 명령을 받는다. 하지만 니셰가 죽을 때부터 죽음을 결심하고 있던 그녀는, 어느 날 타고 가던 마차에서 몸을 던져 스스로 목숨을 끊는다.

데어드레이는 교회 안에 있는 묘지에 묻혔는데, 얼마 지나지 않아 무덤에서 한 그루의 주목이 나왔다. 그 때 옆에 있는 니셰의 무덤에서도 주목이 나와서, 이 두 그루의 주목은 서로의 가지를 휘감은 채 떨어지지 않고 마치 한 그루의 나무처럼 자랐다고 한다.

▲ 〈데어드레이의 비극〉, 존 헨리 베이컨

04

편백

편백은 측백나무과 편백속 소속의 상록침엽수이다. 측백나무과의 수목은 극한지나 열대지역을 제외한 세계 각지에서 생육하며, 가장 쓰임새가 많은 침엽수 중 하나이다. 산등성이나 낭떠러지 등의 척박한 땅에도 잘 적응하며, 세계적으로 21속 140종이 있어 종류도 매우 다양하다.

측백나무과는 북반구의 측백나무아과(*Cupressoideae*)와 남반구의 칼리트리스아과(*Callitroideae*)로 대별되며, 전자는 다시 향나무속과 노간주나무속을 두기도 한다. 편백은 분류에 따라서는 삼나무과에 포함시키기도 하며, 삼나무보다는 비산량이 적지만, 화분증(花粉症)의 원인이 되는 나무 중 하나이다. 일본과 대만이 원산지이며, 1904년 처음 우리나라에 들여와 제주도와 남부지방에 심었다.

편백은 삼나무와 같이 하늘로 쭉쭉 뻗으며, 수고는 평균 20~30m 정도 자란다. 수피는 붉은색을 띤 갈색이고, 오래되면 세로로 얇게 갈라진다. 밀생한 가지에는 비늘 모양의 잎이 마주나고, 뒷면에는 Y자 모양의 숨구멍줄(氣孔線)이 있다. 봄에 가지 끝에 자갈색의 수꽃과 연한 갈색의 암꽃이 피고, 가을에 적갈색의 둥근 열매가 열린다.

▷ 이름의 유래

편백의 속명 카마에시파리스*Chamaecyparis*는 chami작은와 cyparissos삼나무 종류의 합성어로, 삼나무 종류보다 열매가 작은 것에서 유래한 것이다.

편백扁柏이라는 한자 이름은 비늘 모양의 잎이 가지에 밀착하여 난 것에서 유래된 것이다. 일본 이름 히노키ヒノキ는 '불을 일으키는 나무'라는 뜻의 '火の木'가 어원이다. 일본에서는 예로부터 사람에게 친숙한 나무로 여겨져 활용도가 높다.

▷ 피톤치드와 편백

피톤치드phytoncide는 고대 그리스어로 phyton식물의과 cide죽이다의 합성어이다. 러시아의 생화학자 토킨Tokin 박사가 처음 사용한 용어로, 식물이 병원균이나 해충으로부터 자신을 보호하기 위해서 뿜어내는 살균성 물질을 뜻한다. 피톤치드의 주성분은 테르펜terpene이라는 물질인데, 이 물질이 숲속의 향긋한 냄새를 만들어 낸다. 따라서 숲속에 들어가서 삼림욕을 하며 피톤치드를 마시면, 스트레스가 해소되고 장과 심폐기능이 강화되며 살균작용도 이루어진다.

모든 나무는 피톤치드를 발산하지만, 분사하는 양은 물론이고 성질과 특성 그리고 기능면에서도 큰 차이가 있다. 활엽수보다는 겨울에 잎이 떨어지

▲ 정남진 편백숲 우드랜드

지 않는 침엽수가 훨씬 많은 피톤치드를 발생한다. 침엽수 중에서도 편백이 가장 많은 피톤치드를 발생하며, 겨울보다 나무의 생리활동이 활발한 여름에 더 많이 발생한다.

서울 광화문에서 정남쪽에 위치하는 정남진 장흥에는 40년생 아름드리 편백나무가 빼곡히 들어선 편백숲 우드랜드가 있다. 매년 많은 사람들이 편백에서 내뿜는 피톤치드와 음이온을 마시기 위해 이곳을 찾고 있다.

▷ 보생수

중국 서남부 지역에 사는 묘족苗族에 전하는 전설이다. 금계산金鷄山 기슭의 어느 작은 마을에 유보생劉保生이라는 남자가 있었는데, 그는 가난하지만 나이가 많은 부모를 모시고 농사를 지으며 살았다.

어느 해, 가뭄으로 인해 풀뿌리를 먹어야 정도로 지독한 기근이 마을에 닥쳤다. 그래서 보생은 먹을 야초를 구하기 위해, 산을 몇 개 넘어 겨우 초목이 무성한 곳에 이르게 되었다. 그곳에서 한 나무의 뿌리를 팠더니 물이 솟아올라왔으므로, 그는 그 물을 마을로 끌어들여야겠다고 마음먹었다.

그러던 중에 피로가 몰려와서 잠깐 잠이 들었는데, 꿈속에 천신이 나타나 "이곳은 달의 여신에게 제사를 지내는 신성한 장소이므로 다른 곳에 가서 말하지 말라. 만약 말하지 않는다면, 여신은 너의 일가를 편안하게 살아갈 수 있게 해주겠지만, 그렇지 않으면 천벌을 내릴 것이다."라고 말했다.

보생은 고민을 했지만, 결국 곤궁에 처한 마을 사람들에게 샘의 위치를 말하고 용수로를 만들 것을 제안했다. 그것이 완성된 다음날 보생은 집 앞의 한 그루 편백나무로 변하였으며, 양친도 죽고 말았다. 마을 사람들은 보생에게 감사하며, 양친의 장례를 극진하게 치러주었다. 그리고 보생이 변한 편백나무를 보생수保生樹라 불렀다.

▷ 키프러스와 사이프러스

서양편백은 사이프러스속Cypress 소속이다. 온난한 기후를 좋아하는 종
이며, 이탈리아 사이프러스Italian cypress가 널리 알려져 있다. 수형이 원추
형인 피라미다리스Pyramidalis나 원통형인 호리존탈리스Horizontalis가 원예
용으로 많이 활용되고 있다.

지중해 동쪽 끝에 있는 섬 키프러스Cyprus는 '사이프러스가 나는 섬'이
란 의미이며, 사이프러스의 주산지이기도 하다. 이 섬은 지리적으로 중요
한 곳에 위치하기 때문에, 오랫동안 유럽의 기독교 세력과 중동의 이슬람
세력이 충돌한 지역이기도 하다. 1571년에 이 지역의 지배권이 베네치아에
서 오스만 투르크로 옮겨가면서, 섬 북부 지역에 투르크계 주민이 대량 유
입함으로서 그리스계 주민과 자주 충돌이 일어났다.

이후 20세기 초에는 영국의 식민지가 되었다가, 1960년에 독립하여 독
립 국가가 되었다. 그러나 1974년 그리스계의 장교가 쿠데타를 일으키자
터키가 개입하여 북부 지역을 점령하였으며, 1983년에는 점령지역이 북키
프러스 터키공화국으로 독립하였다.

키프러스는 터키만이 승인하지 않은 국가로, 평화교섭이 계속되다가
2003년 3월에 결렬하는 등 지금까지도 분쟁이 끊이지 않고 있다. 터키어로
는 크브르스Kibris라 한다.

▷ 사이프러스를 사랑한 화가

해바라기 그림으로 유명한 네덜란드 출생의 화가 빈센트 반 고흐Vincent
van Gogh는 사이프러스를 소재로 한 그림을 많이 그렸다. 〈사이프러스〉, 〈사
이프러스가 있는 풍경〉, 〈사이프러스 나무가 있는 길〉, 〈사이프러스가 있는

과수원〉, 〈사이프러스 나무〉, 〈사이프러스가 있는 밀밭〉, 〈두 여인과 사이프러스 나무〉 등 예를 들자면 끝이 없을 정도다. 이들 그림은 붓터치가 구불거리면서 하늘을 향해 올라가는 것이, 마치 녹색 불꽃이 타오르는 것처럼 보인다.

죽음을 이미지화한 사이프러스는 현세와 사후 세계의 경계를 표시하는 상징적인 나무로, 고흐는 죽음과 마주하기 위해 사이프러스를 그린 것이다. 그러나 이것이 고흐의 정신에 광기를 초래하여, 37세라는 젊은 나이에 자살이라는 비극적인 결말을 맺게 된다.

▲ 〈사이프러스〉, 빈센트 반 고흐

▷ 죽음과 영원의 나무

고대 로마의 서정시인 오비디우스의 ≪변신 이야기Metamorphoses≫에 의하면, 태양신 아폴론Apollon의 총애를 받는 미소년 키파리소스Kyparissos 에게는 금빛 뿔을 가진 수사슴이 있었다. 키파리소스는 이 수사슴의 등에 올라타 말처럼 몰고 다니기도 하고, 함께 케오스 섬의 야산을 산책하기도 했다.

어느 날, 사냥을 나온 키파리소스가 잘못 던진 창에 수사슴이 맞았다. 고 통스럽게 죽어가는 수사슴의 모습을 지켜본 키파리소스는 자신도 따라 죽 으려 했다. 아폴론이 아무리 달래보았지만, 영원히 슬퍼하는 존재가 되게 해달라는 그의 마음을 돌릴 수는 없었다. 결국 아폴론은 키파리소스의 기도 를 들어주어, 그의 몸이 점차 녹색으로 변하기 시작하더니 마침내 사이프러 스로 변하였다.

▲ 〈키파리소스〉, 야코포 비날리

사이프러스의 시어詩語는 '죽음의 상징'이며, 이때문에 그리스와 로마에서는 주로 묘지에 많이 심었다고 한다. 또, 이 이야기로부터 미의 여신 아프로디테Aphrodite는 미소년 아도니스Adonis가 죽었을 때, 그의 이마를 사이프러스로 장식했다.

로마에서는 지하세계의 지배자 플루토Pluto에게 바쳐진 나무다. 그리스도교의 전승에 의하면 아담의 사체에서 사이프러스 · 레바논삼나무 · 대추야자나무가 나왔는데, 이 나무들이 서로 얽히면서 자라 마치 한 그루의 나무처럼 보였다고 한다. 또 사이프러스와 레바논삼나무는 그리스도의 형벌에 사용된 십자가를 만드는 나무가 되었다고 한다. 유럽에서는 이러한 전통을 이어받아 사이프러스를 장의에 이용하거나 묘지에 심는 등, 죽음과 영원의 상징으로 여겼다.

삼나무

삼나무는 삼나무과 상록침엽교목의 총칭으로, 좁은 의미에서는 삼나무속의 나무를 가리킨다. 일본 특산 수종이며, 수세기 동안 일본열도 전역에 걸쳐 울창한 숲을 이루어 자라고 있다. 일본에서는 40여 품종이 산림용 또는 조경용으로 개발·육종되어 있다.

방풍용·산림녹화용·산울타리용으로 많이 식재되며, 목재는 재질이 좋고 특유의 향기가 있어, 가구재·건축재·선박재·장식재 등으로 많이 사용된다. 삼나무가 많은 일본에서는 봄에 삼나무 꽃이 만개할 때쯤이면, 대량의 꽃가루가 비산하여, 국민병이라 부르는 화분증(花粉症)을 유발하기도 한다.

우리나라에는 1924년에 도입되어, 비교적 기후가 온난한 남부지방에 조림용으로 식재되었다. 특히 제주도에서는 마을이나 과수원 주변에 방풍용으로 많이 심었다.

가지에는 낫 모양의 푸른 잎이 어긋나며, 그 끝에 하나의 녹색 암꽃과 여러 개의 담황색 수꽃이 핀다. 열매는 10월경에 갈색으로 익으며, 솔방울조각 안에 2~5개의 날개가 달린 종자가 들어있다.

▷ 이름의 유래

삼나무의 과명 탁소디아케아에 *Taxodiaceae*는 삼나무가 주목 taxeus과 비슷한 것에서 유래한 것이다. 속명 크립토메리아 *Cryptomeria*은 그리스어 crypto 숨은와 meris 부분의 합성어로, 비늘 모양의 껍질이 붙은 열매 속에 종자가 감추어져있는 것을 나타낸다.

스기スギ라는 일본 이름은 나무가 하늘을 향해 곧게 뻗기 때문에, 스구키直グ木라 불리다가 간략화된 것이다. 중국에서도 오래 전부터 일본 특산나무로 알려져 있어서, 한자 이름은 왜목倭木이라 한다. 삼나무를 나타내는 한자 삼杉 자의 彡삐친 석삼은 침針을 나타내므로 나무 목木 자와 합치면 '바늘과 같은 잎을 가진 나무'라는 뜻이다. 따라서 침엽수인 삼나무에 잘 어울리는 한자다.

삼나무의 영어 이름은 재페니즈 시다Japanese cedar이다. 일반적으로 시다는 소나무과의 상록교목인 히말라야시다속Cedrus의 나무를 가리키는데, 레바논시다Cedar of Lebanon 또는 레바논삼나무가 널리 알려져 있다. 레바논삼나무가 소나무과의 식물인데도 불구하고, 나무 이름에 삼나무가 붙은 것은 예전에 시다를 삼나무의 일종으로 생각한 것에서 기인한 것이다. 레바

▲ 레바논 국기

논시다는 이 나무의 원산지가 레바논이기 때문에 붙여진 것이며, 레바논 국기에도 레바논시다가 그려져 있다.

▷ 야쿠시마 섬의 삼나무

일본열도 남단에 세계유산목록에 등재된 야쿠시마屋久島라는 섬이 있다. 이 섬에는 수령이 무려 7,200년이나 되는 삼나무가 있다. 일본의 신석기시대가 끝난 약 1만 년 전부터 기원전 3세기까지를 죠몬繩文 시대라고 하는데, 이 삼나무는 여기에서 이름을 따서 죠몬스기繩文杉라고 한다. 이 나무는

1966년에 발견되어 한 신문을 통해 알려지게 되었는데, 당시 신문에서는 이 나무의 수령을 4,000년 정도로 보았다. 죠몬스기의 수령에 대한 설은 분분하다. 7,200년이라는 설이 있고, 탄소연대측정을 통해서 확인하면 2,000년에 불과하다는 설도 있다. 설령 2,000년이라 하더라도 엄청난 수령임에는 분명하다.

야쿠시마에 있는 삼나무 중에 수령이 1,000년을 넘는 것을 야쿠스기屋久杉, 그 이하인 것을 고스기小杉라고 부른다. 삼나무의 평균 수명이 500년 정도이므로, 나무의 이름을 붙이는 방법을 보더라도 이곳 삼나무의 생명력이 대단함을 알 수 있다.

▲ 죠몬스기

야쿠시마 섬이 유명하게 된 것은 일본 에니메이션의 대부 미야자키 하야오宮崎駿 감독의 〈원령공주もののけ姫〉의 무대가 된 곳이기 때문이다. 야쿠시마의 거대한 삼나무는 수명이 보통 500년이고, 1,000년이 넘는 삼나무도 2,000여 그루가 넘는다고 한다.

▷ 연리삼

옛날 중국에 어떤 왕이 신하의 처를 짝사랑한 이야기가 전해진다. 왕은 그 여인을 차지하려고, 신하에게 온갖 죄를 뒤집어씌워 그를 감옥에 넣는다. 이때까지 왕에게 충성을 다해온 신하는 너무나 분하고 억울해서 죽고 말았다. 그러자 그의 처도 왕의 마수에서 빠져나오기 위해, 남편의 뒤를 따라 자결하고 만다.

이에 화가 난 왕은 두 사람의 주검을 서로 다른 곳에 묻으라고 명령하였다. 그러나 이 둘의 묘지에서 삼나무가 나와서, 어느 사이에 뿌리와 가지가 서로 얽혀서 함께 자라고 있었다. 사람들은 부부의 깊은 사랑을 칭송하였으며, 이 두 그루의 나무를 연리삼連理杉이라 불렀다.

▷ 불사의 상징 레바논삼나무

이집트에서 레바논삼나무Cedars of Lebanon는 불사不死의 상징이자, 신탁神託을 내리는 나무로 알려져 있다. 이집트 신화에 의하면, 동생 세트Seth에게 미움을 산 오시리스Osiris는 산채로 관에 넣어져 나일강에 던져졌다. 관은 나일강에서 지중해로 흘러들어, 당시 페니키아 세력권이었던 레바논의 서부 도시 비블로스Byblos까지 흘러갔다. 여기서 관은 관목인 히스heath에 올려졌으며, 히스는 믿을 수 없을 정도로 크게 자라서, 오시리스의 관을 덮어서 숨겨주었다.

고대 이집트어에서 히스와 레바논삼나무는 같은 뜻으로 표현되었으며, 이 일화로 인해 레바논삼나무는 오시리스를 상징하는 나무가 되었다.

▲ 〈오시리스 가족〉

▷ 길가메시와 훔바바

세계에서 가장 오래된 바빌로니아의 영웅시 〈길가메시 서사시Gilgamesh Epoth〉에 우루크의 왕 길가메시Gilgamesh에 관한 이야기가 나온다. 우루크 북쪽의 삼나무 숲에는 나무를 베어내는 사람들을 방해하는 훔바바Humbaba 라는 괴물이 살고 있었다. 훔바바는 입으로 불길과 독김을 내뿜는 거대한 마물이었으며, 한편으로는 삼나무 숲의 수호자와도 같은 존재였다. 훔바바 에 대한 소문을 들은 길가메시는, 친구 엔키두와 함께 이 괴물을 퇴치하기 로 결심하고 광대한 삼나무 숲으로 들어간다. 도중에 여기저기에서 훔바바 의 주문이 걸려 고생하다가, 이윽고 괴물을 만나게 되었다.

훔바바는 그들에게 왜 삼나무를 베어냈느냐고 나무라며, 입을 벌려 강한 독기를 내뿜어냈다. 이에 길가메시와 엔키두가 태양신 샤마슈에게 기도를 드리자, 샤마슈는 그들을 위해 강한 바람을 보내주었다. 정면에서 강풍의 공격을 받은 훔바바는 거대한 몸을 비틀거렸다. 이때 길가메시는 훔바바의 머리를 향해 커다란 도끼를 내리쳐 그를 쓰러뜨렸다.

일반적으로 이 서사시에 나오는 삼나무는 레바논삼나무라고 하지만, 고대 오리엔트 학자인 쯔키모토 아키오月本昭男는 향백香柏이라 번역하였다. 향백은 편백의 이명으로, 어원은 슈메르어 eren에서 유래하는 아카드어 erennu이며, 침엽수 일반을 의미한다.

▲ 〈길가메시〉

01 부상 _신단수 · 10개의 태양을 품은 나무 · 성군과 뽕나무 · 세계수 · 고서에 나오는 부상

02 지혜수/생명수 _페르시아의 성수 · 에덴 동산의 지혜수

03 부유목 _《땅끝 연대기》 · 부양목의 종류 · 블러드 오크 · 블러드 오크 신앙 · 하늘을 나는 배

04 수인 _식물을 관장하는 풍요의 신 · 〈지혜의 그린맨〉 · 자연신앙과 그리스도교 · 5월 축제의 변천 · 〈8번째 그린맨〉

PART 06:

전설의 나무

부상

부상(扶桑)은 중국의 전설 속에 등장하는 나무로, 해가 뜨는 동쪽 바다 속에 있다는 신령스러운 상상의 나무다. 동양의 세계수(世界樹)라 할 수 있으며, 이와 관련된 많은 신앙이 전해지고 있다.

부상에서 상이 뽕나무 상(桑) 자이기 때문에, 일반적으로 이 나무를 뽕나무라고 여긴다. 뽕나무의 원산지가 중국 북부에서 한반도 일대인 것으로 볼 때, 아마 상고시대에는 동아시아 지역에 무성한 뽕나무숲이 있었을 것으로 추측된다.

그러나 이 나무가 뽕나무라는 특정한 나무라기보다는 전설 속에 존재하는 신목(神木)이며, 단군신화에 나오는 신단수(神壇樹) 역시 부상의 한 종류로 볼 수 있다.

▷ 신단수

≪삼국유사≫에 환웅桓雄이 3,000의 무리를 이끌고 태백산정에 있는 신단수神壇樹 아래에 내려왔다는 기록이 있다. 신단수란 좁은 의미에서는 환웅이 처음 하늘에서 그 밑에 내려왔다는 신성한 나무를 뜻하고, 넓은 의미에서는 고대 제정일치 사회에서 제사의 장소인 성역聖域을 의미한다.

같은 내용이 ≪제왕운기≫에서는 신단수神壇樹가 신단수神檀樹로 표기되어 있어서, 흔히 이 나무를 박달나무로 알고 있다.

일반적으로 신단수神壇樹란 신단神壇에 서 있는 나무라는 뜻으로, 우리나라에서도 이와 같은 종류의 신목神木이 여럿 있다. 이들은 우리 민족의 생활 속에 깊숙이 자리 잡고 있으며, 현재까지도 우리 생활에 큰 영향을 미치고 있다고 해도 과언이 아니다.

▷ 10개의 태양을 품은 나무

부상扶桑은 박상搏桑 또는 박상博桑이라고도 하며, 상상 속에 존재하는 나무다. 이 나무는 아득히 먼 동쪽 바다 한가운데 있으며, 올려다봐야 할 정도로 거대한 뽕나무의 모습을 하고 있다고 한다.

중국 호남성 장사시長沙市 동부에 있는 전한前漢 시대의 유적인 마왕퇴馬王堆 제1호 고분에서 출토된 백화帛畵, 비단에 그린 그림에 부상이 그려져 있다. 이 그림은 길이 2m 정도의 비단 천에 그려져 있으며 지하세계·인간세계·천상세계의 3단계의 세상을 보여주고 있다. 천상계에 해당하는 상부에는 부상과 함께 해·달·사신인수蛇身人首 상과 청룡이 그려져 있으며, 부상은 둥근 열매해를 달고 있는 덩굴식물로 묘사되어 있다.

부상의 어원에 대해서는 여러 가지 설이 있지만, 부扶는 '서로 떠받치다, 지지하다.'라는 의미가 있어, 같은 곳에서 두 그루의 뽕나무가 나와 서로 붙어 있는 모양에서 '서로 지지하는支 뽕나무桑'가 변해서 된 이름이라는 것이 가장 유력한 설이다.

중국의 가장 오래된 지리서인 《산해경山海經》〈해외동경海外東經〉편에 "아래에 탕곡湯谷이 있는데, 탕곡 위에는 부상수扶桑樹가 있고, 10개의 해가 목욕을 한다. 흑치국黑齒國의 북쪽에 있다. 물속에 사는 큰 나무가 있는데, 아홉 개의 해는 아랫가지에 살고 한 개의 해는 윗가지에 산다."라는 내용이 있다.

또, 〈대황동경 大荒東經〉편에 "산 위에는 부목扶木이 있는데, 높이가 300리이고, 그 잎은 겨자나무芥菜 잎과 같다. 거기에 있는 계곡은 탕곡湯谷이라 하고, 그 위에 해가 뜨는 부상扶桑이 있다. 하나의 해가 나오면, 하나의 해가 나간다. 까마귀가 해를 운반한다."라는 내용이 나온다. 부상에 있는 10개의 태양은 하루 동안에 아랫가지에서 윗가지로 이동하며, 한 바퀴를 도는 기간이 순旬, 열흘이다.

중국 전한의 회남왕淮南王 유안劉安이 편찬한 ≪회남자淮南子≫에는 "부상에 10마리의 화조火鳥가 살고 있으며, 화조의 입에서 토해내는 불이 태양이 되었다."라고 쓰여있다. 이 새가 맞은편에 있는 부상의 동쪽에서 1마리씩 올라와 서쪽의 어린 나무에서 지하로 떨어져서, 태양의 운행을 관장하고 있다.

삼황오제三皇五帝 중 한 명인 요堯임금 시대에, 태양이 나오는 순서가 엉

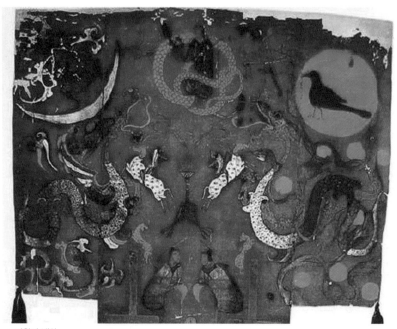

▲ 마왕퇴 백화

망이 되어버려, 모든 화조火鳥와 10개의 태양이 한꺼번에 모습을 나타내었다. 그 때문에 하계下界의 초목이 모두 불타서 작렬지옥炸裂地獄으로 변해버렸다. 요임금은 활의 명수인 예羿를 부상으로 보내어, 활을 쏘아 화조를 떨어뜨리도록 명하였다. 그러나 그가 활을 너무 잘 쏘기 때문에, 요임금은 그가 모든 태양을 떨어뜨릴까 두려워하여 화살 한 발은 빼내놓았다. 그 결과 한 마리의 화조만 남게 되어, 지금처럼 하나의 태양이 하늘에 떠 있게 되었다고 한다.

▷ 성군과 뽕나무

삼황오제三皇五帝 시대에 황아皇娥라는 선녀가 있었다. 그녀가 하는 일은 천궁에 사는 사람들이 사용하는 옷감을 짜는 것이었다. 한번은 일을 마치고 강가로 나가 뗏목을 타고 놀았다. 황아를 태운 뗏목은 강을 거슬러 올라가다가, 서해 근처에 있는 궁상窮桑이라는 신목神木 아래에 다다랐다. 이 신목은 높이가 천심千尋이나 되고, 잎은 붉으며, 오디는 자주색이다. 또, 만년에 한 번 열매를 맺는데, 그것을 먹으면 하늘만큼 산다고 하였다.

▲ 소호

황아는 그곳에서 만난 젊은이와 사랑에 빠져, 소호少昊라는 아이를 낳았다. 소호는 커서 동쪽으로 가서, 거기서 새鳥의 왕국을 건설하고 황제의 자리를 계승하였다. 그의 별명 궁상窮桑은 소호가 태어난 장소에 있던 신목의 이름에서 따온 것이다. 한편 소호의 아버지였던 젊은이는 나중에 신농神農의 뒤를 이어 황제가 되어 나라를 다스렸다.

중국 하夏나라의 창시자인 우禹임금의 비는 도산공涂山公의 딸로, 둘은 태상台桑의 땅에서 맺어져 결혼하였다. 둘 사이에 태어난 아들은 계啓라 하며, 그 역시 우임금을 이어 명군이 되었다. 중국 초楚나라의 굴원屈原이 편찬한 《초사楚辭》〈천문天問〉에는 다음과 같은 내용이 나온다.

> "우禹임금이 홍수를 다스리기 위해 사방으로 돌아다닐 때, 우연히 태상台桑에서 도산씨塗山氏를 만났으나 얼마 후 헤어지게 되었다. 아기를 가진 도산씨는 슬픔에 젖어 살다가 계啓를 낳았지만, 그녀는 곧 죽고 말았다."

이윤伊尹은 하夏나라 말기에서 은殷나라 초기의 정치가였다. 그의 어머니가 그를 임신했을 때, 꿈에 신이 나타나서 이렇게 말했다.

"부뚜막이나 절구에서 개구리가 나오면, 머지않아 큰 홍수가 있을 것이다. 그때는 빨리 도망치되, 절대 뒤를 돌아봐서는 안된다."

한참 지나서 그녀가 부엌으로 들어가자, 절구와 부뚜막에서 개구리가 기어 나왔다. 그녀는 꿈에서 본 신의 말이 떠올라, 얼른 몸만 집에서 뛰쳐나왔다. 하지만 자신이 살던 마을이 마음에 걸렸던지, 그만 뒤를 돌아보고 말았다. 그 순간 그녀의 몸은 시들어버린 뽕나무로 변하고 말았다. 한참 후에 물이 빠지자, 마을사람들은 그 시들어버린 뽕나무 가운데서 갓난아이가 있는 것을 발견하고, 이윤伊尹이라 이름 지었다. 그가 있던 뽕나무는 그의 어미가 변한 것이어서 이윤생공상伊尹生空桑이라는 말이 생겼다. 후에 그는 탕湯임금을 보좌하여 하夏나라를 멸망시키고, 상商나라를 건립하는데 큰 공을 세웠다.

▷ 세계수

고대 오리엔트 지방에도 부상扶桑과 비슷한 뽕나무에 관한 전설이 전해진다. 이집트의 〈사자의 서 Book of the Dead〉에는 "모든 영혼靈魂들의 동쪽에 거대한 뽕나무 두 그루가 있는데, 태양이 이 나무 사이에서 떠오른다. 영혼들은 이 두 그루의 뽕나무를 생명의 나무로 숭배하고 있다."라는 내용이 나온다.

이곳은 영계靈界의 가장 동쪽에 있으며, 동쪽 지평선과 닿아있다. 태양은 이곳에서 떠오르고, 중앙에는 무화과나무가 있다. 여신은 이 나무와 사랑을 나누기 위해, 나무 위에 올라가 자신의 몸을 열고 아이를 잉태한다. 그리고 지상에 내려와 아이를 낳고, 가까이 있는 연못가에서 휴식을 취한다. 연못은 안식을 구하는 곳이며, 이곳에서는 몸과 마음이 편안해진다. 여기에 나오는 뽕나무와 무화과나무도 부상扶桑이나 북유럽신화에 보이는 위그드라실Yggdrasil과 같이, 세계의 중심에 있는 세계수와 같은 역할을 하는 나무라 할 수 있다.

연못 근처에서 자라는 무화과나무는, ≪산해경山海經≫의 탕곡湯谷에 있

▲ 화상석에 조각된 세계수

는 부상수扶桑樹와 비슷한 것으로 생각할 수 있다. 〈대황남경大荒南經〉에 등장하는 여신 희화義和가 큰 나무와 정을 통하여 10개의 태양을 낳았다고 하는 것도, 여신이 무화과나무와 사랑을 나누어 아이를 낳았다는 것과 같은 맥락으로 이해할 수 있다.

▷ 고서에 나오는 부상

중국 후한 시대의 선인仙人 동방삭東方朔이 썼다는 ≪십주기十洲記≫에도 부상扶桑에 관한 이야기가 나온다.

"부상은 동쪽 바다 앞 언덕에 우뚝 서 있는 나무다. 육지에서 그 기슭에 오르려면 일 만 리里를 가야 한다. 동해와 같이 동쪽에서 물이 들어왔다 나가는데, 물살이 크고 거칠며 무서운 파도가 친다. 그 물은 푸른 감청색이며, 원래부터 짜거나 쓰지 않고 달콤한 향기가 떠돈다. 부상은 동해의 바다 가운데 있으며, 그 넓이가 만 리이다. 위에는 태진동왕부太眞東王父가 다스리는 태제궁太帝宮이 있다. 그 땅의 숲에는 부상나무가 많다. 잎은 뽕나무와 비슷하고 길이가 몇 천 장丈이며 둘레가 스무 아름인데, 양쪽에서 뿌리가 뻗어 나와 서로 의지하고 있다."

양나라의 역사가 소자현蕭子顯이 저술한 ≪남제서南齊書≫, 당나라의 역사가 요사렴姚思廉이 쓴 ≪양서梁書≫, 같은 당나라 때 이연수李延壽가 편찬한 ≪남사南史≫에서도 부상이라는 이름을 볼 수 있다.

부상이라는 이름의 유래에 대해서는, 학자마다 여러 가지 학설을 주장하고 있다. 또, 부상국扶桑國이라는 장소도 한반도고구려 · 울릉도 · 일본열도 · 사할린섬 · 우루무치 · 멕시코 · 무대륙Mu大陸, 이스터 섬 등이 거론되고 있지만 아직 확실한 것은 없다. 부상국이 보르네오라고 주장하는 학자는 부상이 나무가 아니고 슬라웨시Sulawesi섬에 있는 란테콤볼라Rantekombola 산이라고 한다. 태양이 산 사이에서 솟아오르는 모습을 비유한 것이다. 부상이라고 하는 식물도 한국 · 중국 · 일본에서는 뽕나무라고 하지만, 멕시코에서는 옥수수 혹은 용설란이라 한다.

© 문화재청
▲ 백제금동대향로, 국보 제287호

지혜수/생명수

지혜수(智惠樹)란 동물과 같은 존재였던 인간에게, 신에게만 있는 지혜를 주는 열매가 열리는 전설상의 나무를 말한다. 이에 대해, 인간이 먹음으로서 새로운(또는 영원한) 생명을 얻을 수 있는 열매가 열리는 나무를 생명수(生命樹)라 한다.

▷ 페르시아의 성수

조로아스터교는 예언자 조로아스터Zoroaster의 가르침을 기반으로 하는 고대 페르시아 현재의 이란의 종교이다. 이 종교는 유일신 아후라 마즈다Ahura Mazda가 세상을 창조했다고 믿고 있다. 가장 먼저 하늘이 생기고, 그리고 점차 바다가 생기더니, 마지막으로 대지가 생겨서 세상은 셋으로 갈라졌다고 한다.

모든 식물의 어머니인 사에나Saena 나무가 바다 한가운데에서 솟아 나왔다. 이 나무에는 모든 종류의 약초 종자가 열려 있기 때문에, 성전聖典 ≪아베스타Avesta≫ 〈야슈트〉에는 '모든 것을 치유하는 나무' 또는 백종수 百種樹라 불렀다. 사에나 나무에는 영조靈鳥가 살고 있는데, 이 새를 ≪아베스타≫에는 사에나 새, 12세기에 씌어진 서사시 ≪왕서王書≫에는 시무르

그Simurgh라고 하였다. 이 새는 이집트의 불사조 피닉스Phoenix, 아라비아의 거조巨鳥 로크Roc의 원형이라고 한다. 시무르그는 모든 새의 우두머리이며, 사에나 나무의 종자를 먹기 때문에 장수한다.

시무르그가 날개를 치면 나무에서 종자가 비산하며, 종자가 떨어진 바다는 생명력이 넘친다. 또, 다른 거조인 참로쉬Chamrosh는 사에나 나무에서 떨어진 종자를 주어모아, 항성恒星 시리우스의 정령인 티스트리야Tishtrya에게 보낸다. 티스트리야가 종자를 정화시키면, 참로쉬가 다시 그것을 받아서 세상에 뿌린다.

아후라 마즈다와 대립하는 암흑의 신 앙그라 마이뉴Angra Mainyu는 사에나 나무를 고사시키기 위해, 자신의 부하 개구리혹은 도마뱀를 바다 속으로 파견하여 그 뿌리를 먹게 한다. 하지만, 아후라 마즈다는 카르Kar라는 물고기 10마리를 만들어서 개구리를 격퇴한다. 그 외에도 3개의 다리, 6개의 눈, 9개의 입을 가진 흰 당나귀가 사에나 나무에 위해를 가하는 침략자들에 대항해서 싸운다. 물과 식물의 정령 아메레타트Ameretat도 사에나 나무를 수호하는 역할을 맡고 있다.

필사의 방어도 헛되이, 사에나 나무는 결국 앙그라 마이뉴가 가져온 독에 의해 고사하고, 그가 보낸 악마들에 의해 무너져버리고 만다. 이렇게 되자, 아메레타트는 사에나 나무의 잔해를 부수어 비와 함께 땅에 뿌린다. 그 후로 비는 풍요의 힘을 가지게 되었으며, 비가 오면 지상에 있는 모든 식물들이 일제히 살아난다.

또, 사에나 나무 옆에는 가오케레나Gaokerena라는 이름의 큰 나무 하나가 솟아 있다는 이야기도 전한다. 이 가오케레나의 잎을 먹으면 병이 즉시 나을 뿐 아니라, 불사의 생명도 얻게 된다고 한다. 그 주위에는 하오마Haoma라는 풀혹은 나무이 있는데, 이것으로 모든 병을 고칠 수 있는 조로아스터교의 영주靈酒, 이것도 하오마라고 부른다를 빚었다고 한다. 이 하오마는 인도의 불전佛典에 등장하는 신의 양식인 소마Soma와 어원적으로나 의미적으로 같은 것이다.

조로아스터교에서 수소牡牛는 최초로 창조된 동물이지만, 아후라 마즈다와 대립하는 암흑의 신 앙그라 마이뉴에 의해 죽임을 당한다. 그러나 그 몸에서 식물이 나오고, 그 정자精子는 달에 의해 정화되어 지상의 여러 가지 동물이 되었다고 한다.

초승달의 형상이 수소의 뿔과 모양이 흡사하므로, 세계 여러 곳에서 이 둘 사이에 어떤 깊은 연관이 있는 것으로 여기고 있다. 가오케레나라는 이름은 '달을 상징하는 수목'이라는 뜻으로, 수소 정자를 정화한 최초의 나무일지도 모른다. 그렇다고 한다면, 사에나 나무는 태양을 상징하는 나무라고 생각할 수도 있다.

▲ 시무르그 – 사산(Sasan) 왕조의 앰블럼

따라서 '사에나 나무의 잔해에서 식물이 생겨났다.'는 이야기와 가오케레나의 명칭의 유래가 된 '최초의 수소의 유해에서 식물이 나왔다.'는 이야기는 매우 유사하다. 이 두 성수聖樹는 모두 생명력과 풍요력을 관장하며, 원래는 동일한 존재였는지도 모른다.

▷ 에덴 동산의 지혜수

중동의 헤브라이 신화에는 에덴동산이라 불리는 낙원에 대한 기록이 남아 있다. ≪구약성서≫ 〈창세기〉 2장 9절에는 "주 하느님께서는 보기에 탐스럽고 먹기에 좋은 온갖 나무를 흙에서 자라게 하시고, 동산 한가운데에는 생명나무와, 선과 악을 알게 하는 나무를 자라게 하셨다."라고 하였다.

또, 하느님은 흙의 먼지로 만든 최초의 남자 아담Adam을 여기에 살게 하고, 〈창세기〉 2장 16절에서 "너는 동산에 있는 모든 나무에서 열매를 따 먹어도 된다. 그러나 선과 악을 알게 하는 나무에서는 따 먹으면 안 된다. 그 열매를 따 먹는 날, 너는 반드시 죽을 것이다."라고 하였다. 그리고 "사람이 혼자 있는 것이 좋지 않으니, 그에게 알맞은 협력자를 만들어 주겠다."고 하며, 그의 갈빗대로 아담의 동반자인 여자 이브Eve를 만들었다. 두 사람은 옷을 입고 있지 않았지만, 부끄러운 것을 몰랐으며, 자신들이 벌거벗고 있다는 것조차 알지 못했다.

그런데 에덴동산에서 가장 간교한 들짐승은 뱀이었다. 뱀은 이브에게 "하느님께서 "너희는 동산의 어떤 나무에서든지 열매를 따 먹어서는 안 된다."고 말씀하셨다는데 정말이냐?"라고 물었다. 이브가 하느님의 가르침대로 답하자, 뱀은 "너희는 결코 죽지 않는다. 너희가 그것을 먹는 날, 너희 눈이 열려 하느님처럼 되어서 선과 악을 알게 될 줄을 하느님께서 아시고 그렇게 말씀하신 것이다."라며 이브를 살살 구슬렸다.

그 나무에 열린 열매는 먹음직할 뿐 아니라, 먹으면 슬기롭게 해줄 것처럼 탐스러웠다. 그래서 이브가 열매 하나를 따서 먹고 자기와 함께 있는 아담에게도 주자, 그도 그것을 먹었다. 그러자 뱀이 말한 것처럼 눈이 열려 자기들이 알몸인 것을 알고, 무화과나무 잎을 엮어서 두렁이를 만들어 입었다.

그리고 하느님이 에덴동산에 오자, 둘은 모습을 보이지 않으려고, 나무 사이에 숨었다. 하느님은 아담에게 왜 숨어 있느냐고 묻자, 그는 "동산에서 당신의 소리를 듣고 제가 알몸이기 때문에 두려워 숨었습니다. 우리는 알몸입니다."라고 대답하자, 하느님은 "네가 알몸이라고 누가 일러 주더냐? 내가 너에게 따 먹지 말라고 명령한 그 나무 열매를 네가 따 먹었느냐?" 하고 물었다.

아담은 이브가 따주어서 먹었다고 했고, 이브는 뱀이 자기를 꾀어서 따 먹었다고 말하자, 하느님은 이들을 용서하지 않고, 에덴동산에서 추방하였다. 낙원에서 쫓겨난 인간에게는 유한한 생명을 주고, 살기 위해 땀 흘려 일하며, 아이를 낳는 큰 고통을 겪게 하였다.

뱀의 감언에 속아 넘어가서 낙원과 영원한 생명을 잃은 것은, 사에나Saena 나무가 악마의 독에 의해 고사한 것의 변형으로 생각할 수도 있다. 또, 에덴동산에서 아담과 이브는 성교를 하지 않았고, 어떤 성적인 욕구도 일어나지 않았다. 그러나 그들은 낙원에서 추방된 후에 아이를 낳는 능력을 받은 것이다. 이것은 북유럽 전설에서 '불임 부부가 아이를 얻었다.'라는 이야기와 공통되는 부분이다. 즉, 아담과 이브는 지혜와 함께 생명력을 받은 것으로 이해할 수 있다. 이 사실 역시 '지혜수智惠樹와 생명수生命樹가 같은 것이 아닐까?'라는 의문을 불러일으킨다.

▲ 〈이브의 유혹〉, 틴토레토

부유목

부유목(浮遊木)이란 이름 그대로 공중에 떠있거나, 하늘을 날아다니는 나무를 말한다.

▷ ≪땅끝 연대기≫

폴 스튜어트Paul Stewart가 쓴 ≪땅끝 연대기The Edge Chronicles≫에는 광대한 산림지대인 딥우드Deepwoods에 관한 이야기가 나온다. 이곳에는 여러 종류의 나무들이 무성하게 자라는데, 그 중에 보얀트 우드Buoyant wood, 부양목(浮揚木)라는 나무가 있다.

딥우드에 사는 우드트롤Woodtroll의 전설에 의하면, '언젠가는 반드시 하늘을 난다.'라고 믿는 러프우드Lufwood가 있었다. 회색의 리드우드Leadwood가 그것을 증명해 보라고 하자, 러프우드는 아무리 나뭇가지를 돌리고 뿌리를 흔들어봤지만 하늘을 날지 못했다. 리드우드가 거짓말이라

▲ ≪땅끝 연대기≫, 폴 스튜어트

고 하며 소문내겠다고 하자, 러프우드에게 벼락이 떨어졌다. 그러자 타버린 러프우드는 점차 지면에서 떨어져서 하늘로 날아 올라갔다.

▷ 부양목의 종류

나무가 가장 꺼려하는 불을 붙이므로서 부양목浮揚木, Buoyant wood은 공중으로 떠오른다. 우드트롤Woodtroll은 대표적인 부양목인 러프우드Lufwood를 선호하며, 단단하고 가벼운 러프우드의 목재를 사용하여 큰 나무의 가지 위에 집을 짓기도 한다. 또, 차분하고 평온한 느낌을 주는 보라색 불꽃을 내는 장작으로 이용되며, 현악기의 네크neck로도 사용된다.

불에 태우면 좋은 향기를 내는 센트우드Sentwood는, 멋진 꿈의 세계로 유도해준다. 우드트롤에서 사자死者를 떠나보내는 의식을 행할 때, 유해는 이 나무로 만든 침대 위에 놓여져 하늘 위로 올려진다.

청록색의 룰라비 트리Lullabee tree는 자장가와 같은 슬픈 곡조를 연주하는 불가사의한 나무다. 세상에 한 쌍밖에 없는 케이터 버드Caterbird는 이 나무에 고치를 만들고, 오크엘프Oakelf는 이 나무 밑에 매장되는 관습이 있다.

검은색의 아이언 우드Ironwood는 이름처럼 쇠와 같이 단단하다. 건축자재를 비롯하여 긴 의자·밥그릇·틀니 등을 만드는데 이용되었다. 때로는 투척무기로도 사용되었지만, 불에 잘 타지 않기 때문에 부양목으로는 다소 뒤처진다.

▷ 블러드 오크

불에 잘 타는 블러드 오크Bloodoak는 최고의 부양목이다. 두꺼운 고무와 같은 줄기를 가진 큰 나무로, 박쥐 울음소리를 낸다. 앞쪽에는 악취를 풍기는 거대한 입이 열려있고, 입 속에는 새의 부리와 비슷한 날카로운 붉은 이빨이 촘촘히 나있다. 이 붉은 이빨은 블러드 오크의 특징이며, 같은 편임을 나타내는 표시로 사용되기도 한다.

사냥감이 가까이 오면, 공생하는 타리 바인Tarry vine이 먼저 공격한다. 장미넝쿨과 같은 녹색의 촉수로 사냥감을 도망가지 못하게 휘감아서 먹어버리면, 입속에서 잘게 부수어져서 산산조각이 난다. 만약 넝쿨 하나가 잘리면, 금세 세 개의 넝쿨이 다시 나온다. 잘린 부위에서는 미끈미끈한 액체가 흘러나오기 때문에 잡기도 어렵다.

제1권 5장에 나오는 트위그Twig처럼 가시가 붙은 모피 조끼인 하멜혼Hammelhorn을 입고 있으면, 블러드 오크가 먹었을 때 고통으로 인해 토해내기 때문에 도움이 된다. 아무리 블러드 오크라 하더라도 입속까지는 단단하지 않기 때문이다.

흉폭한 성질을 지니고 있어서, 나무를 잘 다루는 우드트롤일지라도 블러드 오크를 벌채할 때는 목숨을 걸어야 한다. 그러나 블러드 오크는 불을 대단히 무서워하여, 불꽃이 가까이 오면 고통을 느끼고 비명을 지른다.

▷ 블러드 오크 신앙

딥우드Deepwoods의 땅속에 사는 터마건트 족Termagant Trog은 여성상위 종족으로, 블러드 오크Bloodoak를 신성한 나무로 숭배한다. 이 종족의 여성이 성인의식을 행할 때, 숭배하는 블러드 오크 거목 앞에서 기도를 올리면, 블러드 오크의 핑크색의 뿌리가 차츰 까만색으로 변한다. 이때 성인이 되려는 여성은 거기에서 흘러나오는 새빨간 수액을 전신에 뿌리고, 이 수액을 배가 터질 정도로 마신다. 이렇게 하면 머리카락이 모두 빠지고, 몸은 팽창하여 커질 뿐 아니라, 유혈을 좋아하는 거친 성격으로 변모하게 된다.

그러나 이 종족의 남성에게는 이 수액이 독이기 때문에 결코 마셔서는 안 된다는 전통이 있다. 이것은 남성이 그 피를 마시고 변화하는 것을 두려워하기 때문일지도 모른다.

▷ 하늘을 나는 배

부양목Buoyant wood으로 만드는 대표적인 건조물은 하늘을 나는 배, 즉 비공선飛空船이다. 비공선의 재료로는 러프우드Lufwood가 가장 좋으며, 부력을 조절하기 위해서는 주로 블러드 오크Bloodoak가 사용된다.

거래를 하기 위해 딥우드Deepwoods에 오는 공적空賊들은 배신과 같은 중죄를 저지른 죄인을 처벌할 때, 블러드 오크에 동여매어 놓고 불을 지른다. 이 처벌은 확실한 죽음을 약속하는 엄벌로, 누구나 이 말만 들어도 공포에 떤다. 비공선과 같은 거대한 건조물을 띄어 올리기 위해서는, 부양목만으로는 충분하지 않다. 만약 이와 같이 큰 부력을 얻을 정도로 나무를 태운다면, 그 전에 선체가 타서 떨어져 버리기 때문이다. 따라서 '가열하면 무거워지고, 식으면 부양하는' 특이한 성질을 가진 부유석浮遊石을 코어core로 사용한다. 미야자키 하야오宮崎駿 감독의 애니메이션 〈천공의 성 라퓨타天空の城 ラピュタ〉에도 과학기술의 결정체인 비행석飛行石이 등장한다. 거대한 '라퓨타 나무'가 이 돌과 천공의 성을 에워싸듯이 포위하는데, 그 신비하고도 아름다운 광경은 한마디로 압권이라 할만하다.

▲ 〈천공의 성 라퓨타〉, 에니메이션

수인

수인(樹人)이란 수목을 본체로 하거나, 수목의 모습을 한 요정이나 신을 아울러 일컫는 말이다. 그리스·로마 신화에 등장하는 나무의 요정 드라이어드(Dryad)는 여성이다. 그녀의 본체는 나무이지만, 출현할 때는 인간의 모습을 하기 때문에 겉모습만으로는 알 수가 없다. 남성은 지역을 불문하고, 수목과 일체화한 모습으로 나타나는 경우가 많다. 그 이유는 그들의 기원과 밀접한 관계가 있다.

▷ 식물을 관장하는 풍요의 신

이집트의 오시리스Osiris, 페니키아의 바알Baal, 수메르의 두무지Dumuzi 또는 바빌로니아의 탐무즈Tammuz, 그리스의 아도니스Adonis 등은 모두 풍요의 신이다. 이들은 겨울에 죽임을 당하여 지하세계로 간 후, 봄이 되면 배우자에 해당하는 여신에 의해 부활한다.

영국의 사회인류학자 조지 프레이저의 ≪황금가지 The Golden Bough≫에 의하면, 예전의 왕은 풍요의 신에 해당하는 존재였다고 한다. 흉년이 계속되면 왕의 생명력이 쇠한 것이 원인이라 생각하여, 현재의 왕을 살해하고 새로운 왕을 내세운다. 그리고 옛 왕의 신성한 육체는 먹히게 된다.

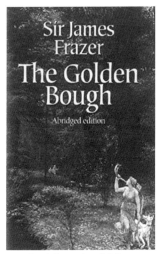
▲ 《황금가지》, 조지 프레이저

후대로 내려가면서, 왕이 교체되고 살해되는 것은 의식적인 것으로 바뀌지만, 그 본질에 있어서는 변화가 없다.

이러한 일련의 의식은 사계절의 변화를 나타내는 동시에, 식물의 생육 사이클을 나타내기도 한다. 식물은 가을에 종자를 퍼트리고 겨울에 고사하여 대지로 돌아감으로서, 새로운 생명의 영양분이 된다. 이런 의미에서 볼 때, 풍요의 신은 식물을 관장하는 존재에 해당한다. 유럽에는 이와 같은 존재로, 숲의 정령 그린맨Green Man이 있다.

숲의 수호자인 그린맨은 잎이나 줄기 또는 이끼로 덮인 수목 그 자체이다. 수목과 인간의 융합체 같은 존재이며, 자신의 의지로 움직인다. 새싹이 난 지팡이를 쥐고 있는 경우도 있으며, 때에 따라서는 불법적으로 숲을 파괴하는 인간들을 응징하기도 한다.

▷ 〈지혜의 그린맨〉

스코틀랜드의 민화 〈지혜의 그린맨〉에서, 마법의 나라로 여행을 떠난 청년 잭이 카드 게임에 빠져있는 그린맨을 만난다. 카드 게임이라면 자신이 있는 잭이 승부를 신청하자, 그린맨은 돈을 걸고 게임을 하자며 이에 응한다.

그린맨도 카드 게임에 꽤 강했지만, 태어나서 쭉 카드로 놀았던 잭을 당하지 못하고 그가 가진 돈을 모두 날려버린다. 마침내 잭이 돌아가려 하자, 그린맨은 자신이 살고 있는 집을 가르쳐 주며, 반드시 방문해달라는 말을 남기고 그림자도 없이 사라져버렸다. 불가사의한 그린맨에 매료된 잭은 다시 여행을 떠난다. 도중에 대장장이에게 마법을 배우고, 마법으로 그린맨의 막내딸이 자신에게 반하도록 만든다. 그리고 마침내 잭은 막내딸의 도움으로 그린맨을 다시 만나게 된다. 그린맨은 환대하는 척하면서 잭을 방심시키고, 그를 돌감옥에 가두어버리고는 생트집을 잡아 싸움을 건다. 그린맨은 잭을 죽이려 했지만, 잭은 막내딸의 도움을 받아 하나씩 어려움을 헤쳐나간다.

결국 많은 황금과 막내딸을 잭에게 내어주게 된 그린맨은, 집으로 돌아가는 잭을 습격한다. 그러나 잭은 막내딸이 건네준 불똥을 던져서, 순식간에 그린맨을 불바다로 만들어 타 죽게 만든다.

무사히 집으로 돌아온 잭은 그린맨에게 가로챈 황금을 밑천으로 사업을 일으켜 큰 부자가 된다. 그리고 그린맨의 막내딸과 결혼하여 언제까지나 행복하게 살았다고 한다. 이 민화에서 그린맨은 매우 거칠게 결실을 맺는 자연 그 자체이다. 또 그것을 잘 다스리는 자에게는 큰 보상이 주어진다는 것도 알려주고 있다.

▷ 자연신앙과 그리스도교

유럽에서는 아주 먼 옛날부터 자연숭배를 기초로 하여, 숲의 신과 대지의 모신을 신앙하였다. 여기에서 발생한 관습이 사람들의 생활 속에 깊숙이 뿌리내리고 있어서, 그리스도교를 선교하는 전도사들은 이를 적극적으로 교회 속으로 편입시키고자 노력했다.

그린맨이라 불리는 '수목의 정령'의 목을 자른 후에, 나무를 상징하는 건물의 기둥 위를 장식했는데, 이것은 교회건축에 이용되어 현재까지도 그 흔적을 찾아볼 수 있다. 이러한 장식의 관습은 켈트 축제에서 유래된 봄의 축전, 메이데이May Day에서 세계수를 상징하는 메이폴May Pole의 화환으로 그 전통이 이어진다. 그리고 이 기둥 주위에서 봄을 불러 깨우는 모리스 댄스morris dance가 행해진다.

이와 관련된 대지의 모신은 성모마리아와 동일시되었으며, 나중에 5월의 여왕이 된다. 교회건축에서는 간혹 여성 그린맨도 볼 수 있는데, 그 수가 매우 적기 때문에 초기 단계에서 메이퀸으로 흡수되었다.

이외에도 농경의식에서 발생한 오순절Pentecost, 성령강림제도 그린맨과 관련이 있다. 이 축제에서 사람들은 그린맨으로 분장하고, 의례의 일환으로 죽임을 당하였다. 특히 메이데이에서는 그린맨 형상의 케이크를 만들어 모두가 나누어 먹는데, 이것은 이전에 왕의 육체를 먹던 관습에서 비롯된 것

이다. ≪신약성서≫ 〈마태오복음〉 26장 26절의 최후의 만찬에서, 예수가 제자들에게 빵을 나누어 주면서 "받아 먹어라. 이는 내 몸이다."라고 한 것도 이 의례에 따른 것이다.

▲ 그린맨 조각상

▷ 5월 축제의 변천

올리브 그린색lincoln green의 옷을 입고 숲을 지키는 의적 로빈 후드Robin Hood 역시 그린맨의 상징으로 여겨져서, 메이데이에서 큰 역할을 한다. 17세기에는 5월의 여왕Maid Marian이 로빈 후드의 영원한 연인으로 등장하는 연극이 호평을 받기도 했다.

산업혁명 이후, 사람들의 마음이 자연이나 교회에서 멀어지자 그린맨도 변화하게 된다. 1780년 이후의 메이데이에서는, 나뭇잎과 가지로 장식한 목재로 만든 원추기둥을 쓴 사람들의 행렬이 등장한다. 이것은 메이폴을 의인화한 것으로 '초록의 잭Jack-in-the-green'이라 부른다. 그 주위에는 화려하게 차려입은 굴뚝청소부chimney-jack 소년들이 춤을 춘다. 당시에 굴뚝청소는 소년들이 담당했으며, 초록의 잭은 굴뚝을 상징한다.

목검을 가진 무용수가 초록의 잭을 찔러 쓰러뜨림으로서 축제는 절정에 도달한다. 이어서 엄숙한 시 낭독이 끝나면, 축제 참가자들은 죽은 초록의 잭에게서 나뭇잎과 꽃을 떼어내어, 집으로 가지고 가서 액막이 부적으로 삼는다. 이와 같이 초록의 잭은 메이데이에 편입되었지만, 굴뚝청소가 음낭암의 원인이라고 알려지면서, 소년들이 동원되는 것은 금지되었다.

▷ 〈8번째 그린맨〉

그린맨을 소재로 한 소설로 영국의 여류작가 펜다비스의 단편소설 〈8번째 그린맨〉이 있다. 탐험가 더브르와 그의 친구 바켓이 미국 북동부의 코네티컷 주 숲속으로 차를 몰고 가고 있었다. 도로 양옆으로 큰 덩치의 남자가 갑옷을 입은 것 같은 인간나무 일곱 그루가 이 열로 나란히 줄지어 있고, '일곱 개의 인간나무'라는 주점이 있다.

인간나무는 진짜와 흡사하게 만들었기 때문에 조금은 의심스러웠지만, 바켓은 "정교하게 만든 것에 지나지 않아"라며 개의치 않았다. 주점으로 들어간 두 사람은 주인에게서 비밀클럽 '에녹의 아들'에 대한 이야기를 듣는다. 이야기에 흥미를 느낀 바켓은 다음 주 금요일 밤에 다시 오겠노라고 약속하고 주점을 떠난다.

바켓은 돌아오는 길에 단골술집인 '갈색의 올빼미'를 들렀다. 그곳의 주인 팩스턴 할아버지는 흥분하며, 자기 아들이 '일곱 개의 인간나무' 주점의 여섯 번째 나무가 되었다고 고백한다. 그의 아들은 그 날부터 중증 정신지체자가 된 것이다.

약속한 날 바켓은 더부르를 데리고 '일곱 개의 인간나무' 주점으로 향했다. 불길함을 예감한 더부르는 신성한 아라비아 단검을 숨기고 갔다. 암흑처럼 깜깜한 술집 안으로 들어가자, 주인과 일곱 개의 인간나무가 기다리고 있었다. 그들은 강제적으로 입신入信 의식을 행하려고 두 사람을 에워쌌다.

더부르는 단검을 뽑아 휘두르면서, 필사적으로 악마를 쫓는 주문을 외웠다. 그리고는 정신을 차려서 혼자 주점 밖으로 뛰쳐나왔다. 한참 있다가 바켓이 비틀거리며 주점 밖으로 나왔다. 그 모습은 팩스턴 할아버지가 말한 아들의 모습과 꼭 같았다. 자세히 보니 인간나무가 하나 더 늘어나 있었고, 주점의 간판은 녹색 페인트로 〈여덟 개의 인간나무〉로 고쳐져 있었다.

참·고·문·헌

- 삼국유사 일연 저 · 김원중 역, 민음사
- 삼국사기 김부식 저 · 이강래 역, 한길사
- 식물민속박물지 최영전 저, 아카데미서적
- 성서의 식물 최영전 저, 아카데미서적
- 동의보감 허준 저 · 동의보감 연구회 역, 한국학자료원
- 동의보감 허준 저, 한미의학
- 본초강목 이시진 저, 의성당
- 남제서 · 양서 · 남사 동북아역사재단
- 변신 이야기 오비디우스 저 · 천병희 역, 숲
- 역사 헤로도토스 저 · 박현태 역, 동서문화사
- 그리스 로마 신화(1)~(5) 이윤기 저, 웅진지식하우스
- 북유럽 신화 닐 게이먼 저 · 박선령 역, 나무의철학
- 북유럽 신화 케빈 크로슬리–홀런드 저 · 서미석 역, 현대지성
- 이집트 신화 조지 하트 저 · 이응균 역, 범우사
- 중국 신화전설 위앤커 저 · 전인초 외 역, 민음사
- 중국 민화집 飯倉照平 편역, 岩波書店
- 이야기 동양신화(중국편) 정재서 저, 김영사
- 산해경 최형주 역, 자유문고
- 여씨춘추 여불위 저 · 정하현 역, 소명출판
- 수신기 간보 저 · 전병구 역, 자유문고
- 서유기 오승은 저 · 전병구 역, 자유문고
- 돈황의 전설 정병윤 저, 문자향
- 삼국지연의 나관중 저 · 김구용 역, 솔
- 켈트 신화와 전설 찰스 스콰이어 저 · 나영균, 전수용 역, 황소자리
- 길가메시 서사시 N.K.샌다스 저 · 이현주 역, 범우사
- 세계의 신화 아네트 즈골 저 · 구정은 역, 수막새

- 박물지 장화 저 · 김영식 역, 홍익출판사
- 플리니우스 박물지 식물편 플리니우스 저 · 大槻眞一郎 역, 八坂書房
- 신들의 전쟁 김원익 저, 알렙
- 인도의 신화 이은구 저, 세창미디어
- 세계의 신화 전설 하선미 저, 혜원출판사
- 북유럽 신화 여행 최순욱 저, 서해문집
- The Edge Chronicles Paul Stewart & Chris Riddell CORGI BOOKS
- Myths and legends of flowers, trees, fruits, and plants in all ages and in all climes CHARLES M. SKINNER
- Religious and Useful Plants of Nepal and India T. C. Majupuria
- The Illustrated PLANT LORE Josephine Addison
- Mythologie des arbres Jacques Brosse
- A Dictionary of the Bible William Smith John, Murry
- 聖書と花 安部薰 저, 八坂書房
- 聖書の植物物語 中島路可 저, ミルトス
- 植物と神話 近藤米吉 편저, 雪華社
- 花の西洋史 花木篇 A.M. Coates 저 · 白幡洋三郎 역, 八坂書房
- 花を贈る事典 366日 西良祐 저, 講談社
- 樹木の傳說 奏 寬博 편저, 新紀元社
- 植物古漢名圖考 高明乾 편, 大象出版社
- 世界植物神話 篠田 知和基 저, 八坂書房
- 花の神話伝説事典 C. M. Skinner 저 · 垂水 雄二 역, 八坂書房
- スコットラントの民話 三宅忠明 저, 大修館書店
- 구약성서
- 신약성서

- 위키피디아 https://wikipedia.org/
- 네이버 https://www.naver.com/
- 구글 https://www.google.co.kr/
- 바이두 http://www.baidu.com/
- 야후 재팬 https://www.yahoo.co.jp/
- 문화재청 홈페이지 https://www.cha.go.kr/
- 굿뉴스 http://maria.catholic.or.kr/main/
- 국가표준식물목록 http://www.nature.go.kr/kpni
- 국가생물정보시스템 http://www.nature.go.kr
- 나무세계 http://treeworld.co.kr
- 식물목록 http://www.theplantlist.org
- 미국자연자원보존국 http://plants.usda.gov/
- 중국 식물지 http://www.efloras.org/flora_page.aspx?flora_id=2
- 국제식물명명규약 http://ibot.sav.sk/icbn/main.htm
- 데이브식물원 http://davesgarden.com/guides/botanary/
- 세이난 대학 성서식물원 http://www.seinan-gu.ac.jp/shokubutsu/
- 보타닉 가든 http://www.botanic.jp/